OBLITUS

PAULINA ŚWIST

OBLITUS

Projekt okładki: *Paweł Panczakiewicz/PANCZAKIEWICZ ART.DESIGN*
Redaktor prowadzący: *Grażyna Muszyńska*
Redakcja techniczna: *Sylwia Rogowska-Kusz*
Korekta: *Marta Porzuczek, Renata Jaśtak*

© by Paulina Świst
© for this edition by MUZA SA, Warszawa 2024

ISBN 978-83-287-3067-0

Wydawnictwo Akurat
Wydanie I
Warszawa 2024

„Kapie deszcz na mnie, smakiem przypomina płacz,
Pusty dźwięk, dźwięk odbija się od pustych ścian,
Ślepy błądzę uliczkami, nawet w pięknych snach,
To chyba ciężki czas, może zostanę sam.

Może se poradzę? Takie pytanie do siebie tak słane.
Nie powiedziane, że sobie dam radę.
Może wcale, a może tak niespodziewanie,
Może skończyć się nasz świat
Możesz się śmiać… albo nie".

Kapie deszcz, Sobel

Gosiaczkowi Zegarkowi!
Zanim Cię poznałam, dziewczyno,
świat był brzydszym, gorszym
i o wiele smutniejszym miejscem <3

KATOWICE-ŚRÓDMIEŚCIE 25 MARCA 2010 ROKU

– Aniołku, powiedz mi, dlaczego musisz zostawiać na widoku te pieprzone ciała? – Kruk podniósł się z łóżka i odwiązał jej ręce. – Nie daje mi to spokoju. Przecież, tak samo jak ja, umiesz się ich pozbywać. Nauczył nas...

– Mam swoją własną drogę – powiedziała powoli, rozmasowując obolałe nadgarstki. Wzrok nadal miała wbity w leżącą na pościeli linę.

Jeszcze przed kilkoma minutami była w nią zaplątana niemal cała... Była też chłostana i podwieszana...

Kruk wiedział doskonale, że tylko członkom Occulty pozwalała brutalnie dominować w łóżku. Swoich pomagierów, z rodzaju tego idioty, doktora Grzywińskiego, dla odmiany – to ona traktowała jak psa. Ku jego niekłamanej radości. Taką samą radość Kruk odczuwał, kiedy mógł robić krzywdę Soni. Uwielbiał to, było mu to potrzebne. Niezbędne. Inaczej nie dotrze do tego, co ukryte i zapomniane. Tego, co Nauczyciel określał jako OBLITUS.

I co, jak im kiedyś obiecał, przypomną sobie, kiedy będą gotowi...

– A może po prostu masz parcie na szkło? Uwielbiasz, kiedy się o tobie mówi? Niepotrzebnie szukasz poklasku u osób, które powinnaś traktować tak, jak wąż traktuje mysz. Pokarm. Zaspokojenie podstawowych potrzeb. Nic więcej – wytłumaczył cierpliwie.

Sonia uniosła na Kruka jasnoniebieskie, zimne i obojętne oczy.

– Nie potrzebuję aprobaty. Po prostu chcę, żeby wszyscy widzieli doskonałość mej pracy... – Wzruszyła ramionami. – I tak większość z nich nie jest dla nas żadnym wyzwaniem, nie mają nawet pojęcia, gdzie szukać.

Większość? Chyba coś jej się pomyliło...

– Nie mogą być wyzwaniem. – Parsknął śmiechem. – To jest właśnie podstawowa zasada ewolucji. Tak jak orangutan nie rozwiąże sprawy kryminalnej, tak oni nie potrafią zrozumieć, a co dopiero złapać LEPSZYCH... Ale po co im to ułatwiasz? Niepotrzebne ryzyko wcale nie jest elementem doskonałości.

Sonia wzruszyła ramionami i wstała z łóżka.

– Zaczęłam niedawno pracę jako asystent koronera – zmieniła temat, wchodząc do łazienki.

– Co na to Nauczyciel? – Kruk stanął przed hotelowym lustrem, odrzucił do tyłu swoje lśniące, czarne, długie włosy i powoli przejechał palcem, po grubej bliźnie na szyi. Znak. Symbol. Jeszcze nie wiedział, skąd ją ma, ale kiedyś się dowie... Napiął mięśnie i skupił się na podziwianiu *swojej idealnej sylwetki. Był doskonały. Jak wszyscy ONI. Piękny, mądry, silny i zły.*

— Bawi go, że będę pracować przy sprawach moich własnych zabójstw. — *Roześmiała się złośliwie.* — Doktorek Grzywiński zaczyna mnie irytować... Nie wiem, czy to nie mój ostatni cykl z nim, chyba czas się pożegnać. Zwłaszcza że dziś podczas sekcji poznałam aplikanta prokuratorskiego, który może stanowić dla mnie pewne wyzwanie... Moglibyśmy stanowić niecodzienny duet. Mam tylko wątpliwości, czy uda mi się go sobie podporządkować...

Co? Przecież ona NIGDY nie miała podobnych wątpliwości! Kruk poczuł, jak ogarnia go znane uczucie. Furia. Płynęło przez niego falą. Dobrze podejrzewał, coś było na rzeczy... Nudzi jej się? Chce spróbować czegoś innego niż tresura tych swoich pomagierów? Jak ona, kurwa, śmie mówić o którymkolwiek z tych ludzkich pomiotów z fascynacją? Oj, przyda jej się dziś porządna lekcja. Najwyraźniej nauki Occulty znikają z jej pamięci... Dlatego ma jego. Starszego „brata". Bardzo chętnie pewne kwestie jej przypomni...

— Tak? — *rzucił pozornie obojętnym tonem, jednocześnie podnosząc z podłogi swój pasek od spodni. Z ciężką, srebrną klamrą.* — Opowiedz coś o nim.

— Artur Cieniowski — *słyszał, że zakręciła wodę* — młody, zdolny, błyskotliwy, arogancki, piekielnie inteligentny... no i bardzo przystojny.

To wystarczyło, żeby Kruk przestał nad sobą panować. Błyskawicznie ruszył w stronę łazienki.

– Myślę, że… Auaaaaa. Zostaw mnie, kurwa – zawyła, kiedy klamra spadła na jej blade ciało.

Po pół godzinie, już nawet nie miała siły, by pisnąć. Kruk odnotował, że nie czuje ręki, tak mocno się na niej wyżył. Raczej zapamięta tę lekcję. Jej ciało było czerwone, całe poznaczone okropnymi pręgami. Tylko buzię pozostawił nietkniętą. Tak jak lubił. I tak, by Nauczyciel nie zauważył.

– Powiedz tak jeszcze raz, jeden jedyny, kurwa, raz… O kimkolwiek, kto nie jest LEPSZY, a cię zajebię – rzucił słodkim tonem, pochylił się nad kobietą, uniósł jej zapłakaną twarz i złożył na jej czole czuły pocałunek.

SCENE - DO NO

NOT CROS

KATOWICE-KOSZUTKA, 17 STYCZNIA 2024 ROKU

ANKA

– „Dziewięćdziesiąt dziewięć milionów dotacji z Funduszu Sprawiedliwości poszło w zeszłym roku dla organizacji, na której czele stoi egzorcysta, który wypędzał diabła salcesonem" – przeczytałam Arturowi tweeta. – Tęskniłeś za ojczyzną? Trzeba przyznać, że twoi byli zwierzchnicy mają rozmach...

– Czym wypędzał tego dioboła? – Rozwalony na mojej kanapie Cień uniósł wysoko brwi i popatrzył na mnie ze zdziwieniem. – Powtórz, bo chyba śnię.

– Preswusztem*. Dobrze słyszałeś. – Z trudem zachowałam powagę. – A jak u ciebie w prokuraturze? Wam też minister sypnął groszem czy na pierdoły nie starczyło i dalej klamka z okna w twym wykwintnym gabinecie trzyma się na trytytce?

---

* (z języka śląskiego) Salceson.

– Jedyne, co się ostatnio sypie w prokuraturze, to moja sześćdziesiątka. – Rozłożył ręce nonszalancko. – Fajny, taki nie za sztywny typ. Nagrał kiedyś singiel o jebaniu konfidentów. Jak już mi złożył obszerne wyjaśnienia, to zapytałem go, czy nie uważa, że słabo się ta jego piosenka zestarzała.

Wybuchnęłam śmiechem. Boże, ależ mi go brakowało przez ostatnie trzy miesiące. Spędził je w Stanach, gdzie we współpracy z tamtejszą policją, odnalazł pozostałe ofiary Kruka. Nie tylko Artur był nieobecny... Szczepan, wbrew naszym nadziejom, wymagał dodatkowych konsultacji, związanych z raną na ręce. Miał uszkodzone nerwy, jeśli chciał wrócić do pełnej sprawności i nadal pracować w policji, musiał przejść operację za granicą. I przeszedł. Na szczęście udaną. Ja natomiast siedziałam w Katowicach, pisałam artykuły, myślałam o tym, co mam zrobić i zarzynałam się na siłowni. Coś mi podpowiadało, że byłam najmniej użytecznym społecznie członkiem tej ekipy.

Artur wrócił w zeszłym tygodniu, Szczepan miał przyjechać dziś. Nie zdziwiłabym się, gdyby tak się umówili...

– Następny singiel tej sześćdziesiątki będzie o akrobatyce... – rzuciłam śmiertelnie poważnie. – Tytuł: *Zajebałem szpagat*[*].

---

[*] Donosić.

Jak zawsze, w sytuacji stresowej, zaczynałam się wydurniać. Pewne mechanizmy były po prostu silniejsze ode mnie. Niewątpliwie miałam w sobie wiele z Chandlera z *Przyjaciół*: „Jestem Chandler, żartuję, kiedy się denerwuję". Tia, brzmiało jak ja.

Cień parsknął śmiechem. Najwyraźniej nie wyczuł, że szykuję się do poważnej rozmowy. Ciekawe czemu? Pewnie „dlatemu", że zabierałam się do tego, jak zawsze zresztą, od dupy strony i odwlekałam to w nieskończoność. Boże, gdybym tylko nie musiała tego robić...

– Mogłabyś pisać po murach pojazdy na rozjebusów, masz do tego ewidentny talent. – Podszedł do lodówki, wyjął z niej dwie puszki piwa. Jedną podał mnie, a z drugą usiadł na kanapie. – Budynek prokuratury nadaje się tylko do wyburzenia. Kasy na inwestycje brak. Wczoraj pierdolnął mi zawias w drzwiach szafy, trzymają się tylko dlatego, że...

– Opierają się o twoje legendarne ego, pasione na złamanych serduszkach niezliczonych rzeszy dzierlatek, do których ostatnio dołączyły też jankeski? – weszłam mu w słowo i zatrzepotałam rzęsami teatralnie.

– Znów zazdrość, Mała? – Uniósł wysoko brwi. – Poza tym, nie przyznaję się i będę wyjaśniał – rzucił tonem z sali sądowej. – Otóż w większości sypiałem z laskami, które nie chciały się ze mną wiązać, tylko pieprzyć. Co świadczy o tym, że były mądre, w końcu mam taki charakter, jaki mam. – Rozłożył ręce.

Odciągnęłam palcem wskazującym dolną powiekę. Nie musiałam nawet pytać: „Czy jedzie mi tam Abrams M1A1*?". Za długo się znaliśmy, sam gest wystarczył, by zrozumiał.

– Uważasz inaczej? – Wpatrywał się we mnie uważnie. – Przecież większość z nich to były mężatki! Twierdziły, że szczęśliwe.

Boże, jacy faceci są czasem durni, pokręciłam głową z niedowierzaniem.

– Jak mężatki są szczęśliwe, to nie puszczają się z bad boyami po kątach – wytłumaczyłam mu spokojnie. – Po prostu wiedziały, że od ciebie nie dostaną tego, na czym im zależało. Ale odpuścić sobie ciebie nie mogły, czego totalnie nie szanuję i mocno hejtuję. Albo wóz, albo przewóz. A nie, że w domu rogacz, którym rządzisz, a na mieście Cień, przed którym klęczysz.

Uniósł wzrok, a potem... sugestywnie spuścił oczy w dół. Tak, jakby mnie kusił, żebym mu zaprezentowała, o co mi dokładnie chodzi z tym klęczeniem.

Kurwa! To był najtrudniejszy wybór w moim życiu. Dobrze, że już go dokonałam i przysięgłam się go trzymać, bo zaczynałam sama siebie nienawidzić za te wahania między jednym a drugim. I to, że ani on, ani Szczepan nie ułatwiali mi zadania, wcale mnie nie usprawiedliwiało.

---

* Czołg konstrukcji amerykańskiej.

Chyba zobaczył moją minę, bo błyskawicznie zmienił temat.

– Czego niby miały nie dostać? – zapytał.

– Co? – Nie nadążyłam.

– Powiedziałaś, że te laski wiedziały, że ode mnie czegoś nie dostaną. Czego? – Popatrzył na mnie poważnie.

Oho. Chyba wcale nie chodziło o jego byłe. Chciał się dowiedzieć, czy ja uważam, że nie jest do czegoś zdolny. Oczywiście, że dokładnie tak uważam. Miałam jednak na to wysmerfowane, bo to akurat nie były rzeczy potrzebne mi do szczęścia.

– Stabilizacji, spokoju, regularnie poodkurzanego dywanu, cierpliwego znoszenia fochów, bycia choć trochę pantoflem. – Wyliczyłam na palcach. – Użyłeś kiedykolwiek w swoim życiu w ogóle słów: „Oczywiście, będzie, jak zechcesz, kochanie"?

Zastanowił się tęgo.

– Tak, raz. – Widziałam, że ledwo zachowuje powagę. – Wtedy, kiedy Magda zaproponowała mi trójkąt z jej przyjaciółką.

Popłakałam się ze śmiechu.

– Nie mam więcej pytań, wysoki sądzie – wydukałam, nadal piejąc.

– Wiesz co, Mała? Myślę, że nie każda tego chce. – Puścił do mnie oko. – Znam przynajmniej jedną, która woli: niestabilny niepokój, seks na dywanie, zamiast odkurzania i szybkie pacyfikowanie jej fochów. A na widok PANTOFLARZA dostaje wysypki i ucieka z wrzaskiem.

– Kto niby? – Udałam, że się zastanawiam. – Pani Zdzisia spod trójki?

Tym razem to on ryknął śmiechem. Pani Zdzisia była moją ulubioną, osiemdziesięcioletnią sąsiadką i jego największą fanką. Pomógł jej kiedyś wnieść zakupy i od tego dnia absolutnie się w nim zakochała. Kiedyś wypaliła do niego, że jakby była czterdzieści lat młodsza i mnie nie lubiła, to pokazałaby mu takie triki, jakich jeszcze w życiu nie widział. I zakończyła słowami: „Bo wam się młodzi wydaje, że to wyście seks wymyślili!".

Myślę, że gdyby ktoś sfotografował nasze miny w momencie, gdy to usłyszeliśmy, to błyskawicznie zostalibyśmy viralem definiującym słowo „ochujeć".

– To dwie znam. – Cień w końcu przestał się śmiać. – Ale, wracając do tematu złamanych serduszek, to akurat ty masz o wiele więcej na sumieniu. Co ciekawe, masz w tym gronie wielu facetów, z którymi nawet nie spałaś, tylko się kumplowałaś! Nie kojarzę żadnego, który by był z tobą blisko i prędzej czy później za tobą nie zatęsknił – powiedział z pełnym przekonaniem.

– Ja znam – rzuciłam ponuro.

– Psychopata też tęskni – zapewnił z przekonaniem.

– Nie, jak go znam, a znam, to jest bardzo zajęty. – Zaprzeczyłam ruchem głowy. – Akurat tego nikt mi nie wmówi.

– Mówiłaś, że jest inteligentny. Jest? – przybrał ton charakterystyczny dla przesłuchania.
– Jest – przyznałam.
– To tęskni. – Zamknął temat.

Jego kategoryczny ton nic nie zmienił. Byłam pewna, jak niczego w życiu, że nie ma racji. Miałam takie blizny na psychice po tamtej znajomości, że można by na nich grać w kółko i krzyżyk. Dziesięć razy.

– Skąd ten pomysł? – dopytałam.
– Bo tu nie chodzi tylko o urodę i cycki. Ani o dupę, którą nawiasem mówiąc, masz dwa razy mniejszą, niż kiedy wyjeżdżałem i wcale nie wiem, czy mi się to podoba. – Zmierzył mnie wzrokiem. – Ty sobie nie zdajesz sprawy, jak potrafisz słuchać... Jak rzadko się zdarza, żeby ktoś potrafił pomóc tak jak ty, czyli totalnie bezinteresownie. Tylko i wyłącznie dlatego, że kogoś lubisz. Już nawet nie wspomnę o tym, że umarłego doprowadziłabyś do śmiechu, kiedy chcesz kogoś rozbawić. No i ten twój błyskotliwy łeb. Kiedyś robiłem test, czy wymyślę temat, na który nie da się z tobą porozmawiać, i poległem. – Rozłożył ręce.

– Kurwa, to przynajmniej już wiem, czemu pytałeś mnie, co sądzę o całkach powierzchniowych. – Przywaliłam facepalma. – Ale przecież ja nie wiedziałam, co to jest!

– No i co? – Uśmiechnął się szeroko. – Nie musisz wiedzieć wszystkiego. Ale o wszystkim da się pogadać, bo nawet jak nie wiesz, to się dowiesz, albo zrobisz z tego stand up. Pamiętasz, co wtedy zrobiłaś? Wpisałaś to w google i jak zobaczyłaś definicję, że: „to całka, w której obszarem całkowania jest płat powierzchni", to powiedziałaś, że Wikipedia chyba cię obraża, ale pewna nie jesteś, bo nic nie rozumiesz.

Zaśmiałam się. Tak było.

– A przede wszystkim, Mała – najwyraźniej to nie był koniec – wiem, jak ja tęskniłem, kiedy nie miałem z tobą przez parę lat kontaktu – powiedział poważnie.

Patrzyłam na niego i czułam, że oczy zaczynają mi się szklić. Kurwa, dlaczego dopiero teraz? Miał dwadzieścia lat, żeby mi to powiedzieć. W tym ostatni rok, przez którego połowę traktował mnie jak trędowatą... Muszę się trzymać swoich postanowień. Miałam ogromnie dużo czasu, by przemyśleć całą naszą sytuację i już wiedziałam, co zrobię. Teraz należało TYLKO o tym porozmawiać. Z jednym i drugim. Tylko porozmawiać, kurwa. Przysięgam, że wolałabym wyczyścić Mariuszowi Gradarzowi buty do biegania, niż przeprowadzać te rozmowy. Ale niestety, czas tchórzostwa się kończył... dokładnie dzisiaj. Cały poprzedni tydzień nie poruszaliśmy z Cieniem kwestii naszego „trójkąta", ale dziś już nie można było udawać, że ta nie istnieje.

– Temat jest, Artur. – Uniosłam na niego zaszklone oczy.

– No nareszcie, już myślałem, że nigdy się nie zbierzesz. – Uśmiechnął się krzywo. – Mała, nakurwiasz!

KATOWICE-KOSZUTKA, 17 STYCZNIA 2024 ROKU

ARTUR

Doskonale wiedziałem, co mi chciała powiedzieć. Od samego początku tego spotkania, mimo że teoretycznie cały czas żartowaliśmy. Znałem ją najlepiej na świecie, miała wypisane w oczach, że podjęła decyzję i że boi się, jak na nią zareaguję. A skoro się tego bała, to znaczy, że my pozostaniemy przyjaciółmi, a Szczepan przeskoczy na level wyżej. W zasadzie podejrzewałem to od chwili, kiedy reanimowaliśmy go w cholernym „Uroczysku Tajemnic"... Słyszałem, co do niego mówiła, kiedy starała się go wesprzeć i właśnie wtedy zrozumiałem, że to nie chwilowy kaprys ani robienie mi na złość. Po prostu bardzo jej na nim zależało.

A że była piekielnie inteligentną kobietą, musiała widzieć tylko jedno wyjście z tej patowej sytuacji. Pewnie to samo co ja. Ja będę jej przyjacielem, nieważne, kogo wybierze, on samej przyjaźni nie weźmie. Jeśli chce mieć obu – musi wybrać jego.

Miałem trzy miesiące, żeby świetnie się do tej rozmowy przygotować. I na dodatek zamierzałem jej to ułatwić. Kurwa, mam nadzieję, że nie wyrosły mi husarskie skrzydła i pierdolona aureola. Święty Artur „Nie będę stał ci na drodze do szczęścia" Cieniowski. No cóż, to był jedyny sposób, by wyjść z tej sytuacji, choć moje ego będzie krwawić do końca życia. Mojego lub Szczepana, kiedy go zapierdolę, jeśli Anka mu się za pół roku znudzi.

– Słuchaj, dużo myślałam o tym wszystkim.
– Uciekła oczami w bok.

– O czym wszystkim? – zapytałem spokojnie.

No nie, Mała. Masz odwagę podjąć decyzję, to miej odwagę mi ją oznajmić. Najwyraźniej wyczuła, że to nie przejdzie, bo nabrała powietrza w płuca i popatrzyła mi prosto w oczy.

– Kocham cię. To jest dla mnie jasne od dwudziestu lat. I wiem, że ty też mnie kochasz – rzuciła jednym tchem.

– Prawda to. – Celowo użyłem ulubionego hasełka Szczepana.

Oczywiście to odnotowała, bo dostrzegłem jej zmieszanie.

– Jeśli zaczniemy ze sobą sypiać, to istnieje zagrożenie, że rozjebiemy to, co mamy – powiedziała spokojnie. – Istnieje też opcja, że wszystko to będzie tylko bezsensowna ofiara, jeśli nie będziemy umieli ze sobą żyć.

- To bardzo prawdopodobne - przyznałem jej rację. Bo to była prawda, choć chwilowo ciężko było mi się z nią pogodzić.

Nasza przyjaźń zawsze była ognista. Kłóciliśmy się tak, że pan i pani Smith mogli ewentualnie potrzymać nam piwo. I to z daleka, żeby nie wyłapać rykoszetu. Związek zaś zwiastował Faludżę... Zwłaszcza w wypadku, gdyby w zasięgu jej wzroku pojawiła się obok mnie jakaś inna laska. Dlatego zaczęła dziś ich temat. A znałem siebie... Na ten moment byłem pewien, że się nie skuszę. Natomiast „na ten moment" to trochę mało. Wiedziałem, że Anka nie wybaczy mi zdrady. Wtedy nie będzie czego zbierać i zostanę z niczym... A czekało nas jeszcze w chuj życia. Wytrzymałbym? A co, jeśli nie? Z drugiej strony, mój wisielczy humor podpowiadał mi, że przy upodobaniu seryjnych morderców do naszej trójki, równie dobrze mógł to być problem na następne czterdzieści dni, a nie czterdzieści lat...

Ale niestety to ja byłem ten „starszy i mądrzejszy". Statystycznie to ja, więcej razy w ciągu naszej znajomości dałem ciała. Zjebałem to, kurwa, od początku. Nie wiem, co za zaćmienie mózgu miałem, że nie poustawiałem sobie tego, zanim w naszym życiu pojawił się seryjny morderca, a zaraz po nim Szczepan na białym koniu... A teraz musiałem wziąć na klatę konsekwencje. Choć, kurwa, nie miałem na to najmniejszej ochoty. Jeszcze raz zmierzyłem ją wzrokiem od góry do dołu. Była piękna, była mądra i była dobra. Wszystko, co dziś mówiłem, było prawdą. No cóż, żyleta... Obyś wiedziała, co robisz... Bo ja się podłożę.

– Anka, co ty chcesz ode mnie usłyszeć? – Popatrzyłem na nią. – Chcesz usłyszeć: „Nie zaczynajmy tego?". Okej. Nie zaczynajmy tego. Za duże ryzyko. – Rozłożyłem ręce.

Patrzyła na mnie uważnie, tak, jakby starała się dociec, co NAPRAWDĘ chodzi mi po głowie. Pewnie udałoby jej się, gdybym nie był do tej rozmowy solidnie przygotowany. Byłem pewny, że wyglądam na kompletnie obojętnego. Tak, jakbym miał wyjebane, a jej propozycja mi pasowała. Chyba spodziewała się, że dam jej jakieś argumenty, jakieś obietnice. Tylko jakie? Miłości i uczciwości jej ślubować nie musiałem, bo miała je pewne jak w banku. Problemem zawsze była pierdolona wierność.

– Coś jeszcze cię gryzie? – Popatrzyłem na nią badawczo.

Westchnęła głośno.

Byłem ciekawy, powie wprost czy będzie traktowała mnie jak idiotę? Byłbym bardzo rozczarowany tą drugą opcją.

– Czy coś się w naszej relacji zmieni, jeśli zacznę się spotykać ze Szczepanem? – zapytała, patrząc mi prosto w oczy.

No, moja Mała. Wiedziałem, że nie będzie chowała głowy w piasek. Chciałem usłyszeć to pytanie.

– A moja odpowiedź zmieni coś w tym, co już sobie poukładałaś pod beretem? – zaciekawiłem się uprzejmie. Byłem pewny, że tak. Jeśli powiem, że się nie zgadzam, odstrzeli nas obu i zwróci się gdzie indziej. I niestety, wiedziałem gdzie. A na kolejny set w meczu z psychopatą, jej, kurwa, nie pozwolę.

– Inaczej bym cię nie pytała – potwierdziła moje przypuszczenia, wpatrując się we mnie intensywnie.

Wstałem i podszedłem do niej zdecydowanym krokiem, a potem ją do siebie przytuliłem.

– Nic się nie zmieni – powiedziałem jej prosto do ucha, pochylając głowę. Nie wiem, czy byłem szczery, raczej wątpię, ale z pewnością chciałem brzmieć szczerze. Prawda była taka, że wszystko wyjdzie w praniu... – Przeżyłem tych twoich pięciu arcyjebów, to Szczepana też przeżyję.

Tylko, że wcale nie byłem tego taki pewny. To nie jakiś obcy typ, tylko mój przyjaciel.

Wyczułem, że Anka się uśmiecha, ale też czułem, że to śmiech przez łzy. Wiem, że to było dla niej trudne, ale dla kogo, kurwa, z nas nie było.

– Twoje żony przeżyłam. I lafiryndę Sonię, która chciała nas zabić też – powiedziała niewyraźnie. – Żeby choć zbliżyć się do twoich osiągnięć, w materii chujowości gustu, musiałabym się umówić z Kadyrowem.

Wybuchnąłem śmiechem i pogłaskałem ją po policzku.

- O której ten dzban przyjdzie?

Zamierzałem zaakceptować sytuację, ale nic więcej. I tak od nadmiaru swej rycerskości, chciało mi się robić złe, bardzo złe rzeczy. I pewnie je dziś zrobię.

- Gdzieś za pół godziny. – Otarła oczy i zerknęła na zegarek.
- Zawijam się zatem – zdecydowałem od razu.

Poświęcenie poświęceniem, ale póki nie ochłonę, nie zamierzałem tego oglądać.

- Nie chcesz się nawet przywitać? – zapytała ponuro.
- Jutro się z nim umówię. Ty musisz mu przekazać radosne wieści, a ja się raczej nie nadaję, by siedzieć tu i przygrywać wam na skrzypkach.
- Raczej – potwierdziła nadal tym smutnym tonem.

Wiedziałem skąd ten smutek. Anka, tak jak Yennefer z *Wiedźmina*, chciała WSZYSTKIEGO. Nie da się. Będzie musiała to zrozumieć.

- Trzymaj się, Mała.

Pocałowałem ją w policzek i wyszedłem z mieszkania.

Zbiegłem po schodach i swobodnie podszedłem do postoju taksówek. Byłem pewien, że patrzy przez okno i stara się wykminić, czy udawałem, czy naprawdę niewiele mnie to obeszło. Powodzenia, byłem ekspertem w te klocki. Ostatnie pół roku nic innego nie robiłem, tylko udawałem, że mi to zwisa. A tak nie było.

Miałem ochotę rozpierdolić wszystko wokół. I niekoniecznie wytrzymam w postanowieniu, by tego nie robić, dłużej niż kilka minut. Trzeba się ewakuować.

– Dobry wieczór. – Wpakowałem się do pierwszej z brzegu taryfy.

– Dobry wieczór. – Wąsaty taksówkarz odwrócił się w moją stronę. – Dokąd jedziemy?

– Do burdelu – wycedziłem przez zęby.

– Którego? – dopytał, odpalając auto.

Burego. Na Śląsku we wszystkich burdelach za ochronę robiły osoby, które znałem z pracy. Konkretnie z tego, że ich zamykałem. Nie zamierzałem pakować się w kolejne kłopoty, skoro i tak miałem ich po jebaną kokardę.

– Jedź pan do miasta królów i dobrze naostrzonej maczety – poleciłem i wgapiłem się w szybę.

– Zatem do Krakowa. – Taryfiarz sprawnie włączył się do ruchu.

KATOWICE-KOSZUTKA, 17 STYCZNIA 2024 ROKU
SZCZEPAN

„Ból to tylko opinia"* – powtarzałem sobie w myślach, wchodząc po schodach do mieszkania Anki. To hasło towarzyszyło mi całe życie. W czasie pracy, w czasie oficjalnych walk na turniejach i nieoficjalnego mordobicia. I zawsze działało. Do tego dochodziła moja Nemezis, czyli pieprzona adrenalina. Mordercze treningi, pojebana robota, krótkie, za to bardzo intensywne związki. Nazywam się Szczepan Zalewski, mam czterdzieści trzy lata i jestem, kurwa, niezniszczalny... To znaczy byłem.

Od dwóch tygodni boleśnie przekonywałem się, że ból fizyczny to gówno i nic w porównaniu z tym, co może zrobić mi mój własny MÓZG... Tak, jakby ten przebiegły skurwysyn wyczekał idealny moment do ataku. Kurwa, a już było dobrze... Pooperacyjne rany

---

* Michał Tarapata, *Rolfmetoda*.

goiły się na mnie jak na PSIE. Okazało się, że nie mam trwałego uszczerbku na zdrowiu, więc będę mógł dalej pracować, ręka była sprawna. Uśmiechałem się szeroko, mówiąc Ance przez telefon, że jak zawsze uda mi się wywinąć fuksem z sytuacji pozornie beznadziejnej. I właśnie wtedy mój mózg stwierdził, że: „No, kurwa, tym razem, to może niekoniecznie"...

Takiej schizy, jaka dojechała mnie tego dnia wieczorem, nie miałem jeszcze nigdy w życiu. Byłem pewny, że się przekręcę. Dopadł mnie potworny, nieznany mi wcześniej niepokój. Przed oczami stanęły mi flashbacki i retrospekcje z „Uroczyska Tajemnic"... Migawka... Anka... Kruk, który zamierza zrobić jej krzywdę... Stoi pół metra ode mnie, a ja nie mogę zareagować... Moment później nie mogę oddychać, a moje ciało w żaden sposób mnie nie słucha. Jest martwe, a ja nie mam na nie wpływu... Przeżywanie tego ciągle i ciągle na nowo... Poty, przyśpieszony oddech, kołatanie serca, a przede wszystkim „lęki i strachy", tak silne, że te, które występują po wyjściu z miesięcznego ciągu chlania, to przy nich małe Miki...

Zdawałem sobie sprawę, że to od dawna wisiało w powietrzu. Długoletnie kłopoty ze snem, permanentny wkurw z pewnych powodów, bez powodu zresztą też, pracoholizm... A ostatnio seryjni mordercy polujący na mnie i osoby mi bliskie... Potrząsnąłem głową, żeby pozbyć się tych myśli. Zdecydowanie nie pomagały... Poczułem lekkie, znajome mi już wrażenie wyobcowania i błyskawicznie sięgnąłem do kieszeni. Wyjąłem pudełko i wysypałem dwie tabletki na rękę, a potem szybko je połknąłem. Musiałem być czujny. Chuj wie, kiedy dopadnie mnie następny parszywy atak i będę godzinami siedział w rogu pokoju i po prostu się telepał...

Ułożyłem na twarzy coś na kształt uśmiechu i nacisnąłem dzwonek.

Anka niemal natychmiast otworzyła mi drzwi. Rozchyliłem usta ze zdziwienia. Przez chwilę totalnie zapomniałem, po co tu jestem. Niby Anka, ale inna. Nie wiem, co konkretnie się zmieniło, ale wydała mi się jeszcze bardziej atrakcyjna, jakby trochę mroczniejsza, miała ostrzejsze rysy. Patrzyłem na nią jak zaczarowany. Uniosła brew, a ja przypomniałem sobie, że mam język i powinienem z niego skorzystać. Najpierw po to, żeby się odezwać.

– Dzień dobry, piękna nieznajoma. – Uśmiechnąłem się. – To pani zamawiała striptiz seksownego policjanta czy pojebałem adresy?

Zobaczyłem, jak w sekundę jej twarz rozświetlił ten charakterystyczny, szeroki uśmiech. No, jest moja dziewczynka!

– Nie! Zamawiałam młodego, wiotkiego strażaka o rumianych policzkach. – Udała oburzenie. – Przyjmujecie zwroty?

Poczułem, że coś we mnie drgnęło, bo prawie parsknąłem śmiechem. Przez ten smutny syf z ostatnich dwóch tygodni przedarła się na chwilę moja prawdziwa natura. Ta nie najgrzeczniejsza.

– Wiotkiego? – Uniosłem brwi w bezbrzeżnym zdumieniu. – To rzeczywiście pomyłka. Miałem na zleceniu wyraźnie napisane: „lubi poczuć siłę"...
– Spojrzałem sugestywnie na swoją dłoń.

Wiedziałem, że to sprawi, że zacznie sobie wyobrażać mój dotyk... na wszystkich, bardzo interesujących częściach swojego ciała. Podziałało, bo zaczęła się czerwienić.

– No chodź tu, wariatko. – Wyciągnąłem do niej ręce.

Błyskawicznie na mnie wskoczyła i mocno się przytuliła. Kurwa, była lekka jak piórko. Przycisnąłem ją mocniej do siebie i poczułem rozpłaszczające się na mojej klacie piersi. Ufff. Tego bym jej nie wybaczył. Na szczęście ta chudzina nadal była cycata. Odnotowałem, że jej nieprawdopodobnie długie nogi, oplatają mnie w pasie. Nie no, kurwa, polegnę w tej misji...

– Gdzie jest jedna trzecia ciebie? – Nie ściągając jej z siebie, bez specjalnego wysiłku wszedłem do mieszkania i zamknąłem drzwi. – Prowadzisz z Wąsikiem i Kamińskim strajk głodowy? Ile ty ważysz, pięćdziesiąt kilo? Nie wiem, czy najpierw spuścić ci wpierdol, czy zadzwonić po pizzę!

– Dzień dobry komisarzu, też za tobą tęskniłam.
– Uśmiechnęła się szeroko, ale w oczach miała niepokój.

Zauważyłem też, że są lekko zaczerwienione. Oho. Coś się stało. Zaraz się dowiem co, ale najpierw ustalę, czemu próbuje się wykończyć.

– Anka, jesteś prawie mojego wzrostu... – Postawiłem ją na podłodze. – Przeginasz, chcesz się rozchorować?

– Jestem osiem centymetrów niższa od ciebie. I nic mi nie jest, Szczepan. Ale, jak chcesz mnie zaprosić na przykład na lody, żeby mnie utuczyć, to przemyślę temat. – Uśmiechnęła się prowokująco.

Najwyraźniej chciała odwrócić moją uwagę. No i prawie podziałało. Błyskawicznym ruchem przycisnąłem ją do ściany, jednocześnie wciskając kolano między jej nogi.

– Masz mi obiecać, że cokolwiek sobie robisz, przestaniesz. – Naparłem na nią mocniej. – Bo ja ważę dziewięćdziesiąt dwa kilo i nie zawaham się ich użyć, by cię postawić do pionu.

– Ledwie przyjechał i już się rządzi. – Przewróciła oczami. – Przestanę, tylko mnie puść, bo przez te twoje dziewięćdziesiąt dwa kilogramy, nie mogę nabrać tchu.

Czułem, jak to zdanie odbija się rykoszetem od mojego mózgu. „Nie... mogę... nabrać... tchu..." Poczułem, jak mój oddech robi się płytszy, serce przyśpiesza, a na czoło występuje pot. Puściłem ją i cofnąłem się o krok. TO GÓWNO znów się zbliżało... A wywołało je jedno, kompletnie niewinne zdanie.

Byłem jak chodząca bomba zegarowa. Do tej pory łudziłem się, że może to jakoś ogarnę... Ale to tylko pobożne życzenia. Wiedziałem już, co powinienem zrobić.

– Szczepan, wszystko OK?

Anka popatrzyła z niepokojem na moją twarz. Widocznie nie wyglądałem najlepiej.

– Tak – wycedziłem lekko przez zęby. – Dasz mi wody?

– Pewnie. – Szybkim krokiem ruszyła w stronę kuchni.

Zamiast iść za nią, błyskawicznie wpakowałem się do łazienki. Odkręciłem kran i przemyłem twarz, a potem wygrzebałem z kieszeni kolejne pudełko, tym razem tabsy przeciwlękowe. Połknąłem jedną, popiłem wodą z kranu i popatrzyłem z rezygnacją na swoją bladą mordę, odbijającą się w lustrze.

Wiedziałem już, jakim skurwysyństwem jest PTSD[*]. Podobno co drugi funkcjonariusz policji w Polsce spełnia kryteria diagnostyczne zespołu stresu pourazowego, ale jakoś nigdy nie podejrzewałem, że akurat mnie to spotka. Moja robota nigdy nie była łatwa, ale dwa tysiące dwudziesty trzeci rok zdefiniował na nowo słowo: „chujnia". Znalazłem trupa swojego partnera, prawie wrobiono mnie w morderstwo, dostałem kulkę, a potem poczęstowano mnie

---

[*] PTSD (ang. Post-traumatic stress disorder) – zespół stresu pourazowego.

zwiotami, po których przy zachowaniu PEŁNEJ świadomości, byłem przez kilkanaście minut sztucznie wentylowany przez laskę, na której punkcie mam pierdolca. A pomagał jej mój najlepszy kumpel, a jednocześnie zwierzchnik, który... miał dokładnie takiego samego pierdolca, i pechowo, na punkcie tej samej dziewczyny. Coś mi podpowiadało i wyjątkowo nie było to moje zajebiste ego, tylko rachunek prawdopodobieństwa, że w aż tak parszywej sytuacji, był w tym momencie tylko jeden człowiek w tym kraju.

Szczepan Zalewski Reality Show, którego scenarzysta to chory zwyrol... Ten PTSD już mi mógł darować. Wiedziałem, że mogę wyzdrowieć, ale miałem również świadomość, że wcale nie muszę...

Lekarze przepisali mi antydepresanty i inne piguły, i kazali w Polsce iść na terapię. Słuchałem piąte przez dziesiąte, ale utknęło mi w głowie, że w jej ramach miałbym mieć treningi relaksacji i warsztaty pozytywnego myślenia...

Zajebiście. Szkoda, że jedyną pozytywną myślą, jaką miałem w głowie, było wykopanie ścierwa Kruka, jego podpalenie, rozwiezienie go jak gnój po polu, ponowne zebranie i wrzucenie do kompostu. Brzmiało jak relaks... Chociaż nie, to nie była jedyna pozytywna myśl. Drugim pozytywem była Anka. I dlatego nie miałem prawa jej w to mieszać... Muszę wykonać najtrudniejsze zadanie dzisiejszego dnia, a potem wrócę do domu, położę się w łóżku i będę spał przez... dziesięć lat? Dwadzieścia? Do śmierci? Kuszące...

Kiedy wszedłem do salonu, podała mi szklankę. Wziąłem łyka.

– Czemu płakałaś, Anka? – zapytałem błyskawicznie, żeby odwrócić jej uwagę od mojego dziwnego zachowania.

Na niewiele się to zdało, bo patrzyła na mnie z prawdziwym niepokojem. Trudno się dziwić, w ciągu kilku minut mój nastrój zmienił się o sto osiemdziesiąt stopni.

– Czemu? – powtórzyłem.

– Pół godziny temu rozmawiałam z Arturem. To nie była łatwa rozmowa, bo wiesz, jaki jest dla mnie ważny. – Spojrzała mi prosto w oczy. – Powiedziałam mu, że wybrałam. Konkretnie, że CIEBIE wybrałam. – Podkreśliła, żebym na pewno zrozumiał.

Kurwa! Tak bardzo chciałem usłyszeć to zdanie... Jeszcze dwa tygodnie temu dałbym się za to obedrzeć ze skóry i zapeklować w soli himalajskiej. Ale nie teraz... Teraz byłem w dupie.

Bacznie obserwowała moją twarz i jej mina coraz bardziej tężała.

– No, chyba że to już z twojej strony nieaktualne... – powiedziała z udawaną lekkością.

Tak, to jest z mojej strony nieaktualne, ale nie dlatego, że nie chcę, tylko dlatego, że nad sobą nie panuję – wykrzyczałem w myślach. Nie mogłem jej powiedzieć, co się ze mną dzieje. Znałem Ankę dobrze, jeśli dowie się prawdy, to nie pozwoli mi się z tym męczyć samemu... Będzie mnie niańczyć, kiedy będę leżał na podłodze i telepał się ze strachu, podawać mi leki i trzymać mnie za rączkę. Nie poskarży się słowem i zrobi wszystko, żeby mnie z tego wyrwać... W szpitalu też nie odstępowała mnie na krok...

Tak będzie wyglądał początek naszego związku. Czas, kiedy powinniśmy zajmować się ruchaniem, rozmową po świt i piciem szampana o szóstej rano na dachu bloku...

To właśnie bym z nią teraz robił, gdybym był sobą. I to robiłaby, gdyby... wybrała Artura. Artura, który dwa tygodnie temu, zupełnie nieświadomie, zdobył nade mną jedną, za to zajebistą przewagę – on był, kurwa, NORMALNY...

Zacisnąłem zęby. Nie wytnę jej takiego numeru, nie wciągnę jej w to gówno. Za bardzo mi na niej zależy.

– Odkręć to, Anka – powiedziałem chłodnym tonem. – Ja odpadam.

KATOWICE-KOSZUTKA, 17 STYCZNIA 2024 ROKU
ANKA

Patrzyłam spokojnie na zimnego i wycofanego Szczepana i zastanawiałam się, gdzie podział się facet, który zaledwie kwadrans wcześniej wszedł do mojego mieszkania. Ten, który mnie uratował. Ten, z którym rozmawiałam codziennie przez ostatnie trzy miesiące i ten, którego bardzo dobrze znałam i chyba nawet kochałam... Gdyby to nie było moje popierdolone życie, tylko meksykańska telenowela, poszłabym o zakład, że w łazience ktoś go podmienił i teraz mam okazję poznać jego złego brata bliźniaka.

Szczepan był męski, twardy i silny, ale też... sprawiedliwy. Nie miał nic wspólnego ze zjebem, który przed chwilą kazał mi „ODKRĘCIĆ TO", jakby chodziło, kurwa, o zamówienie kaczki w pięciu smakach u Chińczyka.

Instynkt podpowiadał mi, że coś jest bardzo, ale to bardzo nie w porządku. Jego zachowanie nie miało najmniejszego sensu! Muszę tylko przebić się przez lodową skorupę, którą się przed chwilą otoczył i dowiedzieć się, co naprawdę się dzieje... Bo to jest niemożliwe... Szczepan nie jest psychopatą i nie bawiłby się mną w tak parszywy sposób. ON NIE JEST TAKI!

W momencie, w którym ta myśl skrystalizowała się w mojej głowie, natychmiast poczułam dławiące uczucie déjà vu... Odruch Pawłowa. Wszyscy składamy się ze swoich doświadczeń, a przecież ja już raz byłam w niemal identycznym położeniu. Już raz znałam i kochałam faceta, który też niby nie był „taki". W to, że niestety dokładnie „taki" jest, uwierzyłam dopiero, gdy nie dało się już temu w żaden sposób zaprzeczyć. Konkretnie wtedy, kiedy okazało się, że wymazał mnie ze swojego życia z taką samą łatwością i podobną liczbą wątpliwości, z jaką porządni ludzie wypierdalają po świętach uschniętą choinkę... Czyli bez sentymentów. Była Anka, nie ma Anki, za rok będzie jakaś nowa, może nawet lepsza... Uświadomiłam sobie, że właśnie spotyka mnie to samo. Kolejny raz.

Znałam siebie dobrze, w takiej sytuacji były tylko dwie drogi. Albo się teraz rozpłaczę, rozsypię na milion kawałków i na dodatek się upokorzę, albo mój organizm przejdzie w zarządzanie kryzysowe.

Po chwili poczułam, jak ogarnia mnie przerażający SPOKÓJ, a ręce zaczynają lekko drżeć. Czyli opcja numer dwa. Znam ten stan. I lubię go. I chwilowo mam wyjebane na to, ile później przyjdzie mi za niego zapłacić, bo teraz w moich żyłach zamiast krwi płynie tylko i wyłącznie napędzane poczuciem niesprawiedliwości wkurwienie.

– Bareja by tego nie wymyślił – rzuciłam cicho.

Byłam zdziwiona tym, jak pewnie brzmi mój głos. Tak jakby cały świat nie wypierdolił mi się znowu na głowę. A przecież niemal czułam uderzające mnie w łeb głazy. Myśli o Arturze wolałam w ogóle nie dopuszczać w tym momencie do głowy. Źle wybrałam. Znów, kurwa. I nie da się tego cofnąć.

Szczepan popatrzył na mnie ze zdziwieniem. Chyba spodziewał się innej reakcji. No cóż. Też się innych rzeczy spodziewałam, a wyszło jak zawsze.

– Anka... – zaczął, przejeżdżając ręką po włosach.

– Tak, słyszałam. – Weszłam mu w słowo. – Ty odpadasz, a ja mam to odkręcić. I właśnie myślę jak najlepiej... – Udałam, że się zastanawiam. – Ooo, wiem! – krzyknęłam z udawanym entuzjazmem. – Zadzwonię do Artura i powiem mu tak: „Stary, pojebało mi się. Pamiętasz, jak wybrałam Szczepana? Miałam ciebie na myśli. Artur i Szczepan to nie jest to samo imię? To nieporozumienie takie, sorry".

Jego twarz przypominała maskę. Mnie też chwilowo nie było do śmiechu, ale nic nie mogłam na to poradzić. Jeśli nie włączę sarkazmu i ironii, to zwinę się na ziemi w kłębek i zabeczę się na śmierć. I nikt mnie, kurwa, z tej podłogi nie pozbiera. A z pewnością nie on. Artura zaś, w tej sytuacji, nie miałam nawet prawa o to prosić...

– Powiedz mi tylko jedno, zanim zaproponuję, żebyś się ewakuował... Dla zabawy mi dupę przez pół roku zawracałeś? – dopytałam z ciekawością. – Z nudów? Coś sobie chciałeś udowodnić? Albo mnie? Założyłeś się z kimś?

– Nie. – Zazgrzytał zębami. – Po prostu zmieniłem zdanie.

– Aaaa! – Uniosłam wysoko brwi. – No rzeczywiście, jasna sprawa. Tylko krowa nie zmienia poglądów. Prawda to. Ale mogłeś rozegrać to lepiej...

– Nie mogłem – wycedził.

Nie umiałam rozszyfrować jego spojrzenia. Coś z nim było nie tak, ale nie miałam teraz ani siły, ani ochoty, żeby to rozkminiać... Miałam ochotę go zabić, albo jeszcze lepiej – palnąć sobie w ten pusty, niereformowalny i naiwny łeb.

– Mogłeś. – Uśmiechnęłam się ironicznie. – Osobiście uważam, że jeszcze bardziej kozacki efekt byłby, gdybyś mnie przeleciał i powiedział mi o tym dopiero po seksie. Przecież możesz, kurwa, robić, co chcesz, tobie wszystko wolno, a jak ktoś jest na tyle frajerem, żeby coś do ciebie czuć, to jest to już jego problem. Wtedy dosadniej byś mi udowodnił, kto rozdaje karty, a ja czułabym się jak jeszcze większy śmieć. – Rozłożyłam ręce. – To by dopiero była zabawa, nie? Boki zrywać.

Widziałam po jego minie, jak bardzo go to zabolało i jak mocno się wkurwił. Cudownie, nareszcie nie tylko mnie boli... W tym momencie usłyszałam głośny trzask. Szklanka, którą trzymał w ręce, pękła, raniąc mu dłoń. Nawet nie syknął. Wyszedł do kuchni, wyrzucił szkło do kosza, odkręcił kran i wsadził dłoń pod wodę.

Widok krwi mnie otrzeźwił. Jaki to ma sens? Rozjebał wszystko i nic, co powiem, tego nie cofnie ani nie zmieni. Pozamiatane.

Weszłam za nim do kuchni, wyjęłam z apteczki płyn do dezynfekcji i opatrunek, a potem powoli podeszłam do Szczepana. Złapałam go za dłoń. Nie podniosłam wzroku, bo bałam się, że kiedy zobaczę jego oczy, to kompletnie się rozkleję. Przyjrzałam się uważnie długiej, poprzecznej szramie i wyjęłam z niej kilka kawałków szkła. Kiedy upewniłam się, że rana jest czysta, zdezynfekowałam ją i założyłam opatrunek. Dopiero wtedy odważyłam się unieść wzrok. Miał tak udręczone spojrzenie, że w moich oczach natychmiast stanęły łzy.

– Przepraszam cię, kotek – pochylił się nade mną, przycisnął usta do mojego czoła, a potem błyskawicznie wyszedł.

Kiedy usłyszałam odgłos zamykanych drzwi, położyłam się na podłodze w kuchni i zaczęłam wyć.

CHORZÓW – WOJEWÓDZKI PARK KULTURY I WYPOCZYNKU
16 KWIETNIA 2010 ROKU

– Nie ma cienia wątpliwości, że to „amerykański kat" – powiedział prokurator Dariusz Kowalski zaniepokojonym tonem. – Czas się zgadza, od ostatniej serii zabójstw minęły właśnie trzy lata...

Stali przy służbowym samochodzie na jednej z rzadko uczęszczanych alejek chorzowskiego parku i palili papierosy. Kilka metrów dalej, na odgrodzonym taśmą terenie, uwijało się mnóstwo ludzi: policja i technicy. Artur Cieniowski miał wrażenie, że jego patron nie bardzo pali się do pracy jako takiej. A do medialnej i głośnej sprawy „amerykańskiego kata", nie palił się podwójnie.

– Ile tych serii już miał? – Cieniowski popatrzył z uwagą na swojego patrona.

– Pięć. Ta będzie szósta... – Kowalski rzucił na ziemię niedopałek i zdusił go butem. – I oczywiście musiało paść na mnie!

Artur zignorował jego gorzkie żale. W przeciwieństwie do Kowalskiego cieszył się, że nareszcie zajmą się czymś poważniejszym niż „dziesiony"* robione przez najebanych durni, albo awantury stadionowe, w których nikt tak naprawdę nie czuł się pokrzywdzony.

– I każde morderstwo co czterdzieści osiem godzin, tak? – Artur ścisnął nasadę nosa kciukiem i palcem wskazującym. – To znaczy, że w ciągu sześciu dni mamy trzy ofiary, co trzy lata... Czy ta cyfra „trzy" nie wydaje się panu dziwna? Sześć to zresztą jej wielokrotność... Coś często się to powtarza...

– Naoglądałeś się, młody, amerykańskich filmów – prychnął Kowalski. – Liczba jak liczba. Chodź.

Artur posłusznie podążył za Dariuszem, tylko w myślach wysyłając w jego kierunku stek bluzgów, wśród których „leń pierdolony", był zdecydowanie najłagodniejszym. Z takim podejściem nie byłby w stanie złapać nawet własnej żony, choćby waliła go po rogach z jego własnym aplikantem. No cóż. Dosłownie nie był w stanie. Bo to właśnie, odgrywało mu się od miesiąca pod nosem. Pani Kowalska była niesamowicie podniecającym i bardzo znudzonym swym małżeństwem MILF-em. Artur zaś zdecydowanie nie czuł wobec swego patrona jakiejkolwiek lojalności.

– Prokuratorze, sprawa jest. – Do Kowalskiego podszedł ubrany po cywilnemu facet. Miał około trzydziestu

---

* Rozbój.

lat, czarne, szczeciniaste włosy i lotniczą kurtkę... – Mam wrażenie, że...

– O wrażeniach niech sobie pan podkomisarz pogada z moim aplikantem, on też ma ich wiele – przerwał mu bezceremonialnie Dariusz. Nawet nie raczył się zatrzymać. – Gdzie jest Tomek Kocioł?

– Tam – powiedział policjant przez zęby i wskazał ręką na tłum.

Aplikant i podkomisarz czekali, aż Kowalski oddali się od nich na bezpieczną odległość.

– Artur Cieniowski – wyciągnął rękę aplikant.

– Szczepan Zalewski. – Policjant popatrzył na Cieniowskiego, jakby się zastanawiał, czy może mu zaufać, a potem wzruszył ramionami, jakby miał to gdzieś, i postanowił zaryzykować. – Twój patron to debil, a na dodatek kawał chuja.

– I to miękkiego – zgodził się Artur. – Jest totalnie obsrany, że dostał tę sprawę.

– I prawidłowo, bo z pewnością ją spierdoli. – Szczepan zapalił papierosa. – Dlatego zebrała się cała wierchuszka, mocna ekipa. Chyba chcą go przypilnować. – Skinął fajką w stronę facetów, do których podszedł Kowalski.

Cieniowski rozpoznał Marka Azora, naczelnika wydziału. Pozostałej dwójki nie znał.

– Kto tam jest, oprócz Azora?

– Ten w skórzanej kurtce to Tomek Kocioł. Legenda KWP[*], pracował już przy sprawie „amerykańskiego kata".

---

[*] Komenda Wojewódzka Policji.

Ma czterdzieści lat, ale doświadczenia naprawdę sporo. Stara szkoła – wyjaśnił Zalewski. – Ten starszy to Wrona. Najlepszy koroner na Śląsku.

Przez chwilę stali w milczeniu. No cóż, ewidentnie organy wymiaru sprawiedliwości nie należały do instytucji, gdzie promuje się młodych. Zwłaszcza tych, którzy nie bali się nowatorskiego podejścia... Obaj dziś z tej okazji zgarnęli zjebki i chyba to wytworzyło między nimi natychmiastową nić porozumienia.

– Co chciałeś powiedzieć Kowalskiemu? – Artur nadal nie spuszczał wzroku z zaciekle dyskutujących mężczyzn.

– Myślę, że warto jeszcze dziś przejechać się do wszystkich szpitali w mieście. – Szczepan zaciągnął się papierosem. – Pavulon ma datę ważności dwa lata. Nie mógł mu zostać z ostatniej serii. Musiał go ukraść niedawno. Wiem, że to nie musi wypalić...

– Ale może – przerwał mu Artur. Uznał, że to naprawdę dobry pomysł. – Możesz to zrobić bez zgody Kowalskiego?

– Tak, to normalna czynność śledztwa, a ja pracuję razem z Kotłem. – Kiwnął głową.

– To zrób. – Artur patrzył na niego poważnie. – Jako aplikant mogę jeszcze mniej niż ty, ale też uważam, że to ma sens. Jeśli nic z tego nie wyniknie, to nigdy się nawet nie dowiedzą.

– Prawda to – zgodził się Szczepan. – Patrz, kto idzie! Znasz ją?

Artur odwrócił się i ujrzał drobną blondynkę, która zdecydowanym krokiem zmierzała w ich stronę.

– Miałem już przyjemność poznać. – Machnął do niej na powitanie.

Sonia Wiktorowska uśmiechnęła się do Cieniowskiego szeroko. Najwyraźniej dobrze wyczuwał, że jej się spodobał. Poznali się jakiś czas temu, w trakcie sekcji zwłok i świetnie im się podczas niej rozmawiało. Nawet za dobrze, jak na tak ponure okoliczności.

– Ty, ale chyba nie dosłownie miałeś przyjemność, nie? – Szczepan uniósł wysoko brwi. – Na komendzie mówią, że ma romans z Kotłem... Zrobiłoby się dość niezręcznie.

No cóż, Artur nie miał zamiaru osądzać jej moralności. Zwłaszcza że jego również mogłaby nie raz zostać zakwestionowana.

– Nie. Dosłownej przyjemności nie miałem. – Uśmiechnął się aplikant. – Ale nie powiem, żeby nie przeszło mi to przez głowę.

Szczepan też przyjrzał się wnikliwie blondynce.

– Niezła, ale nie mój typ. Wolę brunetki. Z większymi... argumentami – wymamrotał pod nosem. Poczekał, aż podejdzie bliżej i powiedział głośno. – Cześć, Sonia, dasz jakieś info kolegom? Solidaryzuj się z młodymi troszkę. Tym dziadkom już bliżej niż dalej, wiecznie pracować nie będą.

Sonia uśmiechnęła się ostrożnie. Najwyraźniej nie miała zamiaru obgadywać przełożonych. Ani swojego kochanka.

– Cześć, chłopaki. Nic zaskakującego wam nie zdradzę, to, co już wiecie z wezwań. Na sto procent to „amerykański kat". – Rozłożyła ręce. – Nie pracowałam przy poprzednich sprawach, ale studiowałam akta. Wszystko się zgadza. Resztę powiem wam po sekcji. Będziesz? – Uśmiechnęła się zalotnie do Artura.

– Pytasz, a wiesz. – Puścił do niej oko. – Będę. Dokąd tak pędzisz, piękna?

– Lecę do auta po dyktafon. Zapomniałam, a Wrona wymaga wręcz obsesyjnie, żeby dokumentacja była pełna. – Ruszyła w stronę parkingu. – Do zobaczenia.

Machnęli do niej niemal równocześnie.

– Najwyraźniej wierność nie jest jej najmocniejszą stroną. Leci na ciebie – stwierdził Szczepan, kiedy tylko nie mogła ich usłyszeć. – Uważaj na Kotła.

– Taki zazdrosny? – Artur przeniósł wzrok na starszego policjanta. Wyglądał na twardziela i robił wrażenie nieustępliwego.

– Podobno. – Zalewski wzruszył ramionami i błyskawicznie zmienił temat. – Wiesz już, za co tym razem ofiara poniosła karę?

„Amerykański kat", do tej pory, wybierał kogoś, kto robił w jego mniemaniu złe rzeczy. A potem obwieszczał przy zwłokach jakie. Taki polski Dexter*, i to na długo, zanim wymyślono ten serial. Pierwsze morderstwo miało

---

* *Dexter* – amerykański serial telewizyjny. Akcja serialu skupia się wokół Dextera Morgana, który za dnia pracuje jako analityk śladów krwi, a nocą jest seryjnym mordercą.

miejsce w tysiąc dziewięćset dziewięćdziesiątym piątym roku.

– Nie. Kowalski nic nie mówił.

– A ja wiem – przyznał się Szczepan. – Dlatego też nie żal mi specjalnie. Jeśli wierzyć mordercy, to ofiara była pedofilem.

KATOWICE-ZAŁĘŻE, 20 LUTEGO 2024 ROKU

SZCZEPAN

– Dziś, wchodząc do pani gabinetu, minąłem się z Jarosławem Cewikiem. – Uniosłem rękę. – Wiem, że nie może pani ze mną rozmawiać o innych psychicznych. Staram się tylko odpowiedzieć na zadane przez panią pytanie. – Zamyśliłem się. – Był taki czas w moim życiu, że mieliśmy kilka nieporozumień. I słyszałem, że chciał mi za to obić mordę... I tak sobie dziś naprzeciw niego stałem i uśmiechałem się naprawdę bardzo złośliwie. O tak – zaprezentowałem jej jak.

– Faktycznie, wygląda pan z tą miną jak wcielenie trolla – powiedziała z kamienną twarzą.

– Wiem. – Uśmiechnąłem się szeroko. – Bardzo liczyłem na starcie, skoro nareszcie widzimy się twarzą w twarz. Prawdziwy fight. I co? I chujów sto! Oczywiście spękał i mnie nie zaczepił. Nawet nie nazwał mnie ciulem. Uciekł w podskokach. Zatem, na pani pytanie, czy zrobiłem dziś coś, by się zrelaksować, odpowiedź brzmi: „PRAWIE". – Wyłożyłem się na krześle z zadowoloną miną.

– Wie pan, że większość z moich pacjentów podchodzi do sprawy nieco poważniej? – Moja terapeutka, Joanna Nowaczyk, popatrzyła na mnie z mieszanką zniecierpliwienia i rozbawienia.

Mam nadzieję, że dostawała za mnie jakiś dodatek... Na przykład za pracę w ciężkich warunkach. Od dziecka miałem jeden szczególny talent. Potrafiłem doprowadzać ludzi do białej gorączki. Dzięki fotograficznej pamięci niewiele rzeczy mi umykało. Wszystkie je gromadziłem w swoim przegrzanym mózgu i wykorzystywałem, gdy tylko nadarzyła się okazja. Albo w pracy, albo żeby wyprowadzić kogoś z równowagi. Ale w przypadku pani Joanny starałem się jednak nie przeginać. Zdecydowanie mogłem trafić gorzej.

Była śliczną, na oko sporo młodszą ode mnie, blondynką o dziewczęcej, delikatnej urodzie.

Jej paznokcie były zawsze w mocnym kolorze, nosiła fantazyjne bransoletki i miała epicki biust, który, jak dla mnie, zbyt rzadko pokazywała w dekoltach. Ale o wiele bardziej od urody ceniłem to, że stanowiła naprawdę godnego przeciwnika. Nie dawała się mi podpuszczać, wystawiać i bardzo celnie komentowała. Potrafiła szybko ogarnąć moje wywody za pomocą krótkich pytań z rodzaju: „A po co? A dlaczego?". I mimo woli zacząłem się zastanawiać i po co? i dlaczego?

A wnioski z tych odpowiedzi naświetlały wiele kwestii inaczej i pozwalały mi poukładać je sobie w głowie.

Była wspaniałą kobietą, założę się, że kochaną i dobrą. Tylko nade mną się znęcała. No cóż. Lepiej niż ktokolwiek inny rozumiałem, że to nic osobistego – po prostu taką miała pracę.

– Domyślam się, że to Cewika – powiedziałem, wskazując na leżącą na stoliku paczkę chusteczek. – Bo raczej dla mnie tego tu pani nie położyła. Ostatni raz płakałem w drugiej klasie podstawówki, jak zajebali mi rower.

– Jakoś mnie to nie dziwi. – Westchnęła, głośno ignorując moje uwagi. – Każdy reaguje inaczej. Pan należy do osób, które starają się tuszować niechciane emocje śmiechem. To może być jeden z powodów, dla których pan do mnie trafił... Nigdy nie zwierzał się pan nikomu z tych przeżyć?

Jasne, kurwa. Mamie, cioci i jeszcze ckliwą relację na Insta wjebałem.

– Nie. – Zrobiłem kwaśną minę. – Za to teraz muszę zwierzać się pani. Opowiadałem to już tyle razy, że jak będę musiał powiedzieć to znów, to literalnie ochujeję – uprzedziłem ją lojalnie.

– Wedle wszelkich dowodów naukowych, skuteczne w psychoterapii PTSD są metody, które wykorzystują techniki ekspozycji na wspomnienia traumatyczne i bodźce skojarzone z traumą. – Rozłożyła ręce. – To dla pana dobra.

Powiedziałbym, że się obejdzie, ale w ostatniej chwili ugryzłem się w język. No bo nie. Nie dam sobie sam rady, a dość już straciłem... Pewne dobra prawdopodobnie bezpowrotnie. Na przykład Ankę, która trzy dni po naszej rozmowie wyjechała do Meksyku i nie odezwała się już do mnie ani jednym słowem... Trudno jej się dziwić.

– Niestety nasza sesja dobiega końca. Żałuję, bo muszę przyznać, że jest pan jednym z ciekawszych przypadków w mojej karierze. – Joanna uśmiechnęła się szeroko. – A pojutrze zaczniemy od tego, co właśnie się panu przypomniało. Bo coś mi mówi, że nie wszystkie konsekwencje tych przykrych zdarzeń poruszyliśmy w naszych rozmowach. – Joanna najwyraźniej zauważyła moją minę i wyciągnęła prawidłowe wnioski.

Zobaczyłem, że bierze do ręki notatnik i coś zapisuje. Nienawidziłem tego momentu. Gdzieś w okolicach trzeciej naszej sesji zapytałem ją, co tak skwapliwie notuje? I żeby się przyznała, że napisała tam: „Pacjent pojebany jak lato z radiem, do utylizacji". Wtedy pierwszy raz udało mi się doprowadzić ją do wybuchu śmiechu.

Chętnie dorwałbym się do tego jej zeszyciku... Gdybym przeczytał te notki, to może szybciej by mi poszło wracanie do siebie. Dziś było o niebo lepiej niż miesiąc temu, ale ja nie chciałem, żeby było tylko lepiej. Chciałem, kurwa, żeby było jak dawniej. Mimo iż doskonale zdawałem sobie sprawę, że życie tak nie wygląda. Cztery lata temu nie było covidu w Polsce. Dwa lata temu nie było wojny w Europie. Rok temu nie było psychicznego Szczepana.

Tak wygląda świat, że czasem wszystko się wypierdala, mimo że ani trochę tego nie chcemy. Albo zaakceptuję, że przeszłość była, ale się zmyła, albo zdechnę na jej ołtarzu. A na to nie miałem najmniejszej ochoty.

– Dosłownie nie mogę się doczekać – rzuciłem niewinnym tonem. – Ale po co czekać do pojutrza? Może dziś skoczy pani ze mną na kawę?

Oczywiście nie byłbym sobą, gdybym w momencie przerażenia nie spróbował też ostatniej drogi, zaskakująco często w moim życiu skutecznej. Zwłaszcza biorąc pod uwagę moją zakazaną mordę. Automatycznie chciałem zaczarować ją swoim urokiem osobistym i poznać prywatnie... Wszystko, byle tylko nie musieć gadać o Ance.

Uśmiechnęła się z pobłażaniem i pokazała mi serdeczny palec, na którym tkwiła złota obrączka.

– Nie bardzo mam czas na kawę – powiedziała tonem, który wskazywał, że choćby miała wolne trzydzieści lat, to nie poszłaby ze mną gdziekolwiek. Rozsądna kobieta. – Jedziemy dziś z MĘŻEM odebrać „Zabytkowego Żuka Straży Pożarnej", którego wylicytował na Wielkiej Orkiestrze Świątecznej Pomocy.

Uśmiechnąłem się szeroko.

- To piękny gest, czemu ma pani taką kwaśną minę? - zaciekawiłem się.

- Bo ja chciałam wylicytować co innego, ale zagraliśmy w kamień, papier, nożyce i przegrałam. - Zrobiła smutną minę.

Przypomniało mi się, jak z Arturem grałem w Gdańsku o to, w czyim pokoju schowamy Ankę przed Krukiem...

- Też zawsze w to przegrywam - powiedziałem przez zęby, a ona znów spojrzała na mnie uważnie. Bałem się, że zacznie notować, więc błyskawicznie zmieniłem temat. - Co pani chciała wylicytować?

- Jestem fanką pewnej dziennikarki. - Uśmiechnęła się z lekkim zakłopotaniem. - Albo dziennikarza, bo w sumie nie wiadomo, jakiej jest płci, pisze artykuły pod pseudonimem. Ale coś mi podpowiada, że to kobieta. - Otworzyłem usta ze zdziwienia. Nie, to się nie dzieje. Jeśli chodzi o Ankę, to uwierzę, że naprawdę jest wiedźmą, tak jak mi często powtarzała. I że przyciąga sytuacje, które nie mają prawa się zdarzyć w normalnym życiu. - Ten pseudonim to P.S. Kojarzy pan? - Joanna popatrzyła na mnie uważnie.

- Coś słyszałem - powiedziałem niewzruszenie. W końcu umiałem kłamać. Nawet podpięty do wariografu. Joanna nie miała szansy wiedzieć, ilu artykułów, które czytała, byłem bohaterem. Anka nie wymieniała nigdy danych personalnych policjantów operacyjnych. Stan faktyczny przeze mnie i Artura też bywał mocno zmieniony. – I co ta P.S. wystawiła na licytację?

– Kolację w swoim towarzystwie, oczywiście z zachowaniem w tajemnicy jej tożsamości. Żałuję bardzo, myślę, że poznanie jej mogłoby być bardzo interesującym doświadczeniem. – Joanna wstała, dając mi sygnał, że mam się zwijać.

– Jezu, jeszcze jak. – Nie powstrzymałem się. – Do widzenia. – Błyskawicznie zawinąłem się z jej gabinetu, nie czekając, aż dopyta, co miałem na myśli. Niech sobie zanotuje.

Na rozmowę o Ance byłem jeszcze mniej gotowy, niż na siedemdziesiątą piątą opowieść o tym jak się czułem, kiedy Kruk próbował ją zgwałcić, a ja nie mogłem ruszyć palcem... O P.S. też nie chciałem gadać. Anka miała niesamowity talent, zawsze w artykułach przemycała jakieś zdania z podwójnym znaczeniem, przeznaczone tylko dla tych, którzy ją znali. Kiedy byłem za granicą, uwielbiałem to czytać, znajdować te smaczki i je z nią omawiać przez telefon....

Prawda była taka, że moja pewność, że postąpiłem dobrze, nie mówiąc Ance prawdy, opuściła mnie szybciej, niż DiCaprio zostawia dupy, którym stuknie dwudziesta piąta wiosna życia... O tym, że to był ogromny, piramidalny błąd, pomyślałem już w momencie, gdy zamykałem drzwi jej mieszkania. W życiu nie myślałem, że zależy jej aż tak. Gdybym to wiedział... To, kurwa, nie wiem, co bym zrobił, ale dowiedzenie się tego w momencie, w którym to kończyłem, tkwiło jak szpilka w moim mózgu.

Na dodatek Artur trul mi dupę pytaniami, co się właściwie stało, ale z nim akurat krótko załatwiłem temat. Kiedy zorientowałem się, że nie ma pojęcia, o co nam poszło, poprosiłem go o skupienie się na robocie i niewpierdalanie mi się w gary. Ale jego niewiedza wywołała dodatkowe wątpliwości... Czemu Anka kryła mnie, po tym jak się zachowałem jak pierdolony debil? Miała pełne prawo rozdeptać mnie jak peta i spodziewałem się, że to zrobi. Zamiast tego postanowiła przepaść jak kamfora.

Pewien byłem tylko jednego. Jej reakcja wskazywała, że zależało jej na mnie o wiele bardziej, niż podejrzewałem. I oczywiście to spierdoliłem. Koncertowo. Nie tylko ze swojej winy, ale wyszło jak zawsze... Właśnie w tym momencie usłyszałem dźwięk swojej komórki. Jacek. Tak samo jak ja już wrócił do pracy po postrzale. Tylko w przeciwieństwie do mnie wrócił do niej ze zdrową psychą. Chociaż cholera wie. Po mnie też nikt się nie skroił, choć początkowo myślałem, że przecież każdy MUSI to widzieć...

– Elo – odebrałem połączenie.

LOTNISKO PYRZOWICE, 20 LUTEGO 2024 ROKU

ARTUR

Spojrzałem na tablicę przylotów. Samolot z Cancun wylądował pół godziny temu, za chwilę powinna się pojawić. Chociaż czy w jej przypadku czegokolwiek można się było spodziewać? Zanim zdążyłem wrócić z mojego epickiego tournée po krakowskich burdelach, ona wyleciała do Meksyku. Stwierdziła, że musi złapać trochę dystansu. Trochę, w rozumieniu Anki Sawickiej: dziesięć tysięcy kilometrów. Kiedy spytałem co na to Szczepan, to powiedziała, że nie wie, bo go nie pytała. I cyk. Jakby ostatniego roku nie było, a my wróciliśmy do naszej przyjaźni w jej starym, dwuosobowym wydaniu. Na odległość niewiele mogłem się dowiedzieć...

Szklane drzwi otworzyły się i Anka jako pierwsza wyszła z sali przylotów. Oczywiście! Przodowniczka.

– Hola chica – powiedziałem wesoło, kiedy z piskiem rzuciła mi się na szyję. Uniosłem ją do góry.

– Hola chico. – Pocałowała mnie w policzek.

– Jak wychudzisz się tak, że zmaleją ci cycki, to się skończą lata przyjaźni. Ostrzegam cię lojalnie. – Przycisnąłem ją mocniej do siebie. – Zresztą już zaczynam się zastanawiać, czy nie zaczęłaś oszukiwać push upem.

Wiedziałem, że to w jej uszach szczyt zniewagi. Nie używała push upu, uważała to za nielegalny doping. I wiedziałem, że sprowokowanie jej dobrze posłuży przełamaniu lodów.

– Yhym, pożyczyłam go od twojej byłej żony. – Błysnęła zębami, zeskakując ze mnie.

– Anka, najlepiej będzie, jak mi pokażesz i rozwiejesz wszelkie wątpliwości. – Uśmiechnąłem się niewinnie.

– Pewnie. Chodź do lotniskowego kibla, a ja zrzucę szmatki – oznajmiła ochoczo. – Zawsze marzyłam, żeby zostać twoją sto czterdziestą partnerką seksualną. Chociaż nie! Sto trzydzieści dziewięć lasek to ty miałeś w lipcu... Pewnie parę jeszcze przybyło. – Zrobiła minę, jakby rozwiązywała w myślach wyjątkowo skomplikowane zadanie matematyczne. – Mam taki pomysł, Cień... Zaklep mi dwusetne miejsce, przynajmniej będzie łatwo zapamiętać. No i może za okrągłą pozycję, będą przewidziane jakieś nagrody.

– Dla ciebie coś, co lubisz – uśmiechnąłem się złośliwie – czyli wpierdol.

Widziałem, jak zmrużyła oczy w uznaniu celności riposty.

– Myślałam, że order – nie skomentowała mojej zaczepki. – I flaszka. Patrz, jak można by to fajnie i tanio rozegrać: za setne miejsce małpka, za dwusetne dwie małpeczki... Pół litra raczej nie będziesz musiał kupować... Chyba nawet ty nie dociągniesz do pięciuset... Młodszy się przecież nie robisz.

Roześmiałem się na cały głos, a potem pokręciłem głową.

– Czemu ja cię nie zabiłem jeszcze w ogólniaku? To było ponad dwadzieścia lat temu... Byłbym już na wolności i nawet po okresie próby z warunkowego zwolnienia. – Zastanowiłem się zupełnie poważnie. – I nie musiałbym ze stoickim spokojem znosić twoich odpałów. Martwiłem się.

– Niepotrzebnie, jestem duża. – Spojrzała przez oszklone ściany na szarzyznę za oknem. – Kurwa, gdzie jest słońce?

– Witamy w Polsce. – Wziąłem jej walizkę. Dobra, lody przełamane. Teraz poważne pytania. – Ej, opalona gringo! Czy ja się dowiem, czemu postanowiłaś wyjechać na miesiąc do Ameryki Łacińskiej? I czy w robocie nie tęsknili?

– Nie dowiesz się. W każdym razie nieprędko. – Odbiła piłeczkę. – A nie tęsknili, bo byłam na zdalnej. A dzięki tobie, tematów miałam od groma. Dziękuję. – Uśmiechnęła się szeroko.

Yhym, szybka zmiana tematu. Domyślałem się, że tak łatwo się nie przyzna. Próbowałem przez ostatni miesiąc, podczas wideorozmów, coś z niej wyciągnąć i zawsze przy tym pytaniu rozłączało jej wi-fi. Niezwykły, kurwa, przypadek.

– Wyjaśnijmy to od razu, gadaj – rzuciłem stanowczo, wychodząc na parking. – Co Szczepan odjebał?

Odwróciła się w drugą stronę, udając, że zobaczyła coś ciekawego. Yhym, znałem te numery. Wiedziałem, że zrobiła to tylko po to, żebym nie widział jej wzroku. Czyli coś poważnego.

– Nic – rzuciła krótko. – Coś ci mówił?

Oooo, nie mieli ustalonej wersji? Robiło się coraz bardziej interesująco.

– Kazał mi spierdalać – przyznałem. – Dlatego rozmawiam z tobą.

– No widzisz. – Popatrzyła mi w oczy i uśmiechnęła się. – Też ci mam kazać? Czemu żeś się tak uczepił? Kumplujemy się ze Szczepanem, ale nic więcej z tego nie będzie. To był głupi pomysł.

Oczywiście, że to był głupi pomysł, mówiłem to od początku. Ale ani trochę jej nie wierzyłem. No cóż, prędzej czy później się dowiem. A wolałem jej nie dociskać. Obawiałem się, że kiedy przesadzę, wyjedzie na następny miesiąc, tym razem pewnie do Australii.

– Aha – skwitowałem, podchodząc do auta.
– Wiesz, że dowiem się prawdy?
– Powodzenia. – Uśmiechnęła się krzywo i wpakowała na fotel pasażera.

Przez chwilę jechaliśmy w ciszy, ale wiedziałem, że nie zniosę tego zbyt długo… Nie, kiedy tyle niewyjaśnionych kwestii wisiało w powietrzu.

– Znów miałaś przeczucie? – zerknąłem na jej zamyślony profil.
– Co? – odwróciła się zdziwiona w moją stronę.
– Jak się nazywał ten zjeb, z którym kiedyś się umawiałaś? Plaster po psychopacie. Blond włosy – podpowiedziałem, widząc, że nie wie, o kogo chodzi. – Cały czas mi mówiłaś, że MASZ PRZECZUCIE, że coś z nim jest nie tak, ale nie wiesz co, bo teoretycznie wszystko pasuje…
– „Umawiałaś" to za duże słowo. – Zarechotała. – Ignacy.
– No właśnie, Ignaś. – Uniosłem wysoko brwi. – Miałaś rację. Od tego czasu słucham twych przeczuć.
– Oj tam. W sumie żal mi doktorka, że to wypłynęło. – Wzruszyła ramionami. – Nie wydałoby się, gdyby mi debil powiedział, że ma żonę, zamiast zapewniać, nawet NIEPYTANY, że nie ma. No i trochę wina jego matki. Jakby go nazwała Adam albo Krzysiek, to nikt by go po imieniu nie skojarzył.
– Synek ma takiego pecha, że powinien zagrać w gównolotka – pokręciłem z niedowierzaniem głową.

- Cesarz zdrady... - Uniosła wysoko brwi.
- Imperator niewierności... - Dołączyłem do zabawy.
- Tytan przebiegłych knowań – dodała, unosząc w górę palec wskazujący.
- Miał plan. - Zrobiłem demoniczną minę. - Jaki? Kurwa, sprytny.

Teraz już nie wytrzymała i ryknęła śmiechem.

- Jezu, co to był za pajac. - Pokręciła z niedowierzaniem głową. - Skąd takie robactwo w ogóle wypełza? Tylko żony żal. Ale wracając do kwestii, które kogokolwiek obchodzą. - Popatrzyła na mnie poważnie. - Nie. Nie miałam żadnych przeczuć co do Szczepana, zostaw ten temat, bo nie usłyszysz ode mnie nic złego. I nie będziesz go dojeżdżał, bo jak się o tym dowiem, to tak się wkurwię, że pożałujesz, że po piętnastym marca, nie nadchodzi od razu siedemnasty. Rozumiemy się, Cień?

Moje urodziny wypadały szesnastego marca, więc trudno było nie odczytać pewnej delikatnej groźby. Parsknąłem śmiechem.

- Wiesz, że Szczepan potrafi się sam obronić? – zapytałem.
- Domyślam się. - Pokiwała głową. - Wiesz, że ja też?

Co do tego miałem już pewne wątpliwości. Nie zdążyłem ich jednak rozwinąć, bo właśnie w tym momencie ekran w mojej furze pokazał przychodzące połączenie. Od Szczepana. Idealnie, zaraz zobaczę, na ile rzeczywiście pozostali przyjaciółmi... Zanim zdążyła zareagować, odebrałem.

– Czego chcesz? – rzuciłem w naszym stylu.

– Chciałem tylko zapytać... „Stopczyk, co wy tam palicie?"* – rzucił wesołym tonem. Zupełnie innym niż przez ostatni miesiąc, kiedy odzywał się niewiele, a jak już to robił, to zwykle po to, żeby mnie wkurwić.

– O czym ty do mnie rozmawiasz? – popatrzyłem na Ankę, ale jej mina nie wskazywała na to, żeby coś z tego zrozumiała.

– Dzwonił do mnie Jacek, że jest w prokuraturze na Wita Stwosza i coś płonęło w Regionalnej. Zastanawialiśmy się, czy to ty się bawisz w Nerona, czy...

– Kurwa – przerwałem mu. – Jedź tam, widzimy się na miejscu!

– Nie będę wam pomagał palić akt, to nie lata dziewięćdziesiąte – wyzłośliwił się. – Było nie robić lewych rzeczy, to byście teraz nie musieli robić grilla. Zresztą, jestem zazdrosny. Z kim to niby robiłeś, jak nie ze mną?

– Szczepan! – Wyjechałem na A1 i błyskawicznie rozpędziłem merca do dwustu. – Nie palę żadnych akt. Wyjebane na to mam, bo nie robiłem nic

---

* *Psy* w reżyserii Władysława Pasikowskiego.

nielegalnego. Za to wczoraj przenieśli do mojego biura skatalogowane akta sprawy Kruka. To zgadnij, kurwa, co może płonąć w Regionalnej, skoro nadal nie mamy Nauczyciela?

– Ja pierdolę – rzucił i przerwał połączenie.

KATOWICE-ŚRÓDMIEŚCIE, 20 LUTEGO 2024 ROKU

ANKA

– Mówiłeś, że nie dowiedzieliście się z papierów Kruka niczego interesującego na temat Nauczyciela… – zagaiłam, kiedy Artur zaparkował auto na parkingu naprzeciw budynku prokuratury. – Dlaczego Nauczyciel miałby je palić? I dlaczego miałby się nagle aktywować?

– Niczego konkretnego się nie dowiedzieliśmy. Albo coś nam umknęło. To tona bełkotu zaburzonego umysłu, czasem w takich sprawach odkrywam coś ważnego dopiero przy piątym czytaniu. – Ścisnął kciukiem i palcem wskazującym nasadę nosa. – Poza tym Nauczyciel aktywować może się ze stu milionów powodów. Albo bez. Przecież to zgraja popierdolonych psycholi, przestań ich racjonalizować. Może duch Michaela Jacksona przemówił do niego z wentylacji? Albo 2Pac mu kazał. – Artur rozejrzał się dookoła. – Kurwa, gdzie jest straż pożarna? Karetki? Dziennikarze?

Też wydawało mi się tu podejrzanie spokojnie. Totalnie nic się nie działo.

– Zobaczmy. – Otworzyłam drzwi, wysiadłam i... wpadłam wprost na Szczepana. Nie musiałam unosić wzroku, żeby to stwierdzić. Znałam jego zapach, jego posturę, tę silną łapę, która właśnie uratowała mnie przed koncertowym upadkiem. Zresztą, kto inny zbliżyłby się tu tak niespodziewanie, że nie zauważyłabym go, otwierając drzwi?

Nie minęły nawet dwie godziny, odkąd postawiłam stopę na ojczystej ziemi, a już musiałam się zmierzyć z absolutnie wszystkim, przez co postanowiłam z niej uciec... Widziałam tylko jedno wyjście z tej sytuacji – dokładnie takie, jakie stosowałam przez całe swoje życie i za które moja terapeutka nieustannie chciała mnie wypatroszyć. Mianowicie... Będę udawać, że nic się nie stało!

– Cześć. – Pocałowałam powietrze obok jego policzka, jakby był moim pryszczatym kolegą z podstawówki. Takim dalekim, niezbyt lubianym, siedzącym w pierwszej ławce.

– Cześć – odpowiedział niepewnie.

Najwyraźniej był zdziwiony, że nie odwalam jakiejś dramy.

Ciekawe, czego się spodziewał? Jeśli myślał, że padnę na kolana i zaśpiewam, niczym Danuta Stenka w *Ekstradycji*: „I płaczę co noc, a łzy myje mi deszcz"*, to chyba się z chujem na łeb zamienił. Mimo iż naprawdę przebeczałam w cholerę nocy ostatniego miesiąca. W zasadzie wszystkie. Przez niego. Przez siebie. I przez Artura. Ale jedyną pociechą było to, że o tym nie wiedział... Nie zasługiwał na to po akcji, którą odjebał. To nie ja, z naszej dwójki, mam się za co wstydzić. A za niego świecić oczami nie będę. Chyba jednak czegoś się nauczyłam przez ostatni rok.

– Co się dzieje? – Przeszłam w tryb dziennikarski i wreszcie uniosłam na niego wzrok.

– Sporo. – Patrzył na mnie z powagą, a po chwili przeniósł wzrok na Artura. – Podobno spłonął cały twój gabinet. Rozsądnie jest założyć, że możemy zapomnieć o aktach Kruka. I twój asystent – nabrał powietrza i pokręcił głową.

– Damian nie żyje? – Artur zacisnął szczęki.

– Tak – potwierdził.

– Co tam się, kurwa, stało? – Artur zachowywał spokój, ale dobrze wiedziałam, że sporo go to kosztuje.

– Zwarcie instalacji. – Szczepan uśmiechnął się tym niewesołym uśmiechem, który można było przetłumaczyć jako: „chuja prawda". – Nic nie wiem, oprócz plotek, bo nie chcą mnie wpuścić na piętro.

---

* *Ja płaczę* – piosenka Urszuli w wykonaniu Danuty Stenki z serialu *Ekstradycja III*.

– Czemu nie ma tu służb? – Artur nadal udawał niewzruszonego.

Wiedziałam jednak, że to tylko poza. Po wszystkim z nim porozmawiam i powie mi, co naprawdę myśli. Póki co będzie zgrywał twardziela.

– Bo twój nowy szef postanowił nie wzywać. – Szczepan rozłożył ręce. – Przynajmniej z tego co mówią.

– To nie ma sensu. Porozmawiam z nim. Poczekajcie tu. – Artur ruszył w stronę budynku, zostawiając nas samych.

Poczułam ogromne znużenie. Miałam za sobą dziesięć godzin lotu, przed sobą faceta, z którym nie chciało mi się gadać, do tego dowiedziałam się o kolejnym trupie, a to mogło tylko zwiastować powrót koszmaru, w którym tkwiłam bezustannie od lata zeszłego roku. Czemu, na Boga, nie zostałam w Meksyku? Nie poznałam przystojnego, wąsatego tubylca i nie olałam tego kraju, tych facetów i tego życia?

– Wypoczęłaś? – zapytał Szczepan, wpatrując się we mnie intensywnie.

Tak chcesz grać? Proszę bardzo.

– Tak, dziękuję – powiedziałam neutralnym tonem. – Bardzo lubię wakacje, kiedy w Polsce jest zima. Nie ma nic cudowniejszego niż trzydzieści stopni w styczniu. A co u ciebie? Wszystko dobrze? – Uśmiechnęłam się słodko.

– U mnie wszystko chujowo. – Widziałam, że drgnął mu kącik ust. – Ale tego się pewnie domyślasz.

– Skąd niby? – Nadal trzymałam fason.

– Anka... – Przejechał ręką po włosach. – Chcesz o tym pogadać?

– O czym? – Popatrzyłam na niego osłupiała. – My już mamy wszystko przegadane, Szczepan. Nie pozostawiłeś ostatnio co do tego wątpliwości. Najmniejszych. Nie było tematu.

– Kurwaaa. – Zacisnął szczęki. Wiedział, kiedy używałam tego powiedzonka i że nie wróżyło to najlepiej. – Masz zamiar udawać, że nic się nie stało? – Spojrzał na mnie uważnie.

O ty chuju... W co ty grasz?

– Tak. – Powiedziałam z wymuszonym spokojem. – Taki właśnie mam zamiar. Mam zamiar udawać, że kompletnie nic się nie stało. Wiesz dlaczego? – zapytałam cicho.

W mojej głowie szalał prawdziwy huragan.

– Nie mam pojęcia – powiedział i wszystko wskazywało, że jest szczery.

Wyjdę z siebie i stanę obok! Przysięgam!

– Bo mamy trupa w gabinecie Artura. I nie mam nawet cienia nadziei, że to nie jest ciąg dalszy. Wiem doskonale, że to nie koniec. I wiem, że jestem skazana na to, żeby w tym uczestniczyć. Pewnie z tobą i Arturem. Nie mam żadnego wyboru. Myślisz, że to przypadek, że Nauczyciel aktywował się w dzień mojego powrotu? – wyrzuciłam z siebie.

Pokręcił głową.

- Nie. Zastanawiam się tylko, jak on się dowiedział, kiedy wracasz, skoro ja o tym nie wiedziałem – stwierdził.

- Bo jego najwyraźniej bardziej to obchodzi. – Nie darowałam sobie.

- Skończ pierdolić – wypluł Szczepan.

No i pięknie. Teraz się już nie zatrzymam. Kompletnie nie wiem, czemu wszyscy mężczyźni mojego życia, kiedy jestem opanowana, to naciskają mnie tak długo, aż wypieprzy mi korki. A potem szok i niedowierzanie.

- Nie mogę przestać pierdolić – powiedziałam nadal spokojnym tonem. – I nie mogę przestać udawać, że nic się nie stało. Bo jeśli przestanę, to będę musiała zrobić tu Faludżę. A ty nie chcesz tego zobaczyć, bo mogę nie umieć przestać, kiedy już zacznę! – Zaczynam zgrzytać zębami. – Będę musiała być wredna, złośliwa, nieprzyjemna. Będę musiała odpierdolić dramę. I usłyszysz parę słów, których nie chcesz usłyszeć od laski, z którą nic cię nie łączy. – Popatrzyłam mu prosto w oczy. – Poważnie, tego chcesz? Brzydkiej, parszywej kłótni? Cholernej awantury?

- TAK. – Patrzył na mnie z powagą. – Wolę to od tej twojej obojętnej miny. Czemu, do chuja, nic nie powiedziałaś Arturowi? Czemu udajesz, że to nie moja wina?

Czułam, jak się gotuję. Mój ulubiony serial z dzieciństwa to *Było sobie życie*. Czerpałam z niego całą wiedzę z zakresu biologii. I właśnie teraz wyobraziłam sobie gotujące się krwinki, wyjące alarmy i śpiącego nadzorcę. Anka, to jebnie!

– A co mu miałam powiedzieć? – Teraz już się wydarłam. – Prawdę? Poważnie? Że to nie moja wina? ALE TO JEST MOJA WINA. W prawie to się nazywa „błąd w wyborze"! Ja tego błędnego wyboru dokonałam. I nie powiem tego facetowi, którego mogłam wybrać zamiast ciebie, bo zacznie myśleć „co by mogło być, gdyby?". A ja wybrałam ciebie, bo mam coś nie tak z mózgiem! Jak widzę psychopatę, to po prostu muszę się nim zauroczyć. Artur nie zasługuje na to, żeby być twoim substytutem albo jakimś pocieszycielem, bo i ja, i on będziemy wiedzieć, że jesteśmy razem tylko dlatego, że KSIĄŻĘ SZCZEPAN ZMIENIŁ ZDANIE! – Rozłożyłam ręce. – Dlatego właśnie mu nie powiem. I okłamywać go też nie będę. Nie zasługuje na to... – Powoli schodziła ze mnie para. Po co ja mu to mówię? Przecież on ma to w dupie. – I nie powiem mu też dlatego, że jesteście przyjaciółmi... A Artur ma ich tylko dwoje: ciebie i mnie.

Poczułam, że znów w oczach stają mi łzy. Naprawdę nie miałam na to siły. Odwróciłam się bez słowa i podeszłam do bagażnika, otworzyłam go i zajrzałam do swojej walizki.

KATOWICE-ŚRÓDMIEŚCIE, 20 LUTEGO 2024 ROKU
SZCZEPAN

Kiedyś powiedziałem matce, że ożenię się tylko wtedy, gdy poznam kobietę, która jest piękna, seksowna i rozumie zasady, tak jak ja. Wydawało mi się wtedy, że to zapewnia mi święty spokój i spokojne życie singla, bo „takie rzeczy tylko w Erze". A tu się okazuje, że właśnie powinienem zapierdalać po pierścionek, bo Anka najwyraźniej rozumiała zasady, nawet lepiej niż ja. Tylko, gdybym go jej teraz przyniósł, to obawiam się, że byłbym zmuszony go zeżreć. Albo wymyśliłaby coś jeszcze gorszego, a znając jej wyobraźnię, mogło to być wyjątkowo bolesne.

Dopiero teraz w pełni zrozumiałem, jak to wyglądało z jej perspektywy... Poczułem żółć w gardle. Skrewiłem jeszcze bardziej, niż myślałem – nie zostawiłem jej żadnego wyboru.

Nie powiedziała Arturowi, bo miała mnie za gnidę, która patrzyłaby na niego z góry. Na zasadzie:

„Wygrałem, tylko o to mi chodziło, teraz sobie ją weź". Nigdy bym się tak wobec Artura nie zachował, ale akurat ona miała prawo mieć o mnie naprawdę chujowe zdanie i nie zakładać, że postąpię honorowo. Pewnie podejrzewała, że sam też się nie pochwalę, bo nie będzie mi się chciało po czterdziestce szukać nowej roboty.

Czemu wcześniej nie wpadłem, że tak postąpi? Chyba podświadomie spodziewałem się, że po prostu pobiegnie do Artura, powie mu, jak się zachowałem i we dwójkę zamienią moje życie w piekło. Artur świetnie rozumie i chętnie stosuje prawo odwetu.

Gdybym rzeczywiście był psychopatą, jak sugerowała, to uznałbym, że brak zemsty z jej strony, za moje świńskie zachowanie, to przejaw słabości. Niestety nie byłem, więc pozostawało mi stać tu, czuć się parszywie i być jeszcze bardziej pod jej wrażeniem, niż byłem dotychczas. O ile to, kurwa, w ogóle możliwe.

Usłyszałem, jak wyjmuje coś z walizki, a potem zamyka bagażnik. Podeszła do auta po drugiej stronie, niż stałem, otworzyła tylne drzwi mercedesa i usiadła na kanapie. Zaciekawiony otworzyłem drzwi po mojej stronie i zbaraniałem. Trzymała w ręce flaszkę tequili i kolorowy kieliszek z napisem Cancun. Młoda przywiozła pamiątki. Mimo woli się uśmiechnąłem. Nie poznałem jeszcze osoby, która miałaby tak bardzo wysmerfowane na konwenanse. Jakby ludzkie gadanie spływało po niej jak po kaczce.

Napełniła kieliszek, a potem zorientowała się, że jej się przyglądam.

– Na co się gapisz? – Uniosła brew. – Mam dość. I jeśli mam niebawem zginąć, to nie umrę trzeźwa. I napiję się pysznej tequili, za którą dałam sto dolarów. Chcesz mnie dobić? To pierdolnij mi gadkę o przesadzaniu z piciem i problemach z alkoholem! Sam nigdy takich nie miałeś?

– Miałem – powiedziałem śmiertelnie poważnie. – „Nie mogłem kiedyś znaleźć baru"*. Polej – poleciłem jej od razu. – Co nam zrobią? ZABIJĄ NAS? – zapytałem i zacząłem się śmiać.

Wiedziałem, że bardzo nie chciała, ale i tak do mnie dołączyła.

Jeśli przeczucie mnie nie myli i mamy trzeciego seryjnego, to ma rację i tego nie przeżyjemy. Jeszcze nie wiedziałem, czy przeżyję drugiego. W sumie czemu nie napić się tequili o siedemnastej na parkingu przed prokuraturą. Przynajmniej było ciemno, choć w kilku autach paliły się światła wewnętrze. Ludzie zwijają się do domów, za chwilę będzie tu pusto. To dobrze, bo jedną avanti już odjebaliśmy, a druga wcale nie była wykluczona.

---

* Ozzy Osbourne – wokalista legendarnej grupy Black Sabbath.

Wypiła, po czym nalała i podała mi pełen kieliszek. Też wypiłem.

– Udajmy, że tego między nami nie było, Szczepan – zaproponowała, kiedy oddałem jej szkło. – Musimy jakieś reguły ustalić. Nie chcę się cały czas żreć, skoro będziemy ze sobą przebywać.

– Będzie ciężko z tobą przebywać i nie chcieć cię zerżnąć – palnąłem, zanim zdążyłem się zastanowić.

To była prawda, tak powiedziałbym do niej pół roku temu, tak samo myślałem teraz. Tylko zapomniałem, że po drodze ona miała prawo przestać mnie lubić. Bałem się, że znów ją sprowokuję. Spojrzałem na nią ostrożnie. Nie. Chyba wyczerpała już limit wkurwu. Uśmiechała się złośliwie.

– Skąd wiesz? Nigdy nie próbowałeś.

Parsknąłem tak szczerym śmiechem, że aż sam się zdziwiłem. Kiedy ja się ostatnio tak śmiałem? Wiem. Wtedy, kiedy ostatni raz ją widziałem, zanim wszystko pozamiatałem. Zresztą, nad czym ja się zastanawiam? I tak nie my tu decydujemy, tylko kolejny świr. Nie chciałem nawet poczuć ostrożnej nadziei, że może dostanę drugą szansę. Nie po tym wszystkim.

– Dobrze, to próbujemy. Nie będę poruszał tego tematu, a ty spróbuj mnie nie dobijać – zaproponowałem.

Kiwnęła głową na znak zgody.

Usiadłem obok niej i tym razem ja polałem. Wypiła. Potem ja też. Podniosłem pusty kieliszek, żeby zobaczyć misterny wzór, którym był zdobiony.

– Nagroda w konkursie – pochwaliła się.

Najwyraźniej tequila w połączeniu ze stresem zadziałała szybko.

– Jakim? – Popatrzyłem na nią uważnie.

– Jak to „jakim"? Miss mokrego podkoszulka. – Uniosła wysoko brwi.

Wystarczyło, żeby zrobiło mi się ciepło. A miała mnie nie dobijać.

– Mniemam, że wygrałaś – powiedziałem głosem, który mnie samemu wydał się ochrypły.

Przypomniałem sobie czasy liceum i to, co robiło się z dziewczynami w aucie w takich okolicznościach przyrody. Zrobiłbym najlepiej, gdybym po prostu się jej przyznał, ale… nie byłem w stanie. Ledwo przyznawałem się Joannie, mimo że była policyjnym psychologiem i słyszała już z pewnością wszystko.

– Jak oceniasz nasze szanse tym razem? – zapytała takim tonem, jakby pytała mnie o wynik meczu. Pytała o nas? – Chodzi mi o zabójcę – sprostowała szybko.

Chyba też się skroiła, jak to zabrzmiało.

– Jeśli to faktycznie zabójstwo i jeśli to Nauczyciel, ten od Soni i Kruka, to myślę, że na sto milionów możliwych scenariuszy, przeżywamy w komplecie może w dwunastu. Albo, jak szaleć to na golasa, niech będzie dwudziestu. – Popatrzyłem w jej oczy.

– No to pierwszy raz od bardzo dawna, mamy pełną zgodę, panie komisarzu. Też nie wróżę rewelacji. – Polała kolejny kieliszek.

W tym tempie upijemy się akurat na powrót Artura. Walę to. Wypiłem i nalałem dla niej.

– Słuchaj, słyszałem tylko plotki, nawet nie byłem na górze. – Czułem się w obowiązku lekko ją pocieszyć. – Może się okaże, że to naprawdę zwarcie w instalacji.

– Albo piorun kulisty – wyzłośliwiła się.

Nagle zobaczyłem dziwny blask. Spojrzałem przed siebie. Ja pierdolę. Niemal jednocześnie szarpnęliśmy za klamki i wyszliśmy z auta, nie spuszczając oczu z niezwykłego obrazu.

– Yhym, tamto to było zwarcie instalacji. A to co jest? – Anka zachowała stoicki spokój. – Objawienie Boga Ra? Chce, żeby ten gówniany budynek wyburzyć i postawić mu tu piramidę? W sumie jest to jakiś pomysł.

Na budynku prokuratury wyświetlała się ogromna iluminacja.

Wielki płonący trójkąt.

KATOWICE-ŚRÓDMIEŚCIE, 20 LUTEGO 2024 ROKU

ARTUR

– Ja pierdolę, nie wierzę – oznajmiłem odkrywczo, stając w drzwiach swojego gabinetu.

Już wiem, czemu wszyscy moi koledzy, których minąłem po drodze tu, mieli miny, jakby było im mnie żal. Też zaczynało mi być siebie żal.

– Ja też nie. – Lenart podniósł na mnie obojętny wzrok. – Cień, są ludzie naprawdę ze wszech miar pechowi. Tacy, którym lepiej nie podawać nawet ręki, żeby ten cholerny niefart nie przeszedł na ciebie. I powiem ci, że zaczynam się bać, że właśnie ty jesteś taką osobą.

Koroner siedział na podłodze obok zwęglonych, śmierdzących niemożebnie zwłok. Leżących dokładnie pośrodku, narysowanego białą farbą na podłodze gabinetu, trójkąta. Pod ciałem i obok niego walały się resztki spalonych papierów. Mogłem się założyć o premię, której i tak, kurwa, nie dostanę, że to były zabezpieczone akta Kruka. Nie wszystkie, bo to były tony papieru. Tylko te najważniejsze. Te, które uznałem za znaczące. I nad którymi miałem ze Szczepanem wnikliwie pracować, aż dogrzebiemy się do tego cholernego Nauczyciela.

– Kuuuuuurwa! – Z całej siły uderzyłem pięścią w ścianę. Pomogło. Uspokoiłem się. Nieco. Troszkę.

– To nie mój pech, po prostu mam na głowie seryjnego. Wierz mi lub nie, ale przez większość życia raczej byłem fuksiarzem... – Powoli zaczęło do mnie docierać, że czas przeszły jest tu najodpowiedniejszą formą.

Przypomniały mi się wszystkie horrory, jakie widziałem. Okultyzm, wywoływanie duchów, egzorcyzmy. I parę książek Dana Browna też. Nie wierzę, że Nauczyciel ma aż takie jaja, żeby uskutecznić rytualny mord o piętnastej w prokuraturze... Nie zdziwiłbym się ani trochę, gdyby po wszystkim po prostu otworzył okno i wyfrunął z budynku na skrzydłach. Było to tak samo prawdopodobne, jak to, że mu się udało nie zostać złapanym.

– Seryjnego samobójcę? – Lenart uniósł wysoko brwi. – Myślałem, że tacy to tylko u ruskich się zdarzają.

– Co? – Podszedłem krok bliżej, mimo że literalnie niewiele brakowało, żebym się porzygał. – Co ty opowiadasz?

– To samobój. – Dopiero teraz zauważyłem naszego nowego szefa, Bartka, który siedział w moim fotelu, odsuniętym do samej ściany. – Jebany, zabarykadował się tu za pomocą szafy na akta, poprzestawiał meble na drugi koniec pokoju, a potem, zabezpieczył wszystko, poza trójkątem, matą ognioochronną. – Wskazał na materiał rozłożony wokół trójkąta. – To z włókna szklanego. Zjarałoby się i tak, ale na godzinę wystarczyło, a mniej więcej po takim czasie udało nam się tu dostać i to ugasić.

– Ja wiem, że praca ze mną to nie jest piknik w parku, ale, kurwa, bez przesady… – Czułem, że zaczyna łapać mnie głupawka. Wiem, że nie była to odpowiednia pora, ale nic nie mogłem poradzić. Dlaczego, na Boga, ktoś miałby robić sobie coś takiego? Z własnej i nieprzymusowej woli?

– A wiesz, że też o tym pomyślałem. – Uśmiechnął się Bartek. Najwyraźniej nie byłem tu jedynym czubkiem. – Sprawdziłem Damiana. Zatrudniony w prokuraturze od trzech miesięcy. Na stanowisku twojego asystenta zaledwie miesiąc. Jak ci się z nim pracowało?

– Nijak – powiedziałem szczerze. – Ledwo go znałem, dopiero zaczynaliśmy. Czekaj… – Popatrzyłem na Bartka. – Dlatego nie wzywałeś straży i karetki.

– Ugasiliśmy sami, a ja przysięgam ci – rozłożył ręce – nie miałem pomysłu, jak to wytłumaczyć… Komukolwiek. Dlatego morda w kubeł, jak przeczytam o tym w prasie…

– Nie przeczytasz. – Nadal wpatrywałem się w zwęglonego trupa.

Właśnie w tym momencie zadzwonił mój telefon. Szczepan.

– Artur... Myślę, że jest coś, co powinieneś zobaczyć – powiedział powoli, bardzo poważnym tonem.

– No co ty nie powiesz? – zdziwiłem się uprzejmie. – Z pewnością nie będzie to tak ciekawe, jak coś, na co właśnie patrzę.

– Założysz się? Zerknij na WhatsApp – rozłączył się bez ostrzeżenia.

Wszedłem w aplikację i otworzyłem wiadomość od Szczepana. Zdjęcie przedstawiało budynek prokuratury widziany z parkingu. Na elewacji wyświetlała się iluminacja: ogromny płonący trójkąt. Obróciłem telefon w stronę Bartka i Lenarta.

– Z tym nieinformowaniem prasy, to może być tyci, tyci problem.

CHORZÓW-BATORY
16 KWIETNIA 2010 ROKU

– Gazety już wiedzą, zaraz się zacznie cyrk. – Kowalski złożył swoją Motorolę FlipOut. Bajerancki telefon, zbudowany z dwóch rozsuwających się części. Na jednym był dotykowy ekran, a na drugim pełna klawiatura. Artur zastanowił się głęboko, dlaczego wśród wszystkich możliwych prokuratorów musiał trafić akurat do tego, który był największym gadżeciarzem z najmniejszym mózgiem. Gdyby do niego należał wybór, celowałby w coś wręcz przeciwnego.

– Sądziłeś, że to przed nimi ukryjesz? – zapytał, zdziwionym tonem, doktor Wrona, nie odrywając wzroku od wątroby ofiary, którą właśnie kładł na wadze. – Seryjny morderca, to taki powiew Ameryki. W Polsce nie było ich zbyt wielu. To jasne, że gazety szaleją.

– Wolałbym klasyczne, staropolskie zabójstwo na melinie – rzucił zrzędliwie Dariusz.

– Młotek wystający z głowy ułatwia stwierdzenie przyczyny zgonu. – Pokiwał głową Wrona. – Zabójcę też łatwo znaleźć, bo zwykle leży obok ofiary, nadal najebany.

– No i takie sprawy lubię. – Zarechotał Kowalski.

Cieniowski głęboko nabrał powietrza w płuca. Pierwsza sekcja zwłok była dla niego prawdziwą traumą, później stopniowo zaczął się przyzwyczajać, ale rzeczywistą ulgę przyniósł mu dopiero patent sprzedany przez Sonię. Przed wejściem do prosektorium smarował miejsce między górną wargą a nosem vicks-em i wtedy dało się jakoś przetrwać. I jakoś się nie porzygać. Bardzo nie chciałby rozpocząć znajomości z tą świetną blondynką od pawia puszczonego na podłogę prosektorium, w którym pracowała.

– Zwróć uwagę na kompletny brak obrażeń... U wszystkich poprzednich denatów mieliśmy do czynienia z tym samym – powiedziała bardzo cicho Sonia. Nie chciała przeszkadzać „starym". Było to trochę na wyrost, bo stali po drugiej stronie wielkiej sali. – Tylko trzy wkłucia na szyi, jedyne ślady. Poza tym, czysta, doskonała robota.

Artur już nadrobił wiedzę w temacie „amerykańskiego kata". Od wczoraj nie robił nic innego, prócz przeglądania starych akt. Wiedział zatem skąd te trzy wkłucia: najpierw ten psychol podawał ofiarom propofol, w takiej dawce, że padały w kilka sekund. Potem ogromne ilości pavulonu, żeby spowodować paraliż, a na koniec chlorek potasu, żeby zabić.

– Słyszę w twoim głosie pewien podziw, Soniu. – Cieniowski uśmiechnął się do blondynki.

– Słusznie – odpowiedziała. – To naprawdę nie jest proste. Zabić kogoś tak, żeby tak dobry koroner jak Wrona, niczego ważnego się nie dopatrzył... Nie wróży to nam najlepiej.

– Zazdroszczę ci, że masz się od kogo uczyć – powiedział cicho Artur, strzelając oczami w stronę Dariusza Kowalskiego, który znów bawił się telefonem.

– Doceniam to, bardzo, choć Wrona też ma swoje za uszami. Bywa potwornie wymagający. – Przewróciła oczami. – Ale za to jest zabawny i pocieszny. Potrafi godzinami opowiadać historie. A wracając do ciebie... Nie wyglądasz na niedouczonego. Mimo – rzuciła szybkie spojrzenie na jego patrona – oczywistych przeszkód.

Arturowi podobała się ta jej ostrożność, wycofanie i pewien chłód. Rezerwa. Zdawała się być bardzo racjonalną kobietą. Inaczej pewnie nie wybrałaby takiej kariery.

– Uczę się na zasadzie przekory, czyli robię dokładnie odwrotnie niż on. – Na jego ustach pojawił się cyniczny uśmiech. – Poza tym, w prokuraturze jest jeszcze kilku fachowców i od nich czerpię już garściami. Na przykład Marek Azor.

– O rzeczywiście. – Sonia zgodziła się natychmiast. – Jego wiedza robi duże wrażenie. Słyszałam o jego pobycie w Quantico. Ile ja bym dała za porządną salę, z dobrym oświetleniem i za amerykański sprzęt do analiz! – Wzniosła oczy ku górze.

– Podobno otwierają nowy oddział w Zakładzie Medycyny Sądowej w Katowicach. Tam was przenoszą? – Artur zapytał o najnowsze plotki.

– Tak, to ostatnia sekcja w tym miejscu. – Bez żalu spojrzała na odrapane ściany i brudne, umieszczone pod samym sufitem okna. – Ale wątpię, by sprzęt się zmienił.

– Młodzieży, zapraszam – powiedział głośniej Wrona, a oni błyskawicznie podeszli do stołu sekcyjnego. – Jestem pewien, że to „amerykański kat". To jeden z nielicznych momentów, kiedy na sprawcę nie wskazują dowody, tylko... ich brak. Wyniki toksykologii powinny być niebawem – zwrócił się do Kowalskiego. – Z bólem serca, ale nic więcej wam nie mogę powiedzieć. Przyczyna śmierci, jak zawsze w wypadku zwiotów i pana kata: zawał serca.

– Przepraszam, doktorze – wychylił się Artur, ignorując zirytowane spojrzenie Kowalskiego.

– Słucham, Cieniowski. – Wrona popatrzył na niego z rozbawieniem. Trudno się było dziwić, pytania powinny padać z ust prokuratora, a nie jego aplikanta.

– Czy tych leków nie można by podać, robiąc jedno wkłucie? – zapytał Artur powoli. Trochę się bał, że doktor uzna go za ignoranta, ale nie miał zbyt wiele do stracenia. Stary nie zapyta na pewno.

– To bardzo dobre pytanie. – Wrona pokiwał głową z uznaniem. – Dużo prościej byłoby, gdyby sprawca użył kaniuli dożylnej, zwanej potocznie wenflonem.

– To ta plastikowa rurka, którą umieszcza się w żyle – dopowiedziała Sonia.

– Czyli nie robi tego, mimo że tak byłoby mu łatwiej? – zapytał Artur.

– Zdecydowanie. – Pokiwał głową Wrona. – Podawałby leki bezpośrednio do żyły i nie musiałby się wkłuwać trzy razy.

– Chyba, że chce się wkłuwać akurat TRZY razy – powiedział powoli Artur.

– Mój aplikant wierzy głęboko, że cyfra trzy ma znaczenie w tym postępowaniu. – Kowalski uśmiechnął się protekcjonalnie. – Ma niezwykle bujną wyobraźnię.

– No nie wiem – rzucił stojący w drzwiach Tomek Kocioł.

Wszyscy odwrócili się w jego stronę. Artur zastanowił się, jak długo już tam stał i ile słyszał.

– Trzy ofiary co trzy lata, trzy wkłucia – wyliczył powoli Kocioł. – Poza tym trójka uznawana jest za symbol doskonałości, a „amerykański kat" ewidentnie w to celuje.

KATOWICE-KOSZUTKA, 20 LUTEGO 2024 ROKU

ANKA

– Dobra, zacznijmy od podstaw. Co my wiemy o trójkątach? – zaczęłam, kiedy wreszcie rozsiedliśmy się w moim mieszkaniu.

Gdzieś musieliśmy pojechać, by to wszystko obgadać, a ja mieszkałam najbliżej. Poza tym, dobra świecka tradycja nakazywała omawianie kolejnych morderstw, samobójstw i innej chujni właśnie tu. Po raz setny, w ciągu ostatniego roku, zastanowiłam się, czy dobrym pomysłem nie byłoby sprzedanie tego pieprzonego lokum i kupienie chatki w Bieszczadach.

– Figura płaska powstała w wyniku połączenia trzech punktów nieleżących na jednej prostej – zdefiniował Artur. – Wyznaczany przez trzy dane punkty, czyli jego wierzchołki. Trzy to też ulubiona cyfra Soni. Nie dawała mi spokoju przez całą sprawę Grzywińskiego. Trzy ofiary, trzy lata, trzy wkłucia.

Szczepan wyłożył się na kanapie i przeglądał ostatnie wydanie „Dziennika Śledczego", czyli zachowywał się, jakby nic się nie stało. Chyba postanowił nie uczestniczyć w naszej dyskusji.

– A symbolicznie? – dopytałam Cienia. – Co ci się kojarzy?

– Opatrzność boska, czyli trójkąt z okiem w środku. – Zastanowił się chwilę i dodał: – Znak masonerii, czyli trójkąt do góry nogami. Gwiazda Dawida składa się z dwóch trójkątów. A z bardziej przyziemnych, to na przykład drogowe znaki ostrzegawcze...

– Oznaczenie męskiego kibla – wtrącił się Szczepan. A nie, jednak będzie uczestniczył w dyskusji. Jako średnio pomocny, za to zabawny troll. Ciekawe, o co mu chodzi. – A tobie, Anka? Z czym ci się trójkąt kojarzy? – Przyjrzał mi się wnikliwie.

– Figura uznawana w starożytności za doskonałą – starałam się sobie przypomnieć, co mogłam o tym czytać. – Boską. Piramidy składają się przecież z trójkątów. Poza tym, samą cyfrę trzy uznaje się za znak bóstwa, świętości i sacrum.

Spojrzał na mnie, jakbym go niezwykle znudziła, i wrócił do lektury mojego artykułu o procesie lokalnego polityka. Aha.

Artur podszedł do nowej tablicy wiszącej na ścianie. Tę korkową wyjebałam zaraz po śmierci Pawła. Ściągnął skuwkę z markera i narysował na niej trójkąt. No, tyle mieliśmy. Przez chwilę wpatrywaliśmy się w niego w milczeniu.

– *Triangulum* – rzuciłam po łacinie.

– Tym razem żadnych napisów po łacinie nie było, ani żadnych zwiotów – oznajmił rzeczowo Artur.

Zauważyłam, że Szczepan lekko drgnął. Wcale mu się nie dziwiłam. Też pamiętałam tę scenę, kiedy nie mógł się ruszać. Kiedy... nie ma co się oszukiwać, po prostu umierał. Nie potrafiłam o tym zapomnieć. Tak jak i o tym, co odwaliło się między nami później... Choć naprawdę bardzo się starałam traktować go w taki sam sposób jak dawniej.

– Po angielsku „triangle" – próbowałam dalej.

Szczepan uniósł wysoko brwi. Dobra, co za dużo to niezdrowo.

– Możesz mi, kurwa, powiedzieć, o co ci chodzi? – zapytałam najgrzeczniej, jak potrafiłam, mając już wyjebane korki.

– Mogę. – Uśmiechnął się do mnie złośliwie. – Po angielsku nie tylko „triangle", jeszcze „threesome"[*], no nie?

Skłamałabym bezczelnie, gdybym powiedziała, że nie kojarzę nazwy i że kilku filmów porno z takim tagiem mi się zobaczyć nie zdarzyło.

– No, znam. – Rozłożyłam ręce. – I co z tego?

---

[*] (ang.) Orgietka we troje.

- To Aniu - uśmiechnął się czarująco - że w naszym wypadku pierwszy trójkąt, jaki przychodzi mi do głowy, to nie jest figura geometryczna ani znak jebanej masonerii, tylko TRÓJKĄT. W sensie, trzy osoby razem. - Wyszczerzył się szeroko. - I zastanawiam się od dobrego kwadransa, kiedy odrzucicie wrodzoną nieśmiałość i pruderyjne wychowanie i wpadniecie na jedyny i najprostszy pomysł, czyli że trójkąt symbolizuje, kurwa, nas.

Miało to sens. Ale jego poirytowanie już mniej.

- A wkurwiasz się, bo? - zapytałam.

- Bo widzę, że tak bardzo uciekacie myślami od tego, że zaraz znów zagramy z pojebem w śmiertelną grę, że wolicie myśleć, że to symbol boga RA z Egiptu, który, nawet gdyby istniał, prawdopodobnie miałby na nas dokumentnie wyjebane, niż to, że Nauczyciel zaprasza nas właśnie do tańca. No, bo opcję, że Damian tak sam z siebie się zjarał i morderca nie miał z nim nic wspólnego, chyba odrzucamy gremialnie.

Przytaknęliśmy mu głowami.

- Jeśli nad tym nie zapanujecie, to zmniejszam nasze szanse z iluzorycznych na zerowe - dokończył Szczepan.

- Ma rację - stwierdził stanowczo Artur. Zanim zdążyłam zaprotestować. - „Czy brałeś kiedyś udział w orgii lub trójkącie?" - zacytował pytanie, które kiedyś zadała mu Sonia, a potem dopisał nasze imiona na tablicy. Każde przy jednym wierzchołku trójkąta.

– Prawdopodobnie to będzie temat przewodni naszej trzeciej rozgrywki z Occultą. – Szczepan popatrzył na nas, tym razem poważnie. – Ten skurwiel, w porównaniu ze swoimi uczniami, zdecydowanie utrudnił zasady. Trójkąt to jedyna wskazówka, jaką nam zostawił. Nigdy bym nie pomyślał, że zatęsknię za waszymi popisami znajomości łaciny. I obciął nam połowę środków.

KATOWICE-KOSZUTKA, 20 LUTEGO 2024 ROKU
SZCZEPAN

Po pierwsze, nie radziłem sobie ostatnio z nerwami, czemu ciężko się chyba dziwić. A po drugie, przerażało mnie, jak bardzo chcieli odsunąć od siebie myśl, że tym razem to my jesteśmy celem. I to mimowolnie. Wiedziałem, że po prostu na to nie wpadli! Oczywiście, dobrze ich rozumiałem, też miałem ochotę zasłonić oczy, udawać, że nie kumam i spierdolić stąd na Alaskę. Natomiast, jeśli mamy chociaż spróbować to przeżyć, to potrzebuję tego „TRÓJKĄTA" w najlepszej z możliwych formie. Zwłaszcza w sytuacji, gdy wiedziałem, że akurat do szczytu formy brakuje mi w chuj, więc jeden bok i tak jest koślawy.

– Co to znaczy, że obciął nam połowę środków? – zapytała Anka.

– Bo to pójdzie do umorzenia i to migiem. Jako samobójstwo – wyjaśnił jej Artur. – Nie będzie żadnego śledztwa, więc nie mamy do dyspozycji zwykłych narzędzi.

– Nikt nie chce za wiele o tym mówić, bo to stawia w słabym świetle firmę – uzupełniłem. – Sekcja i do archiwum.

Anka zrozumiała, bo gniewnie zacisnęła usta. Nauczyciel zaczynał naprawdę z wysokiego C. Nie tylko sprawił, że nikt oprócz nas nie miał ochoty go szukać, a co gorsza: nie miał za co go szukać. Na dodatek spowodował, że wszyscy będą się starali nam przeszkodzić i nas uciszać.

– Musimy jeszcze zająć się tym projektorem, który nadawał iluminację. – Artur chyba wracał do siebie i zaczynał myśleć logicznie. – Jest zabezpieczony, ale sprawdź, gdzie takie gówno można kupić, to pewnie nie jest tania rzecz.

– Zrobi się – potwierdziłem. – No i trzeba sprawdzić Damiana, do piątego pokolenia wstecz, w temacie ewentualnych związków z Sonią albo Krukiem. I tego, jakim cudem, znalazł się w prokuraturze. To nie jest normalne, że Occulta ma wtyki w firmie, by co chwilę wpychać nam kogoś od siebie.

– Chujowo u nas płacą, w związku z tym są wieczne wakaty. – Artur wzruszył ramionami. – Ale nic innego nie mamy, więc warto sprawdzić również to. – Zaczął przechadzać się po pokoju, jak zawsze, kiedy kombinował.

– Coś ocalało z dokumentacji? – Chwyciłem się ostatniej deski ratunku. Kurczowo i wbijając w nią zęby i pazury.

– Papiery Kruka przepadły, Damian literalnie wziął je ze sobą do grobu, bo się, kurwa, z nimi stopił. – Artur nawet nie próbował być delikatny. – Chyba, że...

Popatrzył na mnie, jak na objawienie i sięgnął po telefon.

– Pani Irenko, najmocniej przepraszam za porę. Artur Cieniowski mówi. Czy może zdążyła pani zabrać ten pierwszy tom akt, o który prosiłem, do digitalizacji? – zapytał.

– Mała, to jest ten moment, w którym powinnaś się modlić. – Uśmiechnąłem się do Anki. – Możesz nawet do Boga Ra, byle zadziałało.

Trochę chciałem zatrzeć negatywne wrażenie sprzed paru minut, a trochę ją rozbawić. Nie podobała mi się ta poważna mina. Pomijając już fakt, że cały czas miałem pieprzoną ochotę, by ją dotknąć, a co gorsza – by się jej do wszystkiego przyznać i wrócić do naszych dawnych stosunków... Oraz rozpocząć nowe.

– Żeby się modlić, trzeba klęknąć, a ja prędzej wyślę Gradarzowi walentynkę, niż uczynię to w twoim towarzystwie. – Uśmiechnęła się do mnie promiennie.

Auć.

KATOWICE-KOSZUTKA, 20 LUTEGO 2024 ROKU

ARTUR

– Oczywiście, że zabrałam panie Arturze – usłyszałem spokojny głos pani Irenki. Kochana kobieta! Gdyby nie była w wieku mojej matki, to bym się z nią w tym momencie ożenił z wdzięczności! – Z samego rana, jeszcze zanim Damian przyszedł do pracy. Straszna historia, nieprawdaż?

– Przerażająca! – starałem się nadać swojemu głosowi jakieś żałobne tony, ale jak pomyślałem o tym współpracującym z Nauczycielem pojebie, to wyszło mi raczej komediowo. – Przyniesie mi je pani jutro?

– Oczywiście! – zapewniła mnie solennie.

– Dziękuję – zakończyłem połączenie. – Mamy jeden tom. Dobre i to – powiedziałem do Anki i Szczepana.

Mieli dziwne miny… No cóż. Musiałem przyznać, że jak na to, czego się spodziewałem, i tak zachowywali się w miarę normalnie, ale coś z pewnością było na rzeczy. Zgłębiłbym temat, ale chwilowo miałem bardziej palące problemy na głowie. I to dosłownie. PALĄCE.

– Pamiętacie coś z tych papierów Kruka? – Anka przeniosła wzrok na tablicę. – Może jakieś trójkąty?

– Nie pamiętam żadnych trójkątów – zaprzeczyłem. – Ale symboliki było od zajebania, więc się nie zarzekam. Za to w papierach wszędzie były literki. Najczęściej „N" jak Nauczyciel. I inne też, często łączone za pomocą pnączy.

– Kojarzę. – Anka pokiwała głową. – Pokazywałeś mi zdjęcie czegoś takiego u Szczepana w izolatce. Duże „N" i cztery inne literki, wśród nich „A" jak Anioł i „K" jak Kruk. No, ale wychodzi z tego pięciokąt, więc nie pasuje.

– Kruk ogólnie nie przywiązywał aż takiej wagi do literek. Skupiał się najbardziej na Aurze… – wyjaśnił Szczepan.

Zobaczyłem, że Anka przełyka nerwowo ślinę. On też, bo spojrzał na nią z niepokojem.

– Powiedz nam – poprosiłem.

Nie pytała, co chcę usłyszeć, od razu zrozumiała.

– On… mówił mi, że mam tej „Aury" dużo i że ją ze mnie wyciągnie. – Wzruszyła ramionami, ale ta obojętność była mocno wymuszona.

Miałem za sobą lekturę tych gównianych papierów, więc doskonale wiedziałem, co miał na myśli.

Aurę, czyli moc wynikającą z siły, urody, talentów i niezależności kobiety, wyciągał torturami. Niewyobrażalnymi dla normalnych ludzi.

– To był w jego ustach komplement – powiedział Szczepan przez zaciśnięte zęby. Najwyraźniej też pamiętał. – Uznał cię za wyjątkową. Uważał, że niewiele kobiet ma aurę.

– Ja to mam szczęście do absztyfikantów, nie? – szydziła. – Mamy coś jeszcze?

– Gówno i nic – stwierdziłem smutną prawdę z wesołym uśmiechem. – Tylko to, że Sonia i Kruk byli w jednym domu dziecka. Sprawdzamy ten trop, ale to jak szukanie igły w stogu siana, skoro nic nie wiemy o Nauczycielu. Na przestrzeni lat przewinęły się tam setki osób.

– Mógł być faktycznie nauczycielem, innym wychowankiem, lekarzem, woźnym, jeździć samochodem z lodami... – Szczepan wzruszył ramionami. – Póki jakoś tego nie zawęzimy, nie mamy szans na identyfikację.

– Tyle pewników. Ale jedną tezę możemy dość śmiało zaryzykować. – Postanowiłem wtajemniczyć Ankę w to, do czego doszliśmy ze Szczepanem, kiedy ona była w Meksyku. – Sonia zabijała regularnie, co trzy lata, od szesnastego roku życia. Przestała w dwa tysiące dziesiątym i miała trzynaście lat przerwy. Co ciekawe, również w dwa tysiące dziesiątym roku, Kruk wyjechał do Stanów, ustaliłem to w Nowym Jorku.

– Coś musiało się wtedy wydarzyć. – Załapała Anka. – Coś, co sprawiło, że Sonia na lata odpuściła, a Kruk uciekł.

Pokiwałem głową.

– Rozwiązanie całego tego gówna musi tkwić w przeszłości – powiedział powoli Szczepan.

KATOWICE-BOGUCICE

18 KWIETNIA 2010 ROKU

– Henryku, dziś, zaraz po tym, jak od ciebie wyjdę, zabiję kolejny raz – oznajmiła Sonia chłodnym tonem.

Spojrzała na leżącego u jej stóp, zakrwawionego od jej pejcza, Grzywińskiego. Cóż za malowniczy obrazek.

– Oczywiście, mój Aniele. – Patrzył na nią z zachwytem. – Wszystkie leki są załatwione, tak jak prosiłaś.

Zastanawiał się, jak to się stało, że ta cudowna, niezwykła istota zjawiła się w jego życiu i nadała mu sens? Wiedział doskonale, że został wybrany. Wybrany na jej towarzysza i narzędzie w jej rękach. I spełniał się w tym, Bóg mu świadkiem, że to było czyste spełnienie. Był w stanie zrobić dla niej wszystko. Zabić. Dać się zabić. Nie wyobrażał sobie nic gorszego niż brak jej aprobaty. Wiedział, jaka jest jego rola i doceniał ją.

Zezwoliła mu, niedbałym ruchem ręki, żeby wstał i poklepała miejsce obok siebie na łóżku. Boże, tyle szczęścia dziś! Szybko je zajął, licząc, że się nie rozmyśli. Dla gestu życzliwości z jej strony, był w stanie znieść wszystko. Do dziś pamiętał, jak pięć lat temu pogłaskała go po głowie. Jeden jedyny raz. To wspomnienie przechowywał w sercu, jak największy skarb. Gdyby miał umrzeć, zaraz po przeżyciu tego po raz drugi, bez wahania zgodziłby się na to.

– Dziś w szpitalu miała miejsce dziwna sytuacja – powiedział z przejęciem. – Jakiś policjant prosił o przygotowanie raportu o stanie leków. Mamy remanent, ale mogę zadbać, by wszystko się zgadzało. Mogę wziąć z drugiej placówki albo wypisać z datą wsteczną raport, że się stłukły.

– Oooo, a który to taki mądry? – Sonia uniosła się na łokciu.

Czyżby? Nie. Nie mogła wierzyć, że nastąpiła zdrada.

– Zabłocki? – Zastanowił się Henryk. – Zalewski?

– Szczepan? – podpowiedziała.

– Tak, brunet. W twoim wieku, Aniele – pokiwał z zapałem głową.

Sonia odetchnęła z ulgą. „Młodzież" szuka na własną rękę. Poczuła coś na kształt dumy. Nareszcie jej pokolenie ją dogania. Ona zbyt wcześnie dorosła, ale tęskniła za swoimi rówieśnikami. Innymi niż ten pojeb Kruk. I nareszcie, po trzydziestce, zaczęli dorastać. Idzie zmiana, zmiana pokoleniowa! A Artur i Szczepan to jej pierwsze znaki, jak pąki kwiatów, które widziała dzisiaj przed prosektorium. Na taką inicjatywę nie liczyła, ale uniwersum pomaga doskonałości – idealnie, tylko oszczędzi jej to pracy.

– Nic nie rób. Niech to do ciebie przypiszą. Podpisz się przy pobraniach leków – powiedziała tonem nieznoszącym sprzeciwu. – I chcę, żebyś do listy swoich pacjentów dopisał nazwiska wszystkich moich siedemnastu ofiar, dane tego dzisiejszego złodzieja też dostaniesz. Ta dokumentacja nie może budzić wątpliwości, daty mają się zgadzać. Mówiłam ci od wielu lat, żebyś się na taką ewentualność szykował. Chcę, żeby myśleli, że to ich łączy, że wszyscy się u ciebie leczyli. Posłuchałeś mnie? Przygotowałeś się? – Jej wzrok przeszywał niczym sztylet. – Zrobisz to?

– Oczywiście. – Przełknął ślinę, jednocześnie podniecony i przerażony jej spojrzeniem. – Do jutra wszystko będzie dokładnie tak, jak sobie życzysz. Nikt nie będzie nic podejrzewać. Mam nawet zachowane wzory kart pacjenta z lat dziewięćdziesiątych. Przygotowywałem się, tak jak kazałaś.

Sonia postrzegała sytuację zgoła inaczej niż Henryk. Grzywiński był narzędziem. Tresowała go przez ostatnie lata. Dokładnie tak, jak pokazał jej Nauczyciel. Dominacja w łóżku, manipulacje psychiczne, dużo narkotyków podawanych w momentach, gdy omdlewał z bólu. Regularne, metodyczne pranie mózgu. Mimo iż to Sonia była powodem wszelkich jego cierpień, zaczął ją również traktować jak jedyne wybawienie. Początkowo zgadzała się na drobne ustępstwa – na przykład pozwoliła, by ofiary nie cierpiały i aplikowała im chlorek potasu, zamiast wykańczać ich samymi zwiotami. Ale to był początek, teraz nie miał już nic do powiedzenia. Złamała go. Na każdej płaszczyźnie: seksualnej, emocjonalnej, a nawet życiowej. Konsekwentnie i nie śpiesząc się, po kolei przekraczała wszystkie jego granice, aż jedyną osobą, która zaczęła je wyznaczać, była ona. Jakiekolwiek myśli o buncie wieki temu go opuściły. Zresztą, nigdy nie miał ich zbyt wiele. Był podatny i chciał czuć się upodlony. Dlatego go zauważyła, wybrała i uwiodła, mając zaledwie szesnaście lat.

Sonia była w tym naprawdę świetna. Coraz częściej zastanawiała się, czy uczeń powolutku nie przerasta mistrza. W to, że była równa Nauczycielowi, nie wątpiła. Ale czy nie była już lepsza? Ta myśl w pierwszej chwili wydała jej się bluźnierstwem, ale powoli się z nią oswajała. Obracała ją w głowie, szlifowała i dopracowywała do perfekcji. Do doskonałości.

Miała ochotę sama zacząć wyznaczać zasady. Założyć swój Trójkąt. Bez Nauczyciela i pieprzonego Kruka, którego od dawna nienawidziła. Taki, w którym to ona byłaby wierzchołkiem. I zaczynała widzieć do tego odpowiednich kandydatów. Odpowiednio silnych. Takich, których nigdy, za żadną cenę, nie byłaby w stanie doprowadzić do takiego stopnia upodlenia, w jakim widziała teraz Grzywińskiego. Mimo że z pewnością by próbowała.

Spojrzała na mężczyznę patrzącego na nią z ufnością i wiarą. Nie miała żadnych wątpliwości, że dotrzyma złożonego słowa. Ale była też dodatkowo zabezpieczona. Nawet, gdyby się po latach złamał, co nie nastąpi. Nie było na nią po prostu żadnych dowodów, była zbyt doskonała, by je zostawić. Poza tym, kto uwierzy w odwołanie przyznania się do winy? Nikt.

– Czy jesteś gotowy na to, aby się dla mnie poświęcić? – zapytała z powagą.

– Z radością – odpowiedział bez wahania.

Dokładnie tak jak powiedział jej kiedyś Nauczyciel: „Musisz być ich guru, musisz być ich absolutem. Kamikaze ginęli dla Japonii, Shahidzi giną za Allaha. Zostań ich bogiem, a zrobią dla ciebie wszystko. I obiecuj, dużo obiecuj. Zweryfikują to dopiero po śmierci, a wtedy raczej nie wrócą z pretensjami".

O tak, Nauczyciel miał ogromną wiedzę. Spędził mnóstwo czasu na badaniu różnych wysokich kultur. Głównie japońskiej. I miał rację.

– Zostaniesz zatem aresztowany. Prawdopodobnie bardzo długo się nie zobaczymy. Ale będę sprawdzać, będę czuwać, będę pisać do ciebie. Musisz być silny. Przyznasz się do winy i odmówisz składania wyjaśnień. – Pomyślała o swoim ojcu i zacisnęła mocno zęby. – Będziesz nieugięty, tak samo silny wobec nich, jak wobec mnie jesteś słaby. Obróć wektor tych emocji. Wytrzymasz, ile trzeba, nawet dziesięć albo dwadzieścia lat. A kiedy nadejdzie czas, uwolnię cię i będziemy razem na wieczność, obiecuję ci to – skłamała. – Zaczekasz?

– Zaczekam, Aniele. Tyle, ile będzie trzeba. – W jego oczach stanęły łzy wdzięczności, gdy pogłaskała go po głowie. Drugi raz.

KATOWICE-PANEWNIKI, 21 LUTEGO 2024 ROKU

ANKA

– Cześć. Wiesz, na co wpadłem? Skąd Nauczyciel wiedział, kiedy wracasz z wakacji. – Szczepan usiadł na fotelu pasażera. – Damian, jego płomienny pomagier, musiał mu raportować o naszych ruchach. Czekali z tą szopką, aż będziesz na miejscu. Zastanawiam się, czy nie ma więcej takich ludzi w naszym otoczeniu. Takich cichociemnych podpierdalaczy.

– Myślisz, że Cień mu się zwierzał? – zapytałam z powątpiewaniem, cofając z podjazdu. – Z tego, kiedy jedzie po mnie na lotnisko?

Artur zadzwonił do mnie godzinę temu i kazał nam przyjechać pod prokuraturę. Ja miałam auto, ale Szczepan swoje zostawił tam wczoraj. Artur poprosił więc, żebym po niego podjechała. Jestem pewna, że był to jeden z jego testów, żeby sprawdzić, czy rzeczywiście nic się między nami nie zmieniło. Tylko dlatego, że wiedziałam, że mnie testuje, odpowiedziałam:

„Oczywiście, nie ma problemu". Zamiast tego, co rzeczywiście miałam ochotę powiedzieć, czyli: „Wolę poznać starą Gradarza".

- Nie sądzę. Ale Cień jest ostatnią osobą na świecie, która korzysta z papierowego kalendarza. - Szczepan rozłożył ręce.

Jezu, rzeczywiście!

- A że ma dziurawy łeb i niczego nie pamięta... - Miało to sens.

- To wszystko zapisuje. - Szczepan dokończył moją myśl. - Wystarczy zajrzeć do kajetu i zna się cały jego rozkład jazdy. A to tylko jedna z opcji. Nieważne w zasadzie, ale po prostu nie wierzę, że te zdarzenia przypadkowo wypadły jednego dnia.

Przez kilka minut jechaliśmy w milczeniu. Kiedyś zdarzało nam się to wielokrotnie i nie było ani trochę krępujące. Teraz ta cisza była ciężka i nieprzyjemna, wkurzała mnie. Dałam głośniej muzykę. PRO8L3M rapował właśnie, że „znika bez peleryny". Zazdroszczę, też bym chciała.

- A ja z kolei myślałam o przeszłości... Powiedziałeś, że to w niej musi być odpowiedź - wydukałam w końcu. - Sonia mówiła mi, kiedy byłam u niej w domu, wtedy gdy jeszcze udawała normalną, że to ty zawinąłeś Grzywińskiego. To było w dwa tysiące dziesiątym roku, prawda?

- Tak. Rozmawialiśmy o tym z Arturem. Ale to nie wstrząsnęło Sonią ani trochę. - Szczepan wzruszył ramionami. – Ani nim. Miał totalnie wyrąbane na to, że idzie siedzieć. Powiem więcej, on wyglądał, jakby się, kurwa, cieszył. Kowalski też był w szoku. Niesamowicie mnie ta kwestia męczy. Skąd oni biorą tych pojebów, którzy za nich siedzą dożywocie w pierdlu albo popełniają samobójstwo przez podpalenie się?

– Nie wiem – stwierdziłam zgodnie z prawdą.

– Kto to Kowalski?

– Patron Artura. On prowadził tę sprawę. Stary gamoń – skwitował Szczepan. – Zobaczył w papierach, że Grzywiński leczył wszystkie ofiary zabójcy, potwierdził, że kradł pavulon i na dodatek Henryk od razu się przyznał. Wyczuł samograj i zamknął śledztwo migiem. Zresztą, przeszedł zaraz po zakończeniu tej sprawy na emeryturę, z dumnym tytułem tego, który złapał „amerykańskiego kata". Artur resztę aplikacji odbył u Marka Azora. I chwała Bogu, inaczej nie powalałby teraz umiejętnościami.

Nie mówił mi o tym. A to wiele tłumaczyło... Na przykład, że Azor powiedział mu cokolwiek o Occulcie... Nie znałam do końca tych ich prawniczych powiązań, ale coś mi mówiło, że patron i aplikant raczej musieli się dobrze znać i jakaś więź pewnie między nimi była.

– Dlatego Gradarz w zeszłym roku tak bardzo starał się znaleźć dojście do Marka Azora – myślałam na głos. – Wiedział, że Cień mu nie bardzo może podskoczyć. Nie tylko przez pozycję służbową, bo z tym nigdy nie miał problemów, ale przede wszystkim przez szacunek.

Szczepan pokiwał głową.

– Szacunek chuj strzelił, ale dla Artura z pewnością nie było to proste. A w temacie Gradarza, dlaczego dalej się tak wkurwiasz? – Szczepan spojrzał na mnie z ciekawością. – Przecież jest po nim, jest karany za posiadanie narkotyków i, ogólnie rzecz ujmując, spalony. To do ciebie kompletnie niepodobne, żeby kopać leżącego.

To było bardzo dobre pytanie, a ja świetnie znałam odpowiedź.

– Gdyby nie jego pojebany plan, wymierzony we mnie i motywowany najniżej jak się da, bo zazdrością o sukcesy zawodowe, zapewne dużo szybciej zlokalizowalibyśmy Kruka. To wszystko… – wykonałam nieokreślony ruch ręką, mając na myśli przede wszystkim to, że Szczepan prawie umarł – wcale nie musiało się wydarzyć, gdyby nas nie rozproszył.

Widziałam, jak zacisnął szczęki. Przez chwilę milczał. Chyba przyznawał mi rację.

– A w sumie. – Uśmiechnął się. – Zatem grilluj gnoja, skoro cię to uszczęśliwia, kotku.

Uśmiechnęłam się szeroko. Owszem, uszczęśliwia. Przez chwilę było jak kiedyś. Chciałam tę chwilę jeszcze trochę pociągnąć.

– Wiesz, co matka odpowiadała Gradarzowi, kiedy będąc dzieckiem, mówił, że ją kocha? – Popatrzyłam na Szczepana i uniosłam brew.

– Nie wiem. – Drgnął mu mięsień w policzku, jak zawsze, gdy miał ochotę się roześmiać.

– Zostańmy przyjaciółmi – oznajmiłam.

Zaczął śmiać się jak wariat, a ja nie mogłam się do niego nie dołączyć.

KATOWICE-ŚRÓDMIEŚCIE, 21 LUTEGO 2024 ROKU

SZCZEPAN

– Myślisz, że Sonia poświęciła Grzywińskiego, bo palił jej się grunt pod nogami? – zapytała Anka, kiedy zaparkowaliśmy pod prokuraturą. Najwyraźniej to nie dawało jej spokoju.

– Nie. – Byłem tego pewien. – Jeszcze teraz byłoby ciężko wklepać jej winę, nawet gdyby nie była psychiczna. Powód musiał być inny.

– Grzywiński nic nam nie powie – rzuciła z namysłem. – Już raz nam to pokazał.

Pamiętałem naszą wizytę w areszcie. To wtedy zaprosiłem ją pierwszy raz na kolację. STOP.

– Sonia też nie powie – szybko zmieniłem temat. – Byliśmy u niej z Arturem tydzień temu. Kiedy tylko dotarło do nas, że dwa tysiące dziesiąty rok to klucz.

– I co? – Uśmiechnęła się złośliwie. – Kim była w zeszłym tygodniu? Aniołem, Matołem czy Napoleonem?

Znów się zaśmiałem, ale po chwili spoważniałem. Wcale nie podobała mi się ta wizyta...

– Niestety, była niebezpiecznie blisko swej normalnej postaci – powiedziałem spokojnie. – Kazała nam wrócić, kiedy, cytuję: „Chociaż otrzemy się o wiedzę i doskonałość".

– Czyli nieprędko. – Nie darowała sobie.

Właśnie w tym momencie tylne drzwi Ryśka się otworzyły i do auta wsiadł Cień.

– Cześć, co masz, Szczepan? – przeszedł od razu do rzeczy.

Anka aż podskoczyła w miejscu.

– Kurwa, Artur! Grasuje seryjny morderca! Się puka!

– Proponowałem przecież. – Artur zrobił niewinną minę.

Ryknęła śmiechem i wskazała na czoło.

– Tu możesz zapukać.

Postanowiłem to zignorować.

– Z zapisu monitoringu, który przesłali mi rano – wskazałem ręką na kamerę nad parkingiem – wynika, że Damian przed pracą rozłożył projektor. Fachura, który go bada, mówi, że można go zaprogramować na konkretną godzinę. Śmiało mógł założyć, że w trzy godziny wiadomość o jego śmierci do ciebie dotrze, pewnie stąd był zaprogramowany na siedemnastą trzydzieści. Zresztą, w każdej gazecie jest dziś fotka tego trójkąta, więc i tak byś go zobaczył. Projektor kupiony legalnie na Damiana, drogi w chuj, ale nie pytaj mnie, skąd miał hajs, bo nie sądzę, że z etatu w twojej firmie. Zwróć się do banku o operacje na jego koncie, bo w sklepie mówią, że płacił kartą. Jeśli chodzi o jego związki z Krukiem i Sonią, to nic oczywistego w bazach nie ma – zakończyłem.

Tyle jeśli chodzi o dowody. Reszta to nasze przypuszczenia.

– Poprosiłam też Darka o pomoc w temacie ewentualnych powiązań Soni, Kruka i Damiana... – powiedziała Anka.

Darek był jednym z jej informatorów i najlepszych „szperaczy", a także bardzo uzdolnionych hakerów. Tacy ludzie zawsze się przydawali. A nigdy nie pracowali na nasze zlecenie, bo po prostu ojczyzny nie było na nich stać.

– Da znać, jeśli będzie coś miał – dokończyła.

– No to teraz ja. – Artur rozłożył akta Kruka na moim podłokietniku. – W większości to bełkot o aurze i *oblitus*.

– „*Oblitus*"? – Anka uniosła głowę. – O tym mi nie wspominał.

– To jakieś gówno, które go motywowało do robienia tego wszystkiego, co robił – wytłumaczyłem jej. – Nie pamiętał, co to, a bardzo chciał się do tego dogrzebać. Nazywał to „*Oblitus*" albo „To, co zapomniane".

– Macie jakieś pomysły, co to może być? – Anka spojrzała na nas poważnie.

– Ja obstawiam przepis babci na mielone z buraczkami – rzucił Artur. – Ile razy mam powtarzać... Nie racjonalizuj czubów?

– Co innego mam robić, skoro gówno wiemy – stwierdziła całkiem rezolutnie.

Artur otworzył akta i uderzył palcem w rysunek.

– Mamy jeszcze to.

Wpatrzyłem się w symbol.

– Kokardkę? – zapytałem inteligentnie, unosząc brwi.

– Jeszcze wincyj siłowni i jeszcze mnij ksionżków! – wyzłośliwiła się Anka. – To dwa trójkąty złączone jednym wierzchołkiem, też tak podejrzewasz, Artur?

– Yhym.

No fakt, jeśli tak na to spojrzeć, to miało sens.

Artur odwrócił stronę. Na następnej był identyczny rysunek, tylko opisany.

Wspólny punkt obu trójkątów miał obok siebie literkę N. Z lewej strony łączyła się z A i K, a z prawej z M i Z. Nie miałem pojęcia, kto to M i Z, ale byłem całkiem pewien, że N to Nauczyciel, A – Anioł, a K – Kruk.

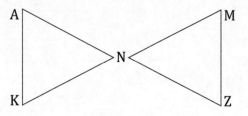

– Nauczyciel jest wspólnym wierzchołkiem dwóch trójkątów... – Anka powiedziała na głos to, co chyba wszyscy pomyśleliśmy. – Ciekawe, kurwa, kto to jest M i Z – wpisała się w moje myśli.

– Nie martw się tym teraz, coś mi podpowiada, że nie chcielibyśmy ich poznać – celnie zauważył Artur. – Bardziej mnie martwi, że rozjebaliśmy mu trójkąt. Może nie być w humorze.

– No, ja bym się wkurwił – powiedziałem szczerą prawdę.

KATOWICE-ŚRÓDMIEŚCIE, 21 LUTEGO 2024 ROKU

ARTUR

Zdawałem sobie sprawę, że tym razem nie chodzi o standardową zabawę w policjantów i… morderców. Jeśli nasza teoria jest słuszna, a wszystko wskazywało na to, że jest, to mógł nam się odpłacić tylko w jeden sposób. Zrobi nam to, co my w jego mniemaniu zrobiliśmy jemu. I na niewiele zdałyby się tu tłumaczenia, że to jego popieprzony trójkąt, zaczął zabawę z moim.

„Proszę pani, ale to oni zaczęli!"

Jezu, co ja wyrabiam? Zaczynam myśleć jak te czuby. Choć, może w tym szaleństwie jest metoda.

– Jakieś pomysły, co dalej? – zapytałem resztę towarzystwa.

– Jedziemy zobaczyć Grenlandię? – zaproponował Szczepan.

Dobry pomysł, nie przeczę. Jak na razie wygrywał ze wszystkim, co roiło się w mojej głowie.

- Jeśli Nauczyciel planuje tyle czasu zemstę i angażuje w to takie siły i środki, to poprawcie mnie, jeśli się mylę, ale podejrzewam, że jego relacja z Krukiem i Aniołem to nie było raczej tylko weekendowe ruchanie na dwa baty. – Anka wyraziła swoje wątpliwości z wrodzoną sobie finezją.

- Czy mogłabyś być jeszcze bardziej subtelna, niż jesteś, panienko Izoldo? – Nie powstrzymałem się.

- Gdybym była słodką Izoldą, a nie twoją soulmate, to skończyłabym na śmietniku historii, jak reszta tych twoich wypłoszy. – Anka wyszczerzyła się w uśmiechu.

- Gem, set, mecz Sawicka. – Szczepan najwyraźniej trzymał jej stronę. – O czym pomyślałaś, kotek?

- Kotek – prychnąłem. – Raczej drapieżna puma. Czarna pantera.

- Uprzedź mnie, zanim przejdziesz do tych najgorszych obelg. – Puściła do mnie oko. Najwyraźniej porównanie jej się spodobało. A szkoda, bo nie miało. – Słuchajcie, on to przeżywa i na swój chory, zwyrolski sposób cierpi. Jeśli tak jest, to musiało być coś więcej niż okazjonalny seks. A po czymś więcej zawsze zostają ślady... Nie mamy prawie nic. Ale są też plusy. Możemy bowiem sprawdzić nawet najgłupsze teorie...

- Jakie na przykład? – Szczepan najwyraźniej oczekiwał konkretów.

- Kruk to niewiadoma, ale przecież wy znaliście Sonię. – Widziałem po jej oczach, że zapaliła się do swojego pomysłu. – I to przez prawie piętnaście lat! Ale kluczowy jest dwa tysiące dziesiąty rok. Z kim się zadawała? Gdzie przebywała?

– Myślisz, że tak znajdziemy Nauczyciela? – Pomysł był banalnie prosty. I chyba właśnie dlatego mógł okazać się genialny.

– Pomyślmy – wtrącił się Szczepan. – Anka przebywa głównie z nami. Jeśli faktycznie byli blisko, to Sonia też mogła tak robić... To możliwe, że my nawet tego skurwysyna znamy – dodał przez zęby. – Poza tym, co mamy do stracenia? Oprócz rzecz jasna Grenlandii?

– Nie lubię jak pizga. – Uśmiechnęła się do niego promiennie. – Skupcie się. Kto się koło niej kręcił w dwa tysiące dziesiątym roku?

– Artur. – Szczepan popatrzył na mnie ze słabo maskowanym niesmakiem.

Pokazałem mu międzynarodowy znak pokoju, czyli środkowy palec.

– Mówiłeś mi, że chodziły plotki, że jest kochanką Tomka Kotła... – Coś takiego świtało mi w głowie.

– Tak. – Szczepan potwierdził. – W komendzie to słyszałem.

– Kto to? – wtrąciła się Anka.

– Policjant, który pracował z nami przy tej sprawie. Sporo starszy ode mnie, już dawno emeryt, ale myślę, że nie będzie problemu, żeby złapać do niego kontakt...

- Kto jeszcze brał udział w tym śledztwie? - zapytała Anka.

- Świętej pamięci Marek Azor - powiedziałem zgryźliwie.

Nie potrafiłem jeszcze przełknąć tego rozczarowania. Mój dawny idol najpierw dał się przerobić zwykłym leszczom, a potem jeszcze spierdolił od odpowiedzialności, popełniając samobója... I nie wydał mi swojego kolegi Nauczyciela... Ciekawe, co tamten na niego miał? Zresztą, nieważne. Ważne, że przez jego milczenie wszyscy troje mogliśmy niebawem spłonąć. I to nie ze wstydu.

Cudowny wzór do naśladowania sobie wybrałem.

- Grzegorz Wrona, patolog - wymieniał dalej Szczepan.

- Dwa zawały, jest na rencie - uzupełniłem. - Ale numer do niego mam, więc też się możemy umówić.

- Poza tym, Jacek jeszcze wtedy nie profilował, ale pamiętam, że wziąłem go do pomocy do biegania po szpitalach, więc już na pewno pracował. - Dobrze, że Szczepan miał fotograficzną pamięć, bez niej bylibyśmy w dupie. - No i... kilkunastu techników, policjantów od drobnych spraw, pomocników w kostnicy... I wszyscy faceci, których znała poza pracą, z orgii, biblioteki i kółka czytelniczego. - Rozłożył ręce.

- Jeszcze mój patron, Dariusz Kowalski - dorzuciłem i wybuchnąłem śmiechem. - Jeśli on jest

Nauczycielem, to przysięgam, że przebiegnę się nago przez Wariacką i jeszcze wstąpię do Żabki po zakupy, jak ten słynny prokurator ze Świdnicy. I w przeciwieństwie do niego zrobię to na trzeźwo.

– *Deal*. – Anka wyszczerzyła zęby w uśmiechu. – Zaczynam mu kibicować.

KATOWICE-ŚRÓDMIEŚCIE, 21 LUTEGO 2024 ROKU

ANKA

Byłam w o tyle trudniejszej sytuacji niż Artur i Szczepan, że nie znałam wymienionych mężczyzn, no może z wyjątkiem Marka Azora, ale on już z pewnością w niczym nam nie pomoże. Choć z drugiej strony, mogła to również być pewna przewaga. Nie miałam o nich wyrobionej opinii, nie wiedziałam, jak wyglądają, nie kierowałam się sympatią ani uprzedzeniami. Zresztą, to wcale nie musiał być żaden z nich! To, że brakowało jakichkolwiek dowodów, sprawiało, że nie do końca traktowałam sytuację poważnie. Czułam się, jakbym grała w grę. Nie łamigłówkę, gdzie muszę opierać się na danych, tylko losową, w której mogę zaufać intuicji. A w zasadzie MUSZĘ jej zaufać, bo nic innego nie mam. Oczyściłam głowę i zastanowiłam się, który z nich wydaje mi się po prostu najlepiej pasować do moich wyobrażeń o Nauczycielu... I z którym z nich mogło łączyć Sonię coś poważnego...

– Wydaje mi się, że powinniśmy zacząć od policjanta – powiedziałam po chwili.

– Napisałem już na grupie z roboty wiadomość, że potrzebuję kontakt do Kotła. – Szczepan patrzył w komórkę. – Może ktoś ma, jak nie, to będę ustalał operacyjnie. A czemu od niego?

– To chyba jasne. Pierwsze skojarzenie – usłyszałam ociekający drwiną głos Artura. – Mają być głębokie relacje, ma być kochanek... To co pierwsze pomyśli Sawicka? Policjant z KWP Katowice!

Spojrzałam na Szczepana i zobaczyłam, że zacisnął szczęki. No tak. To musiało być niesamowicie denerwujące. Olać pannę, kazać jej spierdalać... O pardon! „Odkręcić to", a i tak słuchać docinek o tym, że ona nadal za tobą szaleje.

Ostatni raz było mi tak głupio, kiedy w podstawówce wręczyłam Andrzejowi Kaszewskiemu walentynkę, a on mi powiedział, że nawet mnie nie lubi. Szczepan najwyraźniej też mnie nie lubi. Niestety, patent z podstawówki nie wchodził w grę, więc teraz nie mogę się popłakać. A szkoda. Za to mogę postarać się, żeby Artur zastanowił się dwa razy, zanim jeszcze kiedyś zacznie ten temat.

– Rzeczywiście, ale mała poprawka. To było drugie, co pomyślałam. – Uśmiechnęłam się do niego promiennie. – Miałam lepszy strzał. W końcu szukamy kurwiarza, który lubuje się w orgiach oraz szaleje za psychopatycznymi blondynkami. I tu pierwsze skojarzenie Sawickiej to: prokurator z Prokuratury Regionalnej w Katowicach! – wytłumaczyłam entuzjastycznie. – Bez cienia wątpliwości powiedziałabym więc: Marek Azor, ale on był łaskaw spaść z rowerka.

Szczepan wysunął w moją stronę zaciśniętą dłoń w oczywistym geście, a ja z kamienną twarzą przybiłam mu żółwika.

– Puma ryczy – skwitował Artur krótko.

– Bo ciągniesz za ogon. – Wzruszył ramionami Szczepan.

KATOWICE-ŚRÓDMIEŚCIE, 21 LUTEGO 2024 ROKU
SZCZEPAN

Moja sytuacja była, mówiąc delikatnie, chujowa. Za każdym razem, kiedy padało jakiekolwiek zdanie, które sugerowałoby słabość Anki do mnie, miałem ochotę walić głową w kokpit Ryśka tak długo, aż na czole odbiłby mi się napis „quattro". Trudno się dziwić. Sytuację można by porównać do takiej, w której zagrałbym w lotka, skreślił właściwe liczby, poczekał, aż usłyszę, że wygrałem, a potem... zeżarłbym kupon i nie odebrał nagrody. A że zrobiłem to z właściwych i słusznych pobudek, nie miało w tej chwili znaczenia. Zgrzytałem zębami ze złości, po minie Anki widziałem, że odbiera mój wkurw zupełnie inaczej, niż powinna, i sytuacja tylko się nakręcała.

– Dobra, dzwonimy do Wrony. Połączę się przez auto, żebyście słyszeli, więc sznurujcie buzie – zarządził Artur.

Kiwnąłem mu głową. Po chwili zobaczyłem na ekranie komunikat wybranego numeru. A później usłyszałem wesoły, choć już nie tak silny jak kiedyś, głos.

– Dzień dobry panie Cieniowski.

– Dzień dobry doktorze, co słychać? – Artur też brzmiał radośnie.

– Jak to w moim wieku. Właśnie jestem w Rabce, w sanatorium. A poza tym to powolutku. Ale coś czuję, że zaraz może przyśpieszyć, bo rozumiem, że dzwoni pan z jakąś sprawą. – W jego głosie było słychać ekscytację. – Macie jakiś interesujący przypadek?

Najwyraźniej bardzo brakowało mu pracy. I chciał jeszcze poczuć się potrzebny. Obawiałem się, że na emeryturze będę dokładnie taki sam.

– Nie mamy. Lenart sobie radzi, choć wiadomo, że to nie to samo, co pan... – schlebił mu Artur. – Albo Sonia – dodał po chwili.

Idealne wypuszczenie zeznającego na minę. Chciał sprawdzić pierwszą reakcję. Po drugiej stronie słuchawki, zaległa cisza.

– Ech... – Wrona odezwał się po chwili. – Czytałem w gazetach, co się stało. Chciałem nawet do pana zadzwonić, ale... Nadal nie mogę w to uwierzyć. I cały czas mam do siebie pretensje.

– Ale o co, panie doktorze? – Artur brzmiał na zaskoczonego, jednak widziałem jego minę. Po prostu rozgrywał tę rozmowę, jak każde inne przesłuchanie.

Tylko że przez telefon. Nie bardzo mieliśmy powód, by go zapraszać do siebie, nawet gdyby Artur miał niesfajczony gabinet, a Wrona nie był sto czterdzieści kilometrów stąd.

– Cały czas się zastanawiam, czy popełniłem przed laty jakiś błąd – wyznał Wrona ciężko. – Czy coś mi nie umknęło?

Witamy w klubie.

– Tak samo ja. – Artur niechcący potwierdził moje myśli. – Niech mi pan powie, panie doktorze, czy może mi pan dać coś więcej o Soni?

– He, he, he. – Zaśmiał się Wrona. – Miałem wrażenie, że wtedy kiedy jeszcze pracowałem, to raczej pan mógłby mi więcej o niej powiedzieć. Na ochotnika zgłaszała się do tych czynności, w których miał pan brać udział!

Popatrzyłem na Artura znacząco i narysowałem dłońmi wielkie serce. Zignorował mnie wielkopańsko.

– Nic się panu nie rzuciło w oczy? – dopytał. – Teraz kiedy już pan wie, że to była ona?

– To jest najgorsze, że absolutnie nie! – wykrzyknął Wrona. – Sonia to był niezwykły talent. Bardzo dobry patolog, dokładny i pedantyczny. Miałem wrażenie, że praca, to całe jej życie. Nie wyglądała, jakby cokolwiek innego ją interesowało.

– Orgie, trójkąty i morderstwa – powiedziała bezgłośnie Anka.

Pokiwałem głową.

– Czy zauważył pan, żeby miała z kimś scysje, starcia? Albo wręcz przeciwnie, jakieś nadzwyczaj ciepłe stosunki?

– Tak jak mówiłem, tylko pana wyjątkowo lubiła... – Zastanowił się chwilę. – Jeśli chodzi o scysję, to pamiętam, że raz zastałem ją w prosektorium na dość ostrej wymianie zdań z Markiem Azorem. Ale to już było po ostatnim zabójstwie za mojej kadencji. Nie wiem, o co im poszło, no ale Marek przecież też nie żyje. Był tam wtedy z takim jeszcze jednym prokuratorem, ale nie pamiętam jego nazwiska.

– Może postara sobie pan przypomnieć? – docisnął Artur.

– Po tylu latach? Raczej bez szans – skapitulował Wrona.

– A może jakieś cechy charakterystyczne pan pamięta? Wygląd? Wzrost? – Nie odpuszczał.

– Nie chcę wymyślać – rozsądnie stwierdził Wrona. – Pamiętam jednak, proszę mi wybaczyć szczerość, ale to jedyne, co mi się kojarzy, że to nie był dobry prokurator. Raczej z tych słabych, z którymi nie bardzo lubiłem pracować.

Wymieniliśmy z Arturem znaczące spojrzenia.

– Panie doktorze, znalazłby pan czas, żeby skoczyć ze mną na kawę? Po powrocie? – dopytał Artur.

– Z prawdziwą przyjemnością – zgodził się Wrona od razu. – Przyznam, że nie narzekam na nadmiar zajęć. Wracam za tydzień.

– Zatem do zobaczenia.

Artur zakończył połączenie.

– Co znaczą te wasze spojrzenia? – Anka oczywiście zauważyła, co się stało.

– Znaczą tyle, że albo Nauczyciel bardzo sprytnie wypuszcza nas na minę – wyjaśniłem. – Albo, że jak tak dalej pójdzie, to Artur przeleci bez gaci po Wariackiej. Wybierz sobie.

KATOWICE-ŚRÓDMIEŚCIE, 21 LUTEGO 2024 ROKU

ARTUR

– Czemu „bardzo sprytnie"? – Anka najwyraźniej chciała ogarnąć nasz tok myślenia.

Jest to dość trudne, kiedy nie jest się piętnaście lat w zawodzie, tak jak my.

– Bo jak chcesz na kogoś przekierować podejrzenia, to zwykle podajesz jego imię, nazwisko, adres i rozmiar buta, a nie enigmatyczne wstawki, że „to nie był dobry prokurator", które przesłuchujący może sobie interpretować jak chce – wyjaśniłem.

– Ma to sens – przyznała Anka. – Ale wy nie mieliście cienia wątpliwości, po jego opisie, że to ten Kowalski?

– Nie – rzucił Szczepan zdecydowanym tonem. – Drugiego takiego albatrosa w prokuraturze nie było, a przynajmniej nie za moich czasów.

– To jak się tam utrzymał? – zaciekawiła się Anka.

– Miał hajs, bogato się ożenił – wyjaśniłem. – Miał też ogromne plecy, bardzo ważne znajomości, dzięki tatusiowi w krajówce.

Widziałem po minie Anki, że według niej pasuje jak ulał, ale tylko dlatego, że go nie znała. To było niemożliwe. Z bardzo prostej przyczyny. Nauczyciel, jeśli był mentorem Anioła i Kruka i jeszcze bawił się w Occultę z Azorem, musiał być megamózgiem. Dariusz Kowalski zaś był megadzbanem.

– Hmm... plecak*, powiadasz? I nierób? To chyba miał sporo wolnego czasu – zaryzykowała tezę – na Occultę na przykład.

– Nie byłby w stanie tak udawać. – Pokręciłem przecząco głową. – I przez tyle czasu oszukiwać.

– Czy to jest dobry moment, by przypomnieć Zbyszka jąkałę, jego potencjalnego ucznia, który akurat był w stanie? – wtrącił cicho Szczepan. – Tak go żałowałem, że kazałem mu jechać do domu wypocząć. A kilka godzin później on, już w wcieleniu Kruka, prawie wysłał mnie do Krainy Wiecznych Łowów. I słowo ci daję, że wtedy się jakoś ani trochę nie jąkał.

Szczepan był śmiertelnie poważny i nieco blady. Zacząłem się zastanawiać, czy na pewno już doszedł do siebie po tej całej akcji. Po porwaniu przez Sonię, długi czas miałem dziwne stany. Wiedziałem, że Ankę męczą koszmary. Szczepan zaś ucierpiał

---

* W żargonie wojskowym – żołnierz awansowany na drodze koneksji.

o wiele mocniej od nas, a o niczym takim nie wspominał. Albo faktycznie był pozbawiony układu nerwowego, albo nie zamierzał się nam zwierzać.

Ścisnąłem palcem wskazującym i kciukiem nasadę nosa.

– Kurwa, celne... – przyznałem. – No to co... Dzwonię.

Wybrałem numer i odczekałem aż do automatycznego rozłączenia. Potem napisałem esemesa z prośbą o pilny kontakt.

– Ma twój numer? – zapytała Anka.

– Tak, mam taki sam od aplikacji – potwierdziłem.

– Daj mi jego – poprosiła.

Aha. Dobry plan. Przedyktowałem jej numer. Wywaliła mój telefon z komputera Ryśka i podłączyła siebie.

– Halo – odebrał po drugim sygnale.

Poznałem go i po głosie i po bucowatym tonie. Wszystkie znaki na niebie i ziemi wskazywały zatem, że po prostu nie chciał ze mną gadać.

– Dzień dobry, proszę pana, bardzo mi miło, nazywam się Wiktoria Wektor i chciałam zainteresować pana ofertą odnawialnych źródeł energii, a konkretnie naszych paneli fotowoltaicznych. Czy jest pan może właścicielem domu jednorodzinnego?

Rozłączył się bez słowa.

– Przyjemniaczek – skomentowała po dłuższej chwili ciszy.

– Co o tym myślisz teraz, Artur? – Szczepan odwrócił się w moją stronę. Minę nadal miał poważną.

– Myślę, że trzeba będzie ogolić jajka przed tym biegiem, żeby wstydu w gazetach nie było.

KATOWICE-ŚRÓDMIEŚCIE, 21 LUTEGO 2024 ROKU

ANKA

– Mam numer do Kotła – wykrztusił Szczepan, kiedy tylko przestał się śmiać.

Nie wiem, co było z nami nie tak, ale im gorzej wyglądała sytuacja, tym mieliśmy większe tendencje do śmieszkowania. Tak było przy sprawie Soni, tak było przy Kruku i teraz też tak jest. Najistotniejsze pozostawało odwieczne pytanie: „Kto się będzie śmiał na końcu?". Jako że za każdym razem wychodziliśmy z tego z większymi obrażeniami, bałam się, że nie my. Albo nie wszyscy my. A żadnej z tych opcji nie chciałam brać i nie brałam pod uwagę.

Pokazał nam ekran telefonu. Na WhatsAppie kontakt był połączony ze zdjęciem. Troszkę ponad pięćdziesięcioletni facet. Bujna, ciemna czupryna, choć mocno przyprószona siwizną. Stał trochę bokiem i patrzył w obiektyw z drwiącocyniczną miną.

– Oho – powiedziałam krótko.

Zaskoczony Szczepan spojrzał na mnie.

– Znasz go?

– Nie muszę, znam wielu podobnych – stwierdziłam ze stoickim spokojem. – A wiesz, jak to działa? Znasz jednego, znasz wszystkich.

– Radar ci się włączył? – zapytał Artur z uśmiechem.

– Owszem – skwitowałam krótko.

– Możesz rozwinąć tę myśl? – zapytał Szczepan podejrzanie spokojnym tonem.

Najwyraźniej miał świadomość, że też do tego typu należy. I bardzo dobrze, bo to była prawda.

Przybrałam uduchowiony ton.

– Świat jest beznadziejny, a ludzie, to już całkiem. Jestem samotnym wilkiem, NIKT MNIE NIE ROZUMIE. W imię zasad. Poświęcę się, bo ktoś musi. To jeśli chodzi o pracę. – Uśmiechnęłam się szeroko, widząc minę Szczepana. Szczęśliwa to ona nie była. Najwyraźniej trafiłam w jakiś czuły punkt. Peszek. – A jeśli chodzi o życie uczuciowe to: „Wszystkie kobiety to szmaty, a ja chcę taką, która by mnie kochała naprawdę. Ale będę jej szukał w rynsztoku albo wśród pustych idiotek, bo ta tu to jakaś taka za fajna, ZA DOBRZE MNIE ROZUMIE, więc to pewnie jakiś wałek". Zrobiłam minę podstępną jak Don Pedro z *Porwania Baltazara Gąbki*. – I co? Trafiłam w styl pana Kotła? – zapytałam, choć wiedziałam, że tak.

– Bez pudła. Niezawodny jest ten radar. – Roześmiał się Artur. – A ty o tym wiesz, ale i tak zawsze im próbujesz udowodnić, że jesteś tą „jedyną i wyjątkową" i zawsze giniesz bohatersko na polu chwały.

– Za ojczyznę! – potwierdziłam wesoło, bo chyba przestawało mnie to smucić, a zaczynało bawić. Od dobrego miesiąca doskonale rozumiałam Kojota Wilusia i jego minę, kiedy dziesiąty raz dostawał w łeb, dokładnie tym samym kamieniem w dokładnie tych samych okolicznościach. – Nas nauczono, że zamiast brzydko wygrać, lepiej epicko przegrać. Jestem zatem nieodrodną córą tej ziemi.

Zerknęłam w prawo, by sprawdzić reakcję. Szczepan wyglądał, jakby chciał mnie ugryźć.

Najwyraźniej, całkiem słusznie, nie odniósł mojego wywodu tylko i wyłącznie do Kotła.

– W zasadzie się zgadzam z tym typem – powiedział, wybierając numer. – Ale nie z tą częścią, że „wszystkie kobiety to szmaty". Znam takie, które mają prawie czterdziestkę i tak mały przebieg, że aż żal nie wziąć. I nie daj tu się skusić.

Ooooo, koteczek wyciąga pazurki.

– Spytaj Tomka, czy jest wolny – rzuciłam scenicznym szeptem. – Bo brałabym jak komornik telewizor.

Chciał mi coś odpowiedzieć i widziałam po jego minie, że to będzie mocne, ale uratował mnie Tomek Kocioł, odbierając telefon. No proszę, już go lubię.

KATOWICE-ŚRÓDMIEŚCIE   20 MAJA 2010 ROKU

Sonia nie była specjalnie zdziwiona, że wszystko tak pięknie się poukładało. Wiedziała przecież, że jest nec plus ultra*. Ale miło było dostać na to kolejne potwierdzenie.

Grzywiński siedział, i tak jak się spodziewała – siedział cicho. Śląsk odetchnął. „Amerykański kat", którego teraz prasa okrzyknęła mianem Anioła Śmierci (co, zdaniem Soni, było o wiele bardziej odpowiednią nazwą), zniknął ze scenariusza. Trochę szkoda, odrobina strachu co trzy lata, dobrze trzymała ludzkie, niegrzeczne muszki w ryzach...

Miała już jednak nowy, cudowny plan i do jego realizacji potrzebowała nowego, cudownego trójkąta. Omne trinum perfectum**.

Coraz bardziej utwierdzała się w przekonaniu, że jest nie tylko LEPSZA od zwykłych ludzi. Ona była zdecydowanie lepsza od LEPSZYCH. A jednym z nich musiała się zająć

---
* (łac.) Szczyt doskonałości.
** (łac.) Wszystko, co potrójne, jest doskonałe.

natychmiast. Pieprzonym Michałem „Krukiem" Krukowskim. Sonia po prostu zaczynała się go bać. Przede wszystkim coraz mocniej interesował się jej życiem poza trójkątem i wyczuwał jej znudzenie, zarówno sobą, jak i Nauczycielem. Miał rację i bała się, że kiedyś może zdobyć na to dowody. Ale to nie było wszystko... Sonia wiedziała, że obsesja Kruka, aby odkryć oblitus, jest tak mroczna, tak dojmująca, że nawet ona może paść jego ofiarą.

Oczywiście Nauczyciel dobitnie ich uprzedził, jak by się to skończyło, gdyby ktokolwiek w ramach któregokolwiek z trójkątów zaczął krzywdzić jego uczestników... Sonia mu wierzyła, dlatego nie mogła po prostu zabić Michała. Wiedziała jednak, że Kruk powoli przestaje się kontrolować, a gdy ona sama będzie martwa, to na niewiele zda się jej zemsta, wymierzona na Michale przez Nauczyciela...

Sonia musi podjąć kroki, które zapewnią jej wolność. Musi dać mu „zalążek" tego, czego on potrzebuje, a potem wyśle go w pogoni po świecie za „całością".

Do tanga trzeba dwojga, a do trójkąta trzeba trojga.

Jeśli Kruk zniknie to nie dość, że to on, a nie Anioł będzie winny rozpadowi, to jeszcze ona uwolni się od Nauczyciela. Nie będzie potrafił zastąpić Kruka kimś, kogo mogłaby się bać, Trójkąt upadnie... Nauczyciel się pocieszy, ma jeszcze jeden. A ona nareszcie weźmie swój los we własne ręce. A w zasadzie we własne skrzydła...

Kiedy Sonia obrała sobie cel, to nic nie było w stanie zawrócić jej z właściwej drogi. A to była ta droga. Jedyna droga.

Cierpliwie czekała, oparta o drzwi kierowcy. Zaraz wyjdzie z pracy i podejdzie do samochodu.

– Cześć, co tu robisz? – zapytał, kiedy ją zauważył. W jego głosie nie było słychać radości.

Sonia pomyślała złośliwie, że to pewna nowość, kiedyś o wiele bardziej cieszył się na jej towarzystwo. Zabiegał o nie... Ot, jak ulotne bywa zakochanie.

– Cześć. Słyszałam, że chcesz się nauczyć żeglować? – Uśmiechnęła się szeroko.

Widziała, jak pobladł. Ciekawe, czy się nareszcie obudził? Czy zapytał sam siebie, po co mu to było? I czy to było warte tego, co teraz nastąpi? Bo przecież musiał wiedzieć, co nastąpi. Jest zbrodnia, to jest kara. Proste.

Miał minę jak jej ofiary, sekundę przed śmiercią. Na twarzy każdej było wypisane: „Nie warto było TEGO robić!". To był prawdziwy, szczery żal. Taki, dzięki któremu podobno Bóg wybacza. Powinni być jej wdzięczni, uwalniała ich od zakłamanego żywota i wręczała, prosto do sparaliżowanej zwiotami ręki, bilet do bram nieba. Z miejscówką.

Jemu też da szansę. Nie na niebo, póki co, na zrozumienie i poprawę.

– Mam do ciebie prośbę. – Uniosła na niego zimne niebieskie oczy. – Potrzebny jest mi neseser ze zbiorów Occulty. Taki z napisem „Oblitus".

– Nie wiem, o czym mówisz. – Podszedł do samochodu, wepchnął się przed nią, włożył kluczyk i przekręcił zamek.

Spojrzała na dwa foteliki umieszczone na tylnej kanapie samochodu. Na jednym leżała maskotka królika, z lekko opadniętym uszkiem. Chuj pojechał do roboty, a dziecko w domu pewnie pół dnia za króliczkiem przepłakało. Czuła jak w oczach stają jej łzy. Zawsze tak działały na nią pluszowe zabawki. To była reakcja bezwarunkowa, jak łzy przy krojeniu cebuli. Nie czuła żalu, nie chciało jej się płakać, nie miała powodu. Po prostu łzy płynęły same.

Spokojnie wyjęła z kieszeni telefon i puściła filmik.

Na parkingu rozległy się głośne jęki. Jej i jego. Słowa, polecenia, dyszenie.

– O, zobacz, jaką tu masz fajną minę. – Uśmiechnęła się do ekranu. Naprawdę ta mina ją bawiła. – Ale się żona uśmieje, że o Internecie nawet nie wspomnę. Przyznam, że niektóre z twoich upodobań bywają osobliwe... Ale nie w przerażający sposób, raczej w... śmieszny. To chyba jeszcze gorzej, prawda?

Nie popatrzył na ekran, po prostu odwrócił się i na odlew strzelił ją w twarz. Na jej wardze pojawiła się krew...

Popatrzyła na niego z niesmakiem. Stary, z czym do ludzi?

– Poważnie? – zapytała szczerze. – Musiałbyś się o wiele bardziej postarać, żebym poczuła. A teraz słuchaj mnie uważnie. Wiem, że zaprosili cię na rejs. Chcą cię wciągnąć jako trzeciego do zarządu, ale zaufaj mi, ty się do tego, chłopie, nie nadajesz. Znam ich od lat, to popierdolone skurwysyny, za krótki na nich jesteś. Pojedziesz tam raz, w ten weekend. Pod pokładem są ich nesesery. W schowku pod lewą koją. Wyjmiesz „Oblitus" i kiedy staniecie przy czerwonej boi, wyrzucisz go za burtę. Neseser jest zabezpieczony, jeśli ktoś nie zna kodu, to przy próbie otwarcia ulegnie zniszczeniu, więc nie radzę próbować podglądać.

– Niby jak mam zrobić coś takiego? – Spojrzał na nią ze strachem.

– Będziecie tam stali bardzo długo, oni wychodzą na pokład zapalić, poza tym bywają... bardzo zajęci. – Uśmiechnęła się zimno. – Masz łeb i chuj, to kombinuj.

– Jeśli się zorientują, to mnie zabiją. Cokolwiek tam jest. Jestem pewien – powiedział powoli.

Sonia rozłożyła szeroko ręce. Miał rację, ale jego racja, to nie był jej problem.

– To zrób tak, żeby się nie zorientowali. Do dwudziestej pierwszej ma być w wodzie – zażądała dobitnie. – A ja ci gwarantuję, że do piątej rano walizka będzie przycumowana do silnika. Nie radzę zatem iść spać. Schowasz ją tam, gdzie była, oni się nie zorientują, a ja usunę ten filmik i zapomnimy o sprawie.

– Mam ci wierzyć? – Patrzył na nią z prawdziwą nienawiścią.

Niemal się roześmiała. Tak, to z pewnością wszystko była jej wina. On został przypadkową ofiarą. Nie uczestniczył w tym, nie zabiegał o to, na spotkanie Occulty przywlekli go siłą. Nienawidziła takiej hipokryzji.

– A do czego innego niby mógłbyś mi być jeszcze potrzebny? – Ruszyła w stronę swojego auta. – Aaaa, gdyby przyszło ci do głowy, żeby zrobić mi krzywdę, to może się znaleźć kopia nagrań naszych spotkań. Zawierająca dokładny obraz całej zabawy w tym... ciebie w twoim ulubionym stroju. – Parsknęła śmiechem, po prostu nie mogła się powstrzymać.

Zobaczyła, jak jego twarz tężeje, i uśmiechnęła się jeszcze szerzej.

– Zabezpieczenie obejmuje też moje ewentualne zaginięcie. – Przesłała mu buziaczka. – Dlatego ten, wypisany na twojej twarzy pomysł, żeby mnie zakopać w Lesie Murckowskim, włóż sobie w dupę.

SCENE - DO NO
NOT CROS

KATOWICE-KOSZUTKA, 21 LUTEGO 2024 ROKU

ARTUR

Okazało się, że Tomek Kocioł bardzo dobrze pamięta Sonię. I bardzo chętnie Szczepanowi opowie o niej „kurewsko ciekawe" rzeczy. Zapowiadało się zatem ekscytująco. Kocioł wykazał przy tym taki entuzjazm, że albo totalnie nie miał nic wspólnego ze sprawą, albo... jest Nauczycielem. Żeby jednak nie było nam za łatwo, Tomek mieszkał od dziesięciu lat w Irlandii. Wprawdzie właśnie „siedzi w Polsce", ale mieliśmy czas, do jutra do piętnastej, bo wtedy wylatywał z Balic do Shannon... Żeby było jeszcze trudniej – teraz był ze starymi kumplami w górach. Dziś, albo jutro, zależy od natchnienia, dotrą do hotelu Seta w Wiśle. Odbywał się tam zjazd policyjnych emerytów, połączony z wręczeniem jakichś nagród czynnym funkcjonariuszom. I jeśli tam będziemy i dorwiemy go, zanim się tak napierdoli z kumplami, że będzie „bez kontaktu", to dobra nasza.

Gremialnie postanowiliśmy rozejść się do swoich zajęć, spotkać o osiemnastej pod domem Anki i skoczyć do Wisły. Później trzeba będzie dorwać gdzieś Kowalskiego... A po tym jak nie odbierał ode mnie telefonów, spodziewałem się, że nie będzie to kaszka z mleczkiem. Ale po kolei. Zaparkowałem na Sokolskiej i raz jeszcze przejrzałem wstępne notatki z sekcji, które przesłał mi Lenart. Bez cienia wątpliwości samobójstwo. Technicy też wykluczyli udział osób trzecich – w moim gabinecie zabezpieczyli ślady wyłącznie moje, Damiana i pani Irenki. Tu nic więcej nie będzie. Wystąpiłem w trybie pilnym o historię rachunku bankowego Damiana i to było wszystko, co mogłem w tej chwili zrobić.

Szczepan obok mojego auta zaparkował swojego jeepa. Bawił się nim często w offroad, ale zwykle potem pieczołowicie go mył, dlatego zdziwiłem się, że auto jest tak brudne.

– Parkowałeś go w korycie dla świń? – zagadnąłem, wychodząc z fury.

– Byłem dziś na poligonie, trochę się potaplać. – Wyciągnął z auta sportową torbę. – Nie zdążyłem umyć.

– Nie pracujesz? – zdziwiłem się.

– Mam urlop. – Najwyraźniej nie miał zamiaru mi się tłumaczyć, bo na tym zakończył.

Dziwne, nie wiedziałem, że ma wolne. No, ale jego sprawa, jeśli chciał się skupić na pomocy mi przy „śledztwie nieoficjalnym" i wolał się nie rozpraszać normalną robotą, to tylko lepiej.

– Idzie nasza gwiazda. – Kiwnął głową w stronę kamienicy.

Anka wyłoniła się zza masywnych drzwi domu odjebana jak stróż w Boże Ciało. Miała na sobie krótki płaszcz i skórzane kozaki na wysokim obcasie. To znaczy, pewnie miała spódnicę, ale spod płaszczyka nie wystawał nawet fragmencik. A bynajmniej nie było to okrycie tak długie jak te, które w serialu *'Allo, 'Allo!* nosił Herr Flick z Gestapo. Włosy miała rozpuszczone, ale widać było, że nie wybiegła tak jak zawsze, pozwalając, by same wyschły, tylko je układała. Nauczyła mnie to rozróżniać w „sposób zrozumiały dla chłopa", tłumacząc mi to tak: „Jak wygląda, jakby było ich dwa razy więcej, to czesałam". Ciągnęła za rączkę wściekle czerwoną walizeczkę. Na ten sam kolor miała umalowane usta. Znałem tę szminkę, to był Dior. Chyba pierwszy raz od sprawy Kruka widziałem, żeby jej używała.

– Puma rusza na łowy – powiedziałem cicho. – Wątpię, żebym to ja był na celowniku, więc ty albo Tomek Kocioł macie przejebane.

Nie wiem, czy Szczepan mnie w ogóle słyszał, bo wpatrywał się w nią, jakby go zaczarowała. Połknąłem cisnący mi się na język komentarz, dosadny i ironiczny. Jeśli oni postanowili, jak mi oznajmiła, „że nic z tego nie będzie i zostaną przyjaciółmi", to ja byłem indyjskim Maharadżą z rodu Kuszanów. Nie dalej jak miesiąc temu, oznajmiła mi, że będzie się z nim umawiać, więc miałem czas to przełknąć, ale ich zachowanie było co najmniej dziwaczne. Spotykają się w końcu czy nie?

– Na co się gapisz? – zapytała Szczepana z całym wrodzonym sobie wdziękiem.

O to, to! O tym mówię.

– Nie wiem, co to jest. – Szczepan najwyraźniej odzyskał język w gębie. – Piękne, ale widać, że trujące.

– A to ci się nawet udało. – Uśmiechnęła się z aprobatą. – Myślisz, że Tomkowi się spodoba?

– Jakiś emerytowany desperat na pewno się znajdzie. – Uśmiechnął się szeroko.

Oho! W oczach Anki widziałem, że wyzwanie przyjęte. Znalazł na nią najlepszy sposób. Powiedziałbym mu o tym dawno, ale... Kiedyś obiecałem, że mu nie pomogę i nie przyłożę do tego ręki. I tego się będę trzymać. Niech kombinuje.

– Musimy się ruszać. Ledwo, i to po znajomości, załatwiłam pokoje – zaczęła Anka rzeczowo. – Jak nie pojawimy się do dziewiętnastej, to rezerwacja przepadnie. Przez ten policyjny zjazd mają full obłożenie. A pół godziny temu dostałam bardzo ciekawą informację od mojego szperacza. Nie znalazł powiązań na całą trójkę, ale namierzył coś na Sonię i Kruka. Obydwoje bardzo hojnie wspierali tę samą fundację, są na jakichś listach dziękczynnych.

– Jaką fundację? – zainteresowałem się błyskawicznie.

– Mała fundacja z Częstochowy wspomagająca dzieci z domów dziecka; organizującą im wypoczynek, ferie i tym podobne rzeczy – wytłumaczyła. – Dzwoniłam tam, przedstawiłam się jako dziennikarka i chciałam się umówić na wywiad. Laska spuściła mnie na drzewo. I to dość ostro i na długą metę. Powiedziała, że rozmawiać o pieniądzach będzie tylko z uprawnionymi organami, a tak w ogóle to nie ma czasu, bo zmieniają siedzibę. Dziś siedzą do oporu w starej, bo się pakują, a kiedy otworzą nową, tego nie wie.

– Czuję swąd – stwierdził Szczepan krótko.

– Prawidłowo, bo to śmierdzi. No to może ja zapewnię jej uwagę uprawnionego organu, skoro tak nalega. – Spojrzałem na zegarek. – Wyślij mi adres. Ogarnę to, a potem podjadę do was.

Wiedziałem, że wypuszczanie ich samych w tym stanie, w jakim są, to proszenie się o kłopoty, ale inaczej się nie dało. Szczepan musiał być w Wiśle, ja musiałem być w Częstochowie, a skoro miałem przesłuchiwać, to obecność Anki była niemożliwa. Samej w Kato zaś nie zamierzałem jej zostawiać. Zresztą to już musztarda po obiedzie. Zawaliłem w momencie, kiedy nie poszedłem z nią na jacht „Occulta". Moment przełomowy, który podsumować mogłem tylko hasłem: „To gorsze niż zbrodnia, to błąd"*. Gdybym poszedł tam z nią zamiast Szczepana, to nic by się między

---

* Charles-Maurice de Talleyrand-Périgord znany jako Talleyrand – francuski mąż stanu, polityk i dyplomata żyjący w XVIII/XIX wieku.

nimi nie stało. A teraz? Teraz to może lepiej, żeby już to jebło, przestaniemy przynajmniej drążyć temat. Albo nie. Kurwa, sam nie wiem!

– Brzmi rozsądnie. – Szczepan przeszedł do drzwi od strony pasażera i otworzył je szeroko. – Zapraszam, milady.

Spojrzała na swój płaszcz, potem na jego ujebane auto.

– Jedziemy moim, Rurku* – rzuciła.

Wymieniłem spojrzenia ze śmiejącym się Szczepanem i pokazałem mu epickim wzruszeniem ramion, że w zasadzie, to on ma problem z wredną babą, a nie ja.

Anka ponownie spojrzała na zegarek

– Jeśli za czterdzieści minut nie odbierzemy pokoi, to śpimy w aucie.

– Zdążymy – zapewnił Szczepan.

Przepisowo jechało się godzinę i dwadzieścia minut, więc plan był dość kozacki.

Bez ostrzeżenia rzuciła mu kluczyki. Najwyraźniej sprawdzała refleks.

Złapał je jedną ręką. Najwyraźniej zdał.

Nie podobały mi się te spojrzenia, które wymienili. Coś się zmieniło, po jej porannym wywodzie. Ewident-

---

* Słynna wpadka Kamila Durczoka, który w 2009 roku zwrócił się do realizatora wizji „Faktów" TVN: „Rurku? [...] Kto odpowiada za to, jak to wygląda w tym studiu? Ta... Nie wkurwiaj mnie, dobrze? Od dwóch dni jest tak upierdolony stół tutaj...".

nie zaczęła z nim grać w spierdalaj–chodź. Za często to widziałem w jej wykonaniu, żeby nie rozpoznać. A Szczepana znałem trzynaście lat. Długo nie pogra, szybciutko ją sprawdzi. Miałem złe przeczucia. Patrzyłem, jak idą w kierunku stojącego dwa miejsca dalej Ryśka.

– „Pacz tam jako!" – rzuciłem za nią.

– „Artur, jo nie ma tako gupio" – odpowiedziała ze śmiechem, wsiadając do auta.

No właśnie.

KATOWICE-ŚRÓDMIEŚCIE, 21 LUTEGO 2024 ROKU

SZCZEPAN

– Wytłumaczysz? – Patrzyłem na Ankę z ciekawością.

– „Pacz tam jako" to taki śląski zwrot o bardzo wysublimowanym znaczeniu – zaczęła. – Z jednej strony oznacza niby troskę: „uważaj na siebie", ale w domyśle wybrzmiewa też ostrzeżenie: „Nie zrób wiochy".

– Wiem, co to znaczy „pacz tam jako", urodziłem się w Katowicach. – Włączyłem się do ruchu. Dość energicznie. Tak, że było słychać pisk opon. – Chodzi mi o to, że zabrzmiało to, jak rozpisany między wami dialog.

– Bystrzacha. – Spojrzała na mnie z autentycznym uznaniem. – Tak. To jest historia rodzinna Artura. Jego wujek miał osiemnaście lat i jechał na obóz sportowy. A że nie był najgrzeczniejszy, jak zresztą wszyscy Cieniowscy, to jego babcia nieco się martwiła, więc przed wyjazdem powiedziała do niego: „Pacz tam jako", a on się roześmiał i rzucił: „Oma, jo nie ma taki gupi"".*

– I co? – Wyczuwałem kozacką puentę.

– I wrócił za dwa miesiące. Razem z dziewczyną w ciąży – wyjaśniła Anka.

– I musiał się żenić. – Ryknąłem śmiechem. – Jak to wtedy na Śląsku.

Nasz region zawsze trochę kojarzył mi się z Sycylią. Takie same zasady, takie same wartości... tyle samo grup przestępczych. A ja oczywiście w tym pejzażu postanowiłem zostać Carabinieri z ROS-u**, bo beznadziejne wyzwania to jedyne, jakie podejmuję. Opisała mnie rano tak celnie, że myślałem, że trafi mnie szlag. I jednocześnie, nieświadomie, pokazała mi, że zachowałem się jak debil, nie mówiąc jej o moim PTSD. To „poświęcę się" wypowiedziane szyderczym tonem cały czas rezonowało mi w głowie. Wygląda na to, że chyba rzeczywiście zachowałem się jak idiota. Pytanie brzmiało, kiedy mój wrodzony upór pozwoli mi się do tego przyznać... Obawiam się, że nieprędko.

– A podobno bardzo tego nie chciał. – Anka wyszczerzyła zęby w szerokim uśmiechu. – Ślubu.

– Ani trochę się nie dziwię. – Pociągnąłem lewą manetkę przy kierownicy, redukując bieg i w moment

---
* (z jęz. śląskiego) Babciu, nie jestem taki głupi.
** Elitarny oddział specjalny włoskiej żandarmerii powołany do walki z organizacjami przestępczymi oraz terroryzmem.

wyprzedziłem wlokące się przede mną auto. – Też bym się przed żoną z przypadku wzbraniał.

– Szczepan, masz czterdzieści trzy lata – wyzłośliwiła się. – Podejrzewam, że ty się ogólnie przed żoną wzbraniałeś, nie tylko przypadkową.

– Może nie spotkałem tej „jedynej i wyjątkowej". – Bezczelnie nawiązałem do naszej porannej gadki. – A przecież to dopiero ona może mnie nawrócić.

– Na mnie nie patrz. – Wyszczerzyła do mnie ząbki. – Byłam tam i niestety, jak zawsze, poległam.

Nabijała się z tego. Nie miałem cienia wątpliwości, że ten uśmiech jest szczery. Boże, jakie to jest wredne. No cóż, wychowamy. I to raczej w starej szkole dyscypliny, a nie w nowoczesnym bezstresowym podejściu. Literalnie swędziała mnie ręka z niecierpliwości.

– Nie byłbym taki pewien – uśmiechnąłem się enigmatycznie i przyśpieszyłem.

Po przejechaniu czterdziestu pięciu kilometrów, po których powinni mi z sześć razy zabrać prawo jazdy, zauważyłem, że jej wzrok ślizga się co chwilę z ekranu telefonu na moje dłonie. O! To ciekawe.

– Mogę zadać ci osobiste pytanie, Anka? – zapytałem pogodnie.

– Słucham. – Uniosła na mnie wzrok.

– Czy ciebie podnieca to, jak prowadzę samochód?

Widziałem, że trafiłem idealnie.

– Trochę. – Uśmiechnęła się krzywo. – Mam *death wish**. Pytanie brzmi: „Szybkie samochody czy nieodpowiedni mężczyźni?". Co mnie szybciej wykończy, bo nie ma wątpliwości, że albo jedno, albo drugie.

– Jeszcze jest szansa, że kiedyś, oczywiście przez przypadek, bo inaczej ci się nie zdarza, ugryziesz się w język – podpowiedziałem jej. – I wtedy umrzesz, bo zatrujesz się tym żmijowatym jadem.

– Albo to. – Wskazała na mnie palcem, przyznając mi rację.

Zaledwie dwadzieścia minut później weszliśmy do hotelowej recepcji. Trzy minuty przed czasem.

– Dzień dobry, mamy rezerwację. – Uśmiechnąłem się do recepcjonistki, podając jej dowód. – Zdążyliśmy?

Popatrzyła na mnie i odwzajemniła uśmiech, automatycznym ruchem zakładając włosy za ucho. Zdawałem sobie sprawę z tego, że mam naprawdę zakazaną mordę, więc najwyraźniej następna „dziewczyna z radarem".

– Udało się panu. – Patrzyła na mnie, kompletnie ignorując Ankę. – Piętro pierwsze, drugie i trzecie.

– Może znajdą się trzy pokoje na tym samym piętrze? – zapytałem i oparłem się o blat, uśmiechając do niej promiennie.

– Dla pana się postaram. – Wlepiła wzrok w ekran komputera, ale po dobrych kilku minutach musiała się poddać. – Przykro mi.

---

* (ang.) Życzenie śmierci.

Widziałem, że naprawdę nie było opcji. Trudno.

– Nic się nie stało. Dziękuję, że się pani starała. – Patrzyłem prosto w jej oczy. – Doceniam.

Zaczerwieniła się, a z tyłu usłyszałem ciche prychnięcie. Zazdrosny koteczek. Zaraz ją jeszcze trochę podgrzejemy...

– Niestety, mamy spotkanie jubileuszowe policji – tłumaczyła się recepcjonistka. – Prawie pełne obłożenie, dlatego takie przeboje z rezerwacjami.

– Rozumiem, ale poprosimy po dwie karty, dobrze? – Puściłem do niej oko. – Żeby telefon mógł się ładować, kiedy wyjdę z pokoju. Na przykład po to, by się tu pokręcić i przypadkiem panią zobaczyć.

– Jest pan niemożliwy. – Zaśmiała się kokieteryjnie. – Ale to mogę dla pana zrobić. – Podała mi po dwie karty do każdego z pokoi.

– I jeszcze pokój kolegi, ale jego karty niech tu na niego czekają. Przy pani będą bezpieczne. – Przesadzałem już grubo, bo Anka prawie wyrwała mi formularz i migiem go wypełniła. A potem oddała dziewczynie, która nawet na nią nie spojrzała.

– Do zobaczenia – rzuciłem, a potem wziąłem walizkę Anki, swoją torbę i wolno ruszyłem korytarzem.

Przede mną sunął huragan „Anna", w każdym jej ruchu widać było, że to nie letnia burza, tylko konkret. Pięć na pięć w skali Saffira–Simpsona. Spotkaliśmy się dopiero przy windzie. Coś czułem, że zaraz uderzy o linię brzegową. I nie pomyliłem się.

– „Dla pana się postaram". – Anka przedrzeźniła recepcjonistkę, robiąc zeza. – „Jest pan niemożliwy". – Teraz wydała z siebie chichot zdychającej hieny. – Przysięgam, że nie wiem, co one wszystkie w tobie widzą – skłamała już swoim normalnym głosem.

– Ja też nie. – Rozłożyłem ręce. – Dawaj kartę.

– Po co? – Spojrzała na mnie podejrzliwie...

– Wpadnę o pierwszej w nocy i przelecę cię na śpiocha. – Nie wytrzymałem. – Dawaj kartę, Anka. Muszę mieć do ciebie dostęp, gdyby działo się coś nieprzewidywalnego.

Wręczyła mi kartę i wyciągnęła rękę w moją stronę.

– Co? – Popatrzyłem na nią, nic nie rozumiejąc.

– Dawaj kartę, Szczepan. Muszę mieć do ciebie dostęp, gdyby działo się coś nieprzewidywalnego – powiedziała śmiertelnie poważnie.

Parsknąłem śmiechem. Już kiedyś odbyliśmy podobną rozmowę.

– Zgoda. – Podałem jej swoją kartę. – Przyjdę po ciebie o dwudziestej.

WISŁA-JAWORNIK, 21 LUTEGO 2024 ROKU
ANKA

O dwudziestej pięć zadzwoniłam do Szczepana. Nie odebrał, więc o dwudziestej dziesięć wyszłam z pokoju. W sytuacji, w jakiej się znaleźliśmy, nieodbieranie telefonu było najwyższym wymiarem alarmu.

Wysiadłam z windy na drugim piętrze i rozejrzałam się po opustoszałym korytarzu. Cisza aż dzwoniła w uszach. Z pokojów nie dobiegały żadne dźwięki: ani muzyki, ani rozmów, ani spuszczanej w kiblu wody. Najwyraźniej wszyscy bawili się na dole. Nie była to najlepsza wiadomość. Nawet, jeśli zacznę się tu drzeć, to istnieje niewielka szansa, że ktokolwiek mnie usłyszy. Przełknęłam ślinę i szybkim krokiem ruszyłam w stronę pokoju Szczepana. Niemal z rozbawieniem pomyślałam o dawnych czasach. Tych, kiedy nie polowali jeszcze na mnie seryjni mordercy. Wtedy bardzo lubiłam mieszkać w hotelach... Jednocześnie uświadomiłam sobie, że od tych „dawnych czasów" nie minął nawet rok. Najwyraźniej ilość występujących w twoim życiu trupów sprawia, że czas płynie inaczej.

Stanęłam pod drzwiami i zapukałam. Nic.

Wyjęłam z kieszeni telefon i ponownie wybrałam numer.

Usłyszałam zza drzwi charakterystyczny dzwonek jego komórki.

Nie mam wyjścia, wchodzę. Jako że w takich momentach zawsze robiłam się religijna, przeżegnałam się, wyjęłam z torebki kartę i przytknęłam ją do czytnika. Drzwi ustąpiły. Niepewnie zajrzałam do środka. Światło było zapalone, łóżko zasłane, walizka Szczepana stała przy oknie, a telefon, klucze i portfel leżały na biurku. Nie dochodził do mnie żaden dźwięk. Weszłam do dość dużego, jak na hotel, pokoju i upewniwszy się, że jestem w nim sama, podeszłam do drzwi łazienki. Paliło się tam światło. Zapukałam, a potem powoli nacisnęłam klamkę i zajrzałam do środka... Był tam Szczepan. Żył. Tyle z dobrych wieści.

Siedział w czarnych bokserkach na podłodze, oparty o ścianę, miał zamknięte oczy... i tak pełną bólu twarz, tak mocno zaciśnięte szczęki, że bałam się, iż połamie sobie zęby. Jego ciałem co kilka sekund wstrząsały dreszcze.

Boże, co mu jest? Widziałam, jak wyglądał po zwiotach, i to zdecydowanie nie było to. Teraz przypominał chorego albo koszmarnie naćpanego. Ale nade wszystko wyglądał na... śmiertelnie przerażonego. Tylko dlatego nie zaczęłam krzyczeć, nie zadałam też ani jednego z pytań, które cisnęły mi się na usta. Postanowiłam zaufać swojej intuicji. Zrzuciłam szpilki i cichutko weszłam do pomieszczenia, a potem usiadłam obok Szczepana na podłodze. Nawet tego nie zauważył. Kiedy przez jego twarz przebieg kolejny bolesny skurcz, automatycznie wyciągnęłam rękę i delikatnie pogłaskałam go po policzku.

Błyskawicznym ruchem złapał mnie za nadgarstek i pociągnął. A potem otworzył oczy. Tak pełne wściekłości i bólu, że byłam pewna, że mnie nie pozna. Ruch był tak gwałtowny, że poleciałam na niego całym ciałem.

– Szczepan – zaczęłam najspokojniej, jak potrafiłam, chociaż czułam, jak bardzo drży mi głos. Jego palce zaciskały się na moim nadgarstku niczym imadło, ale skupiłam się na tym, by patrzeć mu prosto w oczy, a wolną dłonią delikatnie głaskać go po ramieniu. – To ja, Anka.

Zamrugał, ale nadal był zdezorientowany. Jak osoba, którą budzisz z okropnego sennego koszmaru.

– On cię zgwałci, będzie torturował, a na końcu cię zabije. A ja to słyszę. Słyszę cię i nie mogę się ruszyć. Nie mogę ci pomóc – powiedział przez zaciśnięte zęby. – Nie mogę – powtórzył z tak zabarwionym wkurwem bólem w głosie, że myślałam, że serce popęka mi na kawałki.

Boże, a ja nazwałam go psychopatą i chujem… Faceta, który, najwyraźniej od miesięcy, przeżywa koszmar, w którym nie jest w stanie mnie obronić. I nie muszę się zastanawiać, czy z tego powodu cierpi. Widzę, że tak!

Jeśli w tamtej sytuacji, w momencie, w którym dosłownie umierał i to w jeden z najboleśniejszych i najbardziej okrutnych sposobów, jego największym zmartwieniem byłam JA, to nie miałam więcej pytań. Znaczyło to dla mnie więcej, niż powtórzone pięćset razy słowo kocham.

Kurwa, jak mogłam nie wpaść na to, że ma PTSD? Przecież ratownicy ostrzegali mnie, że będzie potrzebował pomocy psychologa. Czułam, jak zalewa mnie poczucie winy.

– Cii, nic mi nie jest. Jestem tu. Jestem z tobą. Jestem bezpieczna – szeptałam najbardziej uspokajającym tonem, jaki byłam w stanie z siebie wykrzesać. Leżałam na nim i słyszałam, jak głośno kołacze jego serce. Nie chciałam nawet podejrzewać, jakie obrazy ma teraz przed oczami. – Szczepan, zaufaj mi – poprosiłam cicho. – Ty też jesteś bezpieczny. Możesz się ruszać. Przysięgam. Zobacz. Trzymasz mnie.

Wskazałam brodą na rękę, którą nadal ściskał mój nadgarstek.

Zamrugał i zadrżał, a jego spojrzenie stało się odrobinę przytomniejsze. Powoli, jakby z zaskoczeniem rozprostował palce. Powstrzymałam się, żeby nie rozetrzeć bolącego miejsca. Nie chciałam mu dokładać zmartwień i zwracać jego uwagi na rzeczy, które zrobił totalnie nieświadomie.

Wtuliłam się w niego. Starałam się oddychać spokojnie. Rytmicznie. Czułam, że jego oddech dopasowuje się do mojego i też się uspokaja. Powoli, jakby nie był pewien swoich ruchów i od nowa się ich uczył, dotknął moich pleców. A potem mocniej przytulił mnie do siebie. Zauważyłam, że jego serce stopniowo zwalnia i wraca do normalnego rytmu.

Jeszcze kilka minut siedzieliśmy w ciszy, delikatnie głaskałam go po karku. Miałam policzek oparty o jego klatę i zamknięte oczy. I był to jeden z tych rzadkich momentów w moim życiu, kiedy naprawdę gryzłam się w język. Gdybym tego nie robiła, to musiałabym powiedzieć mu prawdę, czyli że kocham go jak pojebana i że ma przestać się wygłupiać i po prostu się ze mną przespać. Bo jak w łóżku jest tak samo doskonały jak we wszystkim innym, to będę już miała pewność, że „znalazłam, mam, jestem w domu". I paradoksalnie, ta wiedza i pewność spłynęły na mnie w momencie, w którym widziałam go w kryzysie. Kiedy mnie potrzebował, a nie ratował.

Czemu ten baran mi nie powiedział?

– Zwy... – odchrząknął. – Zwykle to trwa dłużej, musiały więc zadziałać twoje moce, wiedźmo. Dziękuję.

No! Brzmiał już jak Szczepan. Trochę nieswój, ale jednak Szczepan.

Uniosłam na niego wzrok. Ciemnobrązowe oczy patrzyły na mnie z czułością i... lekkim zmieszaniem. No tak. Niezniszczalnemu i niezajebywalnemu Johnowi McClane'owi* przecież nie może coś dolegać... On ma tylko ratować świat, a sam nie może potrzebować pomocy, bo to... wstyd! Kurwa! Jestem idiotką. A on kretynem. Pasujemy do siebie jak ulał.

– Proszę – powiedziałam cicho. – Nie chcę się wymądrzać, ale większość rzeczy trwa dłużej, kiedy robisz je sam.

Uśmiechnął się półgębkiem.

– Polemizowałbym. – Wplótł palce w moje włosy i zaczął się nimi bawić.

Gdybym nadal nie była w lekkim szoku, to z pewnością parsknęłabym śmiechem.

– Nawet nie wiesz, jak doceniam, że milczysz, choć na twarzy masz już wypisane, że wszystkiego się domyśliłaś. – Uniósł brew.

– Ciesz się tą chwilą, bo zaprawdę jest ulotna. – Przycisnęłam usta do jego imponującej klaty, a dłonią przejechałam po brzuchu. Znów uniosłam na

---

* Policjant grany przez Bruce'a Willisa w *Szklanej Pułapce*.

niego oczy. – Nie wiem, jaka jest teraz procedura, nie musisz, no nie wiem... Odpocząć?

Widziałam, jak na jego twarzy pojawia się ten charakterystyczny, krzywy uśmieszek. Oho! Coś czułam, że niekoniecznie, komisarz najwyraźniej wracał do siebie.

– A co? Język cię już świerzbi? – zapytał cwaniacko. Coś mi podpowiadało, że wcale nie chodziło o to, że zacznę mu robić wyrzuty. Dobrze go znałam, w swoim mniemaniu pokazał słabość, więc teraz będzie chciał pokazać siłę. Na szczęście byłam ostatnią kobietą po tej stronie kuli ziemskiej, która miałaby coś przeciwko. Ale postawa cwaniaka zawsze włączała we mnie gen prowokacji. Nic na to nie poradzę, ten typ tak ma.

Bezczelnie popatrzyłam mu w oczy, przejechałam językiem po ustach, a potem pochyliłam się i pocałowałam jego umięśniony brzuch. I znów uniosłam oczy. A potem pocałowałam raz jeszcze, trochę niżej, tuż nad znajdującym się na taśmie bokserek napisem Tom Ford. Zobaczyłam jego entuzjastyczną reakcję i uśmiechnęłam się szeroko.

– Chyba wszystko z tobą dobrze – wymruczałam, patrząc na zarys imponującego fiuta pod tkaniną bokserek. A potem błyskawicznie się podniosłam. – Jeśli chcesz, to weź prysznic, a ja zrobię nam drinki z minibaru. Chyba jednak JEST TEMAT do obgadania.

Uniósł na mnie teraz już czarne, czyli podniecone oczy.

– Yhym. I jest to temat nabrzmiały. – Wstał.

Uśmiechnęłam się zmysłowo. Przez chwilę liczyłam, że zdołam się powstrzymać...

– „ODKRĘĆ TO, Szczepan, ja odpadam" – sparafrazowałam go złośliwie.

Jednak nie. Ale nie powinno mnie to dziwić – powstrzymywanie się nigdy nie było moją koronną dyscypliną.

Zawsze może na mnie liczyć, jeśli będzie mnie potrzebował. I nigdy nie zagram nieczysto, czyli nie zaczepię go, kiedy nie będzie w formie. Ale musi zrozumieć, że jeśli nie przestanie decydować za mnie o kwestiach, które dotyczą także mnie, to rozpierdoli to, co jest między nami. Prawie to zrobił miesiąc temu. A szkoda by było, bo okazuje się właśnie, że JEDNAK jest to coś dobrego.

Pokazałam mu w uśmiechu wszystkie zęby i obróciłam się na pięcie...

– Cóż za wredna zdzira... – rzucił, a ja zatrzymałam się w pół kroku.

Nie no, nie wierzę! Ktoś tu ewidentnie pcha się w gips. Wprawdzie może nieco sprowokowany. Ale i tak doceniłam odwagę. No i nie oszukujmy się... ten ton był seksowny jak cholera, a on doskonale o tym wiedział.

– Czy ty nazwałeś mnie właśnie synonimem słowa „ladacznica"? – Celowo się nie odwróciłam, bo zdawałam sobie sprawę, że pewnie już jest nagi.

– Nie dość, że cię nazwałem... – usłyszałam zaraz przy uchu. Te jego cholerne bezszelestne poruszanie się kiedyś przyprawi mnie o zawał, prawdopodobnie z podniecenia.

Poczułam oplatające mnie w pasie ramię i sekundę później stałam oparta o umywalkę, przodem do lustra. W czarnej, krótkiej sukience. Szczepan stał za mną, całkiem nagi. Ten kontrast zrobił na mnie piorunujące wrażenie.

– ...to zaraz ci jeszcze pokażę, co rozumiem pod tym pojęciem.

WISŁA-JAWORNIK, 21 LUTEGO 2024 ROKU

SZCZEPAN

Pierwszy raz zobaczyłem Ankę jakieś dziesięć lat temu na imprezie u Artura. Byłem z jakąś laską, której imienia już nawet nie pamiętam. Anka też nie była sama. Pamiętam, że trafiliśmy się na balkonie. Odpaliłem jej papierosa i pomyślałem, że bardzo chciałbym ją kiedyś przelecieć.

Następne nasze spotkanie to była domówka w dwa tysiące dwudziestym pierwszym roku... Tym razem byliśmy bez osób towarzyszących. Zmieniła się: nie miała już dziewczęcej, okrągłej buzi, tylko rysy kobiety. Pięknej kobiety. I dekolt, który śnił mi się po nocach. Nabrała też pewności siebie. Pamiętam, że wtedy już konkretnie mnie „jebło", zrobiła na mnie piorunujące wrażenie. Od tego momentu byłem już pewien, że ją kiedyś przelecę. I najwyraźniej było to po mnie widać, bo Cień się wtrącił i lekko nam pokrzyżował plany.

Pół roku temu, kiedy rozwiązywaliśmy sprawę Soni i poznałem ją tak naprawdę, wiedziałem, że tym razem tego nie odpuszczę. I że prawdopodobnie na seksie się nie skończy, bo byłbym idiotą, gdybym tylko tego od niej chciał. To tak, jakby kupić sobie Pagani Zonda i jeździć nim tylko do kościoła.

A dziś widziałem, jak się zachowała, gdy zobaczyła mnie w sytuacji, której nienawidziłem i bałem się najbardziej na świecie. Suma wszystkich moich strachów, czyli moment, kiedy jestem BEZBRONNY. Tej jej strony nie znałem. Anka była bardzo spokojna, wyważona, delikatna. I to właśnie ta jej łagodna wersja ściągnęła mi z karku cały ten syf, którego sam nie mogłem ogarnąć, a potem... zrobiła z niego samolocik i wyjebała przez okno.

I dziś już byłem pewien, że jest po mnie. Wjebałem się po uszy. Nie chciałem tego nazywać, nawet w myślach, ale...

No, a chwilę później wrócił piekielny charakterek. I super, bo sobie go zaraz z miłą chęcią poskromię.

Uśmiechnąłem się z satysfakcją. Nasze spojrzenia skrzyżowały się w lustrze.

– Pięć dych za twoje myśli, komisarzu.

No proszę, już mówiła grzeczniej. Przesunąłem jej długie włosy na jedną stronę i rozpiąłem suwak sukienki. Szmatka opadła na płytki. Przycisnąłem Ankę do siebie, jednocześnie zerkając na lustro, a konkretnie na jej cycki opięte czerwonym, koronkowym stanikiem.

– Pomyślałem właśnie, że jeszcze tylko Górnik Zabrze zrobi piętnaste mistrzostwo Polski i mogę umierać – powiedziałem jej prosto do ucha, jednocześnie rozpinając stanik.

Ładny, ale za chuja nam się dziś nie przyda.

– Nikt mi nigdy ładniej nie powiedział, jak wysoko umieścił mnie na liście swoich marzeń. – Uśmiechnęła się zmysłowo.

Wiedziałem, że zrozumie bez tłumaczeń.

Zsunąłem ramiączka stanika po jej szczupłych ramionach. Miała skórę jak karmel – opaloną na brąz i cholernie gładką. Zaciągnąłem się zapachem jej włosów. Sztos. Znów spojrzałem w lustro. Patrzyłem na swoje dłonie mocno obejmujące jej cycki, podobał mi się ten kontrast. I podobał mi się kształt jej piersi, rozmiar, miękkość. Słyszałem, jak głośno nabrała powietrza, kiedy ścisnąłem mocniej. A potem zacząłem się nimi bawić. W każdy sposób, jaki tylko przychodził mi do głowy. Testowałem, sprawdzałem, co jej się najbardziej podoba i zapamiętywałem. Okazało się, że mogę to robić długo i nie zanosiło się na to, że zacznie mnie to nudzić... Jakoś nie byłem tym specjalnie zaskoczony. Tak samo jak tym, że cholernie działa na mnie oglądanie w lustrze jej twarzy, kiedy odbija się na niej cała gama emocji, wśród których zdecydowanie rządziła przyjemność.

Ani trochę się nie śpieszyłem. Powody miałem dwa, równie istotne. Po pierwsze: wiedziałem, jak wielką wagę ta cholera przywiązuje do seksu. I miałem zamiar naprawdę zrobić na niej wrażenie. A po drugie: bałem się, co się stanie, jeśli odpuszczę sobie kontrolę. Czułem się dokładnie tak samo, jak wtedy, gdy w siódmej klasie dostałem w łapy odwlekany od wieków prezent – konsolę. Miałem ochotę zrobić z nią wszystko naraz. Wtedy z konsolą, a teraz z Anką.

Odchyliła głowę do tyłu, więc, tak jak pewnie oczekiwała, przejechałem ustami po jej szyi, potem po obojczyku. Prawą dłoń zsunąłem w dół po płaskim brzuchu i włożyłem w jej majtki.

Oparła się o umywalkę, mocniej się we mnie wcisnęła i zaczęła się rytmicznie ruszać. Prawą ręką przyciągnęła mnie do siebie jeszcze bliżej. Ta dziewczyna była pieprzonym żywiołem. A jak wiadomo na żywioły potrzebne są specjalne środki reagowania. Na szczęście rozpoznanie miałem lepsze niż w robocie. Wiedziałem, co z niej za ziółko, wiedziałem, co lubi, a że akurat lubiłem to samo, więc...

– Nie uważasz kotku, że starczy tego miziania? – powiedziałem jej do ucha tym tonem, który jarał ją najbardziej...

A potem odwróciłem ją przodem do siebie. Przejechałem kciukiem po jej dolnej wardze, rozmazując lekko tę czerwoną szminkę, która w zeszłym roku prawie doprowadziła mnie do obłędu. A potem popatrzyłem jej w oczy. Miała tak rozszerzone źrenice, że gdybym ją zawinął, to od razu wysłałbym ją na testy pod kątem MDMA*. Skoro niczego nie brała, to wniosek mógł być tylko jeden – bardzo się jej podoba to, co robię. Jakby na potwierdzenie uśmiechnęła się, a potem, ani na sekundę nie tracąc ze mną kontaktu wzrokowego, otoczyła ustami mój palec.

---

* MDMA (ecstasy, XTC) – organiczny związek chemiczny. Półsyntetyczna substancja psychoaktywna wykazująca działanie empatogenne, euforyczne i psychodeliczne. (pl.wikipedia.org)

CZĘSTOCHOWA-RAKÓW, 21 LUTEGO 2024 ROKU
ARTUR

– Dobry wieczór. – Wpakowałem się do biura fundacji. Choć „biuro" to zdecydowanie było zbyt dużo powiedziane. Obskurny pokój, trzy na trzy metry, od podłogi niemal po sufit zawalony papierzyskami. Mój gabinet, zanim Damian zamienił go w krematorium, był bardziej uporządkowany. A to naprawdę wiele mówi, bo nawet stajnia Augiasza nie miała do niego startu.

Budynek, w którym się znajdowałem, był parterowy i składał się z na oko kilkunastu takich klitek. Tego typu pawilony wyrastały w latach dziewięćdziesiątych jak grzyby po deszczu. Teraz, kiedy okres swojej świetności miały za sobą, przyciągały najbardziej szemrane podmioty gospodarcze. Na przykład ten.

– Może pomogę?

Młoda, około dwudziestoletnia, dziewczyna w okularach, okutana w ogromny sweter, przerwała pakowanie papierów do kartonu i uniosła na mnie przerażony wzrok.

– Kim pan jest?

– Prokuratura Regionalna w Katowicach – powiedziałem. – A pani? Dobra, będę strzelał! Jest pani prezesem niniejszej kozackiej fundacji.

– Tak, jestem – oznajmiła młoda z irytacją w głosie. – I dziękuję, nie potrzebuję pomocy!

Dobrze, że przyjechałem, bo jutro nie byłoby tu czego zbierać. A tak może nawet coś ugram. Dziewczyna była tak niezorientowana, że najwyraźniej nadal nie rozumiała nawet tego, że właśnie się zesrało.

– Niech to pani zostawi. – Zdjąłem papiery z jedynego krzesła, jakie tu widziałem, i usiadłem na nim. – Zaraz wezwę tu policję, żeby to wszystko zabezpieczyła, więc po co się męczyć. Oni to i tak rozwalą w pył, pewnie nawet podłogi zerwą. Są delikatni jak armia Hunów.

Patrzyła na mnie wzrokiem tęskniącym za rozumem.

– Hunowie to byli... A zresztą nieważne. – Machnąłem ręką. – Czemu zmienia pani siedzibę i na jaką?

– A dla... dlaczego miałabym panu powiedzieć? – zacięła się lekko.

Nabrałem głęboko powietrza. Zacząłem czuć się nieco surrealistycznie. Jak w *Monty Pythonie*. Gdy opowiem Ance, kto jej tak podskakiwał przez telefon, to zwątpi. Pokolenie dzieci z sieci, odważne w trybie zdalnym oraz telefonicznym. Ani trochę się nie dziwiłem, miało to głęboki sens. Sieć była bezpieczna. Anonimowa. Jak ktoś cię wkurwiał, to mogłeś zgłosić jego post, a jak ty wkurwiałeś kogoś, to mogłeś wyłapać bana. W analogicznej sytuacji w świecie rzeczywistym mogłeś natomiast wyłapać wpierdol. A kto nie wie, jaka jest różnica między pierwszym a drugim, ten nigdy wpierdolu nie dostał.

– Nie musi pani – uspokoiłem ją. – Może pani z nimi gadać. Tylko że zatrzymają panią na czterdzieści osiem godzin – powiedziałem współczującym tonem.

Nie odczuwałem żadnej frajdy w zastraszaniu gówniar, ale... nie pracowałem w przedszkolu. Albo czegoś się tu dowiem, albo następną osobą, która spłonie, może być ktoś o wiele dla mnie ważniejszy niż Damian. Czasem zastanawiałem się, czy wszyscy nie jesteśmy po prostu siebie warci. Prokuratorzy, policja, adwokaci i gangusi. Na koniec i tak działamy tylko według jednego klucza, czyli swoistej, prawniczej identyfikacji swój–obcy*, a metody mamy w zasadzie takie same: każdy napierdala tym, co ma.

– Do więzienia? – Otworzyła szeroko oczy.

– Nie, do muzeum. – Nie powstrzymałem się.

– Po co do muzeum? – zapytała zdziwiona.

---

* Identyfikacja swój–obcy (ang. *Identification Friend or Foe*) – system rozpoznawania stosowany przede wszystkim w lotnictwie, do określania rodzaju i przynależności państwowej statku powietrznego lub innej jednostki. (pl.wikipedia.org)

Boże, mój Boże, czemuś mnie opuścił?

– Jak pani ma na imię? – zapytałem powoli.

– Marta.

– Pani Marto, wiem, że pani jest słupem. – Uniosłem dłonie, bo bałem się, że zacznie mi tłumaczyć, że nie słupem, tylko człowiekiem. – Tak się mówi na osobę, która jest podstawiana w miejsce prawdziwego prezesa przez złych ludzi. Dlatego chcę się tylko dowiedzieć tego, co pani o nich wie, a potem dam pani spokój. Dobrze podejrzewam? Ktoś pani zapłacił za to, żeby była pani prezesem? Ale wszystko mu pani oddała, a sama nie ma wpływu na to, co się tu dzieje?

– No tak! – powiedziała z taką miną, jakbym to ja nie miał mózgu. – I co? To może jest nielegalne?

Cztery godziny później wyszedłem z obskurnego pawilonu, pozostawiając w nim Martę i policję, która zbierała dla mnie papiery. Miałem od zajebania nowych siwych włosów na głowie i twarde postanowienie, że nie będę się rozmnażał, bo ryzyko jest zbyt duże. A poza tym trzy informacje. Pierwsza: słupem zrobił ją Damian. Druga: na wypadek jakiegokolwiek kontaktu prasy lub służb na numer fundacji, miała zacząć zwijać biuro (nie powinna mówić tego dzwoniącemu, ale tego już nie ogarnęła). I trzecia, najciekawsza: zaraz po telefonie Anki „zadzwonił męski głos" z zastrzeżonego numeru i powiedział, że ma zagęszczać ruchy i najdalej po godzinie ma jej nie być, razem z tym, co zdoła wynieść. Godzina minęła dziesięć minut przed moim przyjściem, ale Martunia, na szczęście, się zagapiła i nie patrzyła na zegarek. Tak mnie tym rozczuliła, że nawet powstrzymałem się od pytania, czy się na nim zna.

Jako że nie obstawiałem, aby Damian miał zasięg, leżąc w lodówce prosektorium Lenarta, rozsądnie było założyć, że Nauczyciel jednak trzymał rękę na pulsie. Tylko tego skąd wiedział, że jadę do Częstochowy i o której w niej będę, jeszcze nie udało mi się wykminić...

WISŁA-JAWORNIK, 21 LUTEGO 2024 ROKU

ANKA

– Szczepan, czemu ty mi nie powiedziałeś o PTSD? – Leżałam na boku, z głową na ramieniu, którym mnie obejmował. On zaś leżał na plecach wywalony niczym perski książę. Nie powiem, zasłużył.

Powiedzieć, że byłam zmęczona, to nic nie powiedzieć... Ale mimo mojego stanu ta rozmowa musiała być przeprowadzona, i to zanim wrócimy na Śląsk, czyli na arenę pojedynku z seryjnym mordercą. Chciałam go po prostu zrozumieć.

Widziałam, że poważnie się zastanowił.

– Nie chciałem, żebyś się z tym męczyła – przyznał po chwili. – Bałem się, że potraktujesz to jak misję, a mnie jak dziadka, którym trzeba się opiekować. Inaczej wyobrażam sobie początek związku. Konkretnie wyobrażam go sobie tak jak dziś. – Uśmiechnął się szeroko.

Popatrzyłam na niego niedowierzająco.

– Po pierwsze: to dużo nie zabrakło, by do niczego dziś nie doszło, właśnie przez tamten twój światły pomysł. A po drugie: jakby jakiekolwiek dziadki miały taką dojebaną łapę jak ty, to rzuciłabym dziennikarstwo jeszcze dziś i zatrudniła się w domu seniora. – Popukałam się w czoło. – Nie mogę uwierzyć, że męczyłeś się z tym sam, kiedy ja...

– Startowałaś w Meksyku w konkursie na Miss Mokrego Podkoszulka – wyzłośliwił się.

Uuu, jest zazdrosny. Zupełnie niepotrzebnie. Po tym, co mi dziś zaprezentował, jego pozycja była po prostu niezagrożona. I to niezagrożona w takim stopniu, że gdyby jutro stanął przede mną nagi Ryan Gosling z deklaracją wiecznej miłości na ustach, to kazałabym mu się ubrać, zanim się przeziębi, a potem iść i sprawdzić, czy go nie ma w Hollywood.

A ten konkurs to akurat był kit. Ale najwyraźniej dobry, bo zadziałał.

– Dostałam ten kieliszek na wycieczce do cenoty* w Tulum, skłamałam, bo chciałam cię podkurwić. – Uśmiechnęłam się promiennie.

Z niedowierzaniem pokręcił głową.

– No to powinnaś być zadowolona, bo świetnie ci się udało. Wiesz, że im bardziej będziesz mnie prowokować, tym bardziej będę się rozkręcał? – Uniósł

---

* Cenote – naturalne studnie krasowe charakterystyczna dla równin wapiennych Meksyku i Kuby. Majowie składali tam ofiary ku czci boga deszczu. Uważali je również za łączniki z krainą umarłych.

głowę i spojrzał na moją twarz. – No pewnie, że wiesz – stwierdził kwaśno.

– Nic nie wiem, jestem jak Jon Snow. – Pogryzłam sobie wargę, żeby się nie roześmiać. – Bierz odpowiedzialność za swoje perwersje! A nie, że wszystko moja wina!

– Nawet jeszcze się nie pokręciliśmy w okolicy perwersji. – Mocniej docisnął dłoń do moich pleców. – Podpuszczaj mnie dalej, to się przekonasz.

Kuszące, ale najpierw muszę dokończyć istotny temat. Spoważniałam.

– Szczepan. – Uniosłam na niego wzrok. – Myślałeś, że mnie to przerośnie? Choroba? Poważnie masz mnie za takiego pustaka?

Szybkim, ale delikatnym ruchem złapał mnie za lewą rękę i obrócił ją w moją stronę. Na nadgarstku tworzył się już ogromny, purpurowo-niebieski siniak.

– Nie sądzę, że jest wiele rzeczy na świecie, które mogłyby cię przerosnąć. I nie znam żadnej kobiety, która byłaby mniej pusta niż ty – powiedział dobitnie. – Ale tu chodziło o twoje bezpieczeństwo. Momentami nad sobą nie panuję, a to nie są przelewki, kiedy człowiek całe życie jest szkolony do walki. Pewne zachowania, to u mnie odruchy. Automatyzm. Mogłem zrobić ci krzywdę... – Delikatnie przejechał opuszką kciuka po siniaku. – Większą niż to.

– Srały muchy, będzie wiosna. – Przewróciłam oczami. – Pamiętasz w ogóle ten moment?

- Przebłyski. – Popatrzył na mnie pochmurnie.

- Powiedziałam ci, że trzymasz mnie za rękę, a ty, mimo że byłeś jeszcze „tam", a nie „tu" od razu ją puściłeś! – oznajmiłam.

Chyba do niego dotarło.

- Często cię to atakuje? – sondowałam dalej.

- Coraz rzadziej. W porównaniu ze styczniem, kiedy byłem u ciebie, to jest... – skrzywił się – lepiej. Pierwszy raz od dwóch tygodni miałem tego typu atak. Leki już dawno odstawiłem, została mi tylko blond Joanna.

- Terapeutka? – Nie dałam się podpuścić.

- Skąd wiesz? – zdziwił się.

- Bo inaczej musiałabym cię zabić. – Uśmiechnęłam się promiennie.

Zaśmiał się głośno.

- Poza tym ty i blondynki? – Zrobiłam zniesmaczoną minę.

- No fakt. Tak, Joanna Nowaczyk to psycholog. Prowadzi moją terapię. – Skrzywił się tak, jakby to były rytuały voodoo. Ech, policjanci. – Świetna babka i fanka P.S., chciała licytować na WOŚP tę kolację z tobą, ale mąż wolał „Zabytkowego Żuka Straży Pożarnej".

- Też bym wolała żuka od kolacji ze mną – przyznałam szczerze. – A pani Joannie powiedz, że jeśli jej zależy, to chętnie z nią na miasto pójdę, jeśli obejmie nasze spotkanie tajemnicą terapii.

- Powiem, ucieszy się. – Znów przesunął palcami po moich plecach.

– Dobra, ostatnie pytanie. – Uniosłam głowę. – Czy jest jeszcze coś, o czym powinnam wiedzieć w związku z PTSD?

– Koszmary senne – rzucił od razu.

Ooo, ten temat akurat świetnie znałam.

– Też mam – przyznałam się.

Popatrzył na mnie z niepokojem.

– Nie mówiłaś.

Wzruszyłam ramionami. Nie było takiej potrzeby, ale teraz raczej będzie. Nie chciałam, żeby nie wiedział, co się dzieje, gdyby był tego świadkiem.

– Poza tym, mogę bywać narwany, wkurwiać się o pierdoły, szybko wybuchać i czasem przeginać – dodał.

– Ty? – zdziwiłam się nieludzko. – Taka ostoja łagodności? Gołąbek pokoju? Pacyfista?

– Nooo – potwierdził z przejęciem. – Przypomnisz mi, co taki dobry chłopak jak ja, robi z taką zdzirą jak ty?

Uniosłam się na łokciu i przypomniałam mu. Samym ruchem warg.

Chyba odczytał, bo błyskawicznie wciągnął mnie na siebie.

Usiadłam na nim okrakiem, a on splótł sobie dłonie za głową i patrzył na mnie z tym wyczekującym, cwaniackim uśmieszkiem.

– Zanim znów zaczniemy, mam jedno pytanko w tym konkretnym temacie, komisarzu... – Pochyliłam się nad nim.

– Dajesz – zachęcił, nie spuszczając wzroku z mojego biustu.

Coś mi podpowiadało, że właśnie w ten sposób uzyskam jego uwagę. Ale raczej nie była to moja wiedźmowatość, tylko „rozum człowieka".

– Szczepan, ty zamierzasz dzisiaj dojść? – wyszeptałam. – Czy będziesz tak całą noc w czynie społecznym zapierdalał?

Uniósł brwi do połowy czoła, a potem... popłynęły mu łzy ze śmiechu. Zastanowiłam się, czy ja aby czasem nie przesadzam z tą szczerością, ale autentycznie byłam ciekawa. No i chciałam, żeby miał z tego tyle frajdy, co ja. Wśród moich licznych wad, egoizmu akurat nie było. Kiedy wreszcie się uspokoił, to przyciągnął mnie do siebie i spojrzał mi prosto w oczy.

– Dojdę – zapewnił mnie z drwiącym uśmieszkiem. – Ale dopiero jak powiesz, że masz dość.

– Nie powiem – uprzedziłam go lojalnie.

– Powiesz – stwierdził pewnie.

Ostatecznie, gdzieś nad ranem, faktycznie powiedziałam*.

---

* Osoby żywo zainteresowane dokładnym przebiegiem niniejszych wydarzeń, zapraszam do specjalnego dodatku, o tu:

WISŁA-JAWORNIK, 21 LUTEGO 2024 ROKU

ARTUR

Jako że reszta ekipy nie odbierała telefonu, uznałem, że śpią. Pytanie: „razem czy osobno?" pozostawiając otwartym. Zjechałem windą na parter, upewniłem się w recepcji, że Tomek Kocioł nie dotarł jeszcze do hotelu, a potem skierowałem się do hotelowego klubu. Nędza. Impreza ewidentnie chyliła się ku upadkowi, pozostało tylko kilka osób w loży i paru samotnych, snujących się po parkiecie najebańców. Wróć! I jakieś dziwne zjawisko przy barze...

W migającym świetle zobaczyłem, że na wysokim stołku siedzi długowłosa blondynka. Na dodatek ubrana bardzo osobliwie. Widziałem tylko pojedyncze paski na plecach, więc wątpiłem, żeby z przodu był habit. Kobieta sprawnie wychyliła pięćdziesiątkę podaną jej przez barmana i zapiła colą. Czyżby zamówili dziwki na imprezę policyjną? Jeśli tak, to mają rozmach.

Obserwowałem z rozbawieniem, jak podchodzi do niej jakiś najebany typ, ale musiała zdecydowanie go odprawić, bo ta wycieczka nie trwała dłużej niż czterdzieści sekund. Nawet nie odnotowałem, kiedy zacząłem iść w jej stronę. Anka ma rację, jeśli się nie opanuję, to naprawdę, nim kur trzy razy zapieje, dobiję do dwusetki zaliczonych lasek. Ciekawe, co napiszą mi na grobie? „Artur Cieniowski, świetny prokurator i znany kurwiarz. Zginął we śnie, zakłuty nożem kuchennym przez rogatego nieszczęśnika, w łóżku z tegoż nieszczęśnika żoną"... Potem Szczepan złapie sprawcę i dostanie za to medal, a Anka napisze o tym artykuł. Następnie wezmą ślub. Na ołtarzu będzie stało moje zdjęcie przewiązane żałobną wstęgą, niczym fotka Bruce'a Willisa podczas ślubu Grace i A.J-a w *Armageddonie*. Kościelny i ministranci będą musieli dostawić dodatkowe dziesięć rzędów ławek, żeby się dupy pomieściły. Anka i Szczepan będą w moje urodziny wylewać mi na pomnik pół litra wódki, wspominając wspólne lata, i na moją cześć nazwą swojego pierworodnego syna „Artur". Chyba powinienem się najebać.

Usiadłem na krześle obok swojej przyszłej koleżanki.

– To samo, co ta piękna pani. Dwa razy – zwróciłem się do barmana, nie patrząc w stronę kobiety.

Może odwróci się i zagada do mnie? To by wprawdzie znaczyło, że jest desperatką. Ale ani trochę mi to nie przeszkadza. Nie bardzo miałem ochotę na niedesperatkę, bo w tym wypadku musiałbym się choć trochę wysilić...

– Ja pierdolę, ten wieczór będzie jeszcze gorszy, tylko jeśli wpadnie tu Masa i zatańczy na barze kankana. – Usłyszałem charakterystyczny ochrypły głos.

Zdębiałem. Znałem, kurwa, ten głos. I ten ironiczny ton.

Czy ja przed chwilą pomyślałem, że napiszą mi na grobie „świetny prokurator"? Otóż, jeśli nie napiszą, to będzie to tylko i wyłącznie zasługa tej pindy.

Mecenas Zofia Bojarska. Wredna adwokacka menda, specjalistka od gangusów, zagorzały przeciwnik instytucji świadka koronnego, zarówno małego, jak i dużego.

Kiedyś miałem nieprzyjemność zetknąć się z nią na sali sądowej. A że nie byłem na swojej sprawie, tylko zastępowałem średnio ogarniętego kolegę, to perfidnie wykorzystała sytuację i wytarła mną podłogę. I to tak, że sprzątaczki musiały być w ciężkim szoku, skąd na sali dwieście siedemnaście tak czysto. Do dziś zgrzytałem zębami na wspomnienie tego cyrku. To był jeden jedyny raz, kiedy jej klient – Ramzes – powiedział, że będzie odpowiadał na pytania prokuratora podczas rozprawy. Ta diabelska parka dobrze bowiem wykminiła, że mój kolega idiota, nie przygotował mi do niego ani jednego pytania.

Dlatego też dobrze ją sobie zapamiętałem. Natomiast wtedy miała na sobie togę, a nie strój tancerki go-go i zdecydowanie nie była wtedy blondynką.

– Przepraszam, pamięta pan, jak mówiłem „piękna"? – zagadałem barmana, który właśnie podawał mi zamówienie.

Kiwnął potwierdzająco głową.

– Pomyliłem się – powiedziałem i dopiero wtedy odwróciłem się w jej stronę.

Ale niestety Zofia Bojarska nie była brzydka, to była moja czysta złośliwość. Bóg postanowił wystawić szpetną pułapkę na mężczyzn i uczynił ją świetną dupą. Charakter natomiast, miała skrajnie parszywy: bezgranicznie oddana zarówno adwokaturze, jak i swoim gangusom. Słyszałem nawet plotki, że miała udział w słynnej na cały kraj ucieczce Ramzesa. Ale nie było na to żadnych dowodów.

Chyba nie ruszyła jej moja złośliwość, bo zaśmiała się głośno. Nie miała problemów z pewnością siebie. Gdyby nagle targnęły mną jakieś wątpliwości, to wystarczyło zerknąć na jej strój.

– Dobrze zauważyłam, Tom Hardy śląskiej prokuratury. – Skinęła w moją stronę kieliszkiem, który przed chwilą postawił przed nią barman. – O tej godzinie? W hotelowym klubie? Myślałam, że macie o tej porze ciekawsze zajęcia do roboty. Nie powinieneś teraz głaskać kapusiów po główkach albo cerować im skarpet? Czy tam uczestniczyć w czarnej mszy w intencji wycofania Kodeksu Postępowania Karnego i wprowadzenia na powrót inkwizycyjnych procesów czarownic?

Była najebana. Ale nadal zabawna. Nie byłem w stanie powstrzymać śmiechu.

– Piękną wizję wywołałaś właśnie w mej głowie – stwierdziłem, że przejście z nią na „ty" w tej sytuacji jest jak najbardziej uprawnione. W końcu właśnie widzę ją niemal nago. – Ciepły wiosenny wieczór, zapach kwitnących jabłoni, stoję na rynku i obserwuję ciebie...

Popatrzyła na mnie zdumiona.

– ...płonącą na stosie – dokończyłem z uśmiechem.

I był to uśmiech całkiem szczery.

– Rozumiem, że mówimy sobie dziś po imieniu, Arturze? – Również wyszczerzyła do mnie kły. – Okej. Tylko nie przy ludziach, co? Mam reputację.

Wybuchnąłem śmiechem. Nie no, kurwa, dobra była. I miała naprawdę świetne ciało. Wyjątkowo, nie musiałem użyć wyobraźni, by to ocenić. Anka zawsze zastanawiała się, jak mogę sypiać z kobietami, których nie lubię? Odpowiadałem, że: „Zupełnie normalnie". W wypadku Bojarskiej odpowiedziałbym nawet, że: „Bardzo chętnie". Jezu, ale bym sobie poużywał.

– Trudno nie zauważyć, Zofio. Ani twojej reputacji, ani twojego stroju. – Wypiłem kolejny kieliszek i pokazałem barmanowi, że chcę powtórkę. – Są równie złe. No to, zdradź mi, proszę, kto cię wysłał na nieoficjalny jubileusz policji? Ramzes? Ksenon? I jakim cudem cię tu w ogóle wpuszczono?

Byłem bardzo ciekaw, co ona tu robi. To tak, jakby Gargamel, nie niepokojony przez nikogo, siedział i walił wódę na środku wioski smerfów.

– Gdyby wysłał mnie tu Ramzes albo Ksenon, to byłabym szczęśliwa. – Sięgnęła po kolejny kieliszek. – Oni mają zasady i dbają o swoich. Przyjechałam tu natomiast z narzeczonym... Funkcjonariuszem organów ścigania. Dlatego jestem nieszczęśliwa. Dla mnie to całkiem logiczne, choć zdaję sobie sprawę, że społeczeństwo ma odmienną, aczkolwiek błędną opinię. Niestety, wy macie lepszą prasę. – Wzruszyła ramionami. – To nie zmienia faktu, że Ramzesowi ufam bezgranicznie, a wam bym nie dała na przechowanie nawet biletu na tramwaj.

– Masz narzeczonego? Jezu, dlaczego jakiś facet mógłby chcieć uczynić sobie taką krzywdę? – zapytałem, pochylając się w jej stronę.

Spoważniała. W moment. Tak jakby ktoś wyłączył jej światło. Ej! Wracaj! Zaczęło mi się podobać.

– A w sumie, czemu mam ci nie powiedzieć, jutro i tak wszyscy będą o tym mówić. – Wychyliła następny kieliszek. – Obudziłam się w środku nocy i nie było narzeczonego w pokoju. Ale długo się nie naszukałam, bo na korytarzu, jakaś najebana gówniara z jego komendy darła się, że jak on mi nie umie o nich powiedzieć, to ona mu pomoże. Krzysiu zaś starał się ją uspokoić.

Auć. Mogłem jej nie lubić, ale to musiał być fatalny widok.

– Taki skurwiel? – dopytałem, przesuwając kieliszek po barze w jej stronę. Mimo iż miała pewnie z półtorej promila, złapała go bezbłędnie.

– Tu się zaczyna najlepsze. – Uniosła palec, podkreślając ważność tych słów. – Żaden skurwiel! To by przynajmniej było zgodne z oczekiwaniami. Teoretycznie dobry chłopak! Nawet mój ojczym mi go, kurwa, zachwalał! – Głos jej się lekko załamał.

Spojrzałem na jej dłoń – pierścionka nie było. Wnioskując po jej charakterze, podejrzewałem, że Krzysio miał go wsadzonego na fiuta.

– Uwierz mi, że ludzie z branży będą się ze mnie dłużej śmiali, niż z ciebie po tej sprawie Ramzesa. Wszyscy wiedzieli, że to w zasadzie nie była twoja wina – dodała.

– Uważaj, bo jeszcze pomyślę, że ci przykro. – Uśmiechnąłem się.

– Wiesz, że nie. – Popatrzyła na mnie szczerze. – Zrobiłbyś mi to samo, gdybyś miał okazję.

Hm. Nie patrzyłem na to z tej strony, a miała sto procent racji.

– Gdzie jest teraz Krzysiu? – zapytałem.

Tylko i wyłącznie z ciekawości. Nie miałem w głowie żadnych innych pomysłów ani wizji. None. Zero.

W życiu. To modliszka i harpia. Ostatnia laska na świecie, z którą bym się przespał. Nie patrz na jej nogi! Artur, nie patrz!

- Pojechał gdzieś z nową dziewczyną, ale nie pytałam gdzie. – Uśmiechnęła się okrutnie. – Śpieszyło im się.

Jezu, musiało być grubo.

- Chyba wolę nie wiedzieć, co odjebałaś – skwitowałem.

- Wolisz – zapewniła.

- A jak znalazłaś się w tej umieralni? – Zaczynałem wkręcać się w tę historię.

- Przyjechaliśmy jego autem, więc nie miałam jak wrócić – wyjaśniła. – Kumpela przyjedzie po mnie dopiero jutro, a wyobraź sobie, że jakoś odechciało mi się spać. Ubrałam się zatem...

- Z tym „ubrałam się" to bym nie przesadzał. – Nie powstrzymałem się.

- He, he, he – zaśmiała się złośliwie. – Normalnie nakłada się na to jeszcze sukienkę koronkową i wtedy to jest elegancka kreacja. Jak widać nie nałożyłam – rozłożyła ręce – ponieważ Krzysiu jest bardzo wyczulony na opinię innych, zwłaszcza mamy. Specjalnie w tym zeszłam, bo był jeszcze fotograf. Będą klasa zdjęcia. Namówiłam fotografa, żeby pod każdą moją fotografią dał podpis: „Narzeczona podkomisarza Krzysztofa Strzeleckiego".

- Nie wiem, czy ja mu trochę nie współczuję... – zastanowiłem się głęboko.

– Ja trochę tak. – Pokiwała głową. – Moja przyszła niedoszła teściowa nie da mu żyć. Będzie za nim chodziła i trajkotała mu nad głową, jaki przyniosłam wstyd rodzinie.

– Ty? – zdziwiłem się. – Ty się tylko kurewsko ubrałaś, a kurwił to się on, o ile dobrze zrozumiałem.

Popatrzyła na mnie, jakby chciała mnie za to zdanie pocałować.

Artur! Nie idź tą drogą! To zła droga i ona sprowadzi cię na manowce.

– Pomyślałam nawet, że dobrze by było poznać jakiegoś jego kolegę, ale… – Pokręciła przecząco głową.

Rozejrzałem się po tym, kto został w klubie, i ryknąłem śmiechem.

– Jesteś najebana jak szpadel, pani mecenas, ale coś mi mówi, że nie ma tyle alkoholu na świecie, żebyś kogoś stąd mogła wybrać. Nawet na jednorazowe narzędzie zemsty. Tak? – dopytałem.

– I jeszcze muszę się zgodzić z prokuratorem – uniosła kieliszek – po raz pierwszy w życiu. To właśnie nazywam chujowym zakończeniem chujowego dnia.

– Wiesz co? – Wstałem. – Jeszcze rozmawia się z tobą całkiem sensownie, ale widzę, ile wypiłaś, i to się zaraz może zmienić. Boję się, że wtedy to przestanie być twój wybór. Ktoś cię po prostu wykorzysta. – Podałem jej rękę. – Odprowadzę cię do pokoju.

– I wykorzystasz? – zaciekawiła się uprzejmie.

– Się zobaczy – mruknąłem pod nosem.

RYBNIK-STODOŁY 22 MAJA 2010 ROKU

Sonia stała na pomoście i głęboko wdychała rześkie, nocne powietrze. Cichy plusk wody uderzającej o drewniane podpory zamiast działać uspokajająco, tylko ją pobudzał. Miała wiele interesujących wspomnień związanych z tym miejscem. To tu uczyła się żeglować. I nie tylko...

Akwen był potężny. Ponad dwadzieścia dwa miliony metrów sześciennych wody służącej do chłodzenia turbin pobliskiej elektrowni. Przez to zbiornik nigdy nie zamarzał – woda nawet do późnej jesieni była ciepła, a zimą po prostu chłodna. To tworzyło idealne warunki dla rozwoju fauny. Tołpygi osiągały tu rozmiar Soni – największa, jaką zaobserwowano, miała metr sześćdziesiąt. Żyło tu pełno akwariowych rybek, żółwi i piranii wrzuconych przez właścicieli, którzy z wrodzoną ludziom hipokryzją udawali, że zwracają im wolność, zamiast przyznać się sami przed sobą, że nie chce im się czyścić akwarium.

Plotkowano też o wężach morskich, a niektórzy wędkarze zarzekali się, że na betonowym wale oddzielającym części zalewu, można było czasem zaobserwować wygrzewającego się w promieniach słońca... kajmana.

Wiedziała, że miejscowi nazywają zbiornik „śląskim Loch Ness". Ze względu na żyjące pod wodą potwory. Niewielu zdawało sobie sprawę, że o wiele gorsze potwory pływały po powierzchni...

Ile miała lat, kiedy pierwszy raz Nauczyciel zabrał ją na rejs ze Stróżem? Chyba była zaraz po egzaminie maturalnym. Nie chciała rozpamiętywać szczegółów, po co jej to? Ani to mądre, ani potrzebne.

Pamiętała za to moment, kiedy odzyskała przytomność pod pokładem. Była tam zamknięta, a oni poszli gdzieś „w miasto". I wtedy, metodycznie, miejsce po miejscu przeszukała całe pomieszczenie. Nie knuła ani przeciwko Nauczycielowi, ani Stróżowi. Po prostu się nudziła. I wiedziała. Od zawsze wiedziała, że informacja to potęga.

W końcu, w schowku ukrytym pod lewą koją odkryła prawdziwy skarb. Była pewna, że na miarę Bursztynowej Komnaty. Leżały w niej cztery walizki, wszystkie z kodowym zamkiem i zabezpieczeniem. Znała takie walizki z domu Nauczyciela – robił je na zamówienie. Były wodoodporne, ognioodporne i miały specjalny mechanizm, który w razie trzykrotnego wpisania złego kodu zalewał wnętrze ukrytym pod poszewką atramentem... Dobra rzecz, jeśli nie bardzo ufa się przyjaciołom. Na dwóch neseserach opis wykonany był pismem Nauczyciela: „Occulta" i „Oblitus". Na dwóch kolejnych innym pismem, obstawiała, że Stróża: „Prokuratura" i „Occulta". Błyskawicznie zrozumiała, że panowie czynili razem tyle zła, że uznali za stosowne zgromadzić na siebie odpowiednie materiały i zdeponować w najbezpieczniejszym miejscu, jako wzajemna gwarancja. Takim miejscu, do którego tylko oni mieli dostęp. Oni i dziewczyny, zwykle umęczone tak, że nie były w stanie ruszyć ręką. Ale Sonia była inna. Sama tego chciała i to był jej wybór. Była twarda. Od trzeciego roku życia szkolona w najtrudniejszej życiowej sztuce – sztuce przetrwania. Między innymi Nauczyciel uczył jej tej sztuki. Ale też ją kochał, wiedziała o tym.

Miłość. To słowo było dla niej kompletnie puste. Oczywiście wiedziała, kiedy go używać, w jakich konotacjach dobrze brzmi. Natomiast nie rozumiała, co się za nim kryje. To jedyna cecha, która łączyła ją z Krukiem. Z czystej naukowej ciekawości, chętnie by się dowiedziała, ale nie było takiej możliwości. Była po prostu pusta. Tak jakby jej organizm był wybrakowany. Nie potrafił „w takie emocje". Potrafił za to w inne.

Wtedy nie próbowała otwierać żadnej z walizek Nauczyciela. Nie warto było tak ryzykować. Po pierwsze: wiedziała, że niebawem wrócą. Po drugie: nie była pewna, czy zna kod. Uśmiechnęła się szeroko. Wtedy miała dziewiętnaście lat, teraz miała trzydzieści jeden. I już była pewna, że zna kod. Od zawsze go znała.

Usłyszała plusk i z wody po drabince wyszedł płetwonurek. Do pasa specjalnym łańcuchem miał przyczepioną walizkę. No! Zdolny chłopak.

– Mam nadzieję, że zdajesz sobie sprawę, jak bardzo muszę cię kochać, że się na to zgodziłem. Ten zalew nigdy nie nadawał się do rekreacyjnego nurkowania. Gówno widać pod tą wodą – powiedział, kiedy tylko ściągnął maskę. – Mam nadzieję, że to było tego warte. Skąd wiedziałaś, że zatrzymają się przy czerwonej boi?

– Magia – uśmiechnęła się zimno.

Pamiętała, jak wpatrywała się w tę boję, przez okienko kajuty, kiedy oni prześcigali się w pomysłach na to, co można jej jeszcze zrobić i w jak wymyślny sposób. Boja pomagała skupić myśli. Odnaleźć w sobie niezbędną siłę.

– Zostaw mnie na chwilę samą – poprosiła swojego nowego kolegę.

Znali się dopiero od miesiąca, a już był tak wychowany, że bez szemrania poszedł na drugą stronę drewnianego pomostu.

Oblitus nigdy specjalnie jej nie interesował, był tylko środkiem do celu: pozbycie się Kruka.

Ona była doskonała dzięki tej drodze, nieważne, jak byłaby ona trudna. To była jej droga i jej wybór. Kruk opowiadał jej o jakichś przebłyskach, wspomnieniach. Ona pamiętała wszystko, nie wierzyła, że coś z tej drogi *mogło jej umknąć. Narodziła się, mając szesnaście lat. Wraz ze swoją pierwszą ofiarą. Ta ofiara dała jej życie. A potem świadomie wybrała Trójkąt. I Occultę. Dalszą drogę.*

Uklękła nad walizką i wprowadziła kod: 333 333.

WISŁA-JAWORNIK, 22 LUTEGO 2024 ROKU

ANKA

– Oooo, ktoś tu też ma za sobą ciężką noc. – Wskazałam głową na stojącego w drzwiach jadalni Artura.

Miał wymięte ciuchy, zmierzwione włosy i wejrzenie, któremu nadal daleko było do trzeźwości.

Chyba wszyscy potrzebowaliśmy wczoraj odreagować... Nie wiem, jak im, ale mi się udało... Czułam, że mimo dwóch godzin snu, jestem pełna energii, nakręcona, a na dodatek mam na ustach uśmiech tępej dzidy. Zadowolonej, szczęśliwej i bardzo zaspokojonej tępej dzidy.

– Tom Hardy, ale w *Tabu*, a nie w *Incepcji*. – Szczepan kiwnął ręką, a Artur ruszył w naszą stronę.

– Ty za to, kotku, wyglądasz kwitnąco. – Szczepan przeniósł wzrok na mnie i uśmiechnął się z satysfakcją. – Jakoś nie mogę sobie przypomnieć, żebyś narzekała. Nie powiedziałbym, że ta noc była dla ciebie „ciężka".

Przed oczami przeleciała mi migawka wspomnień i poczułam, że czerwienią mi się policzki. Chyba nieco za późno na aktywację trybu niewiniątko...

– Widać, że dawno się nie ważyłeś – wyzłośliwiłam się tylko po to, żeby przestać patrzeć się na niego jak jelonek Bambi. Bałam się, że obrośnie od tego w piórka.

– Myślisz, że powinienem zeszczupleć i nabrać wiotkości? – Popatrzył na mnie drwiąco.

– „Idź się wyspowiadaj z tego pomysłu"* – poradziłam mu spokojnym tonem.

Roześmiał się głośno.

– Jesteście obrzydliwie radośni jak na tę porę. – Artur usiadł przy stole. – Kocioł się odzywał?

– Będzie na dziesiątą – rzucił krótko Szczepan.

Nieomal zapomniałam o czekającym nas spotkaniu... Niestety, powrót do ponurej rzeczywistości zbliżał się z prędkością światła.

– *Good morning, sunshine*. – Uśmiechnęłam się do Artura. – Z kim ty wczoraj zachlałeś, skoro nie ze mną?

– Przyjechałem późno i zszedłem jeszcze na chwilę do hotelowego klubu. – Upił łyk mojej kawy. – Chwila mi się nieco przedłużyła.

– Miała blond włosy czy czarne? – zaciekawiłam się uprzejmie. – Ta „chwila"?

---

* Tekst wypowiadany przez Jana Pawła (Bartłomiej Topa) w serialu *1670*.

Artur nie odpowiedział. Twarz miał absolutnie nieprzeniknioną. Ani śladu dwuznacznego uśmieszku. Ooooo. To interesujące...

– A ta, co tu robi? – Szczepan patrzył w kierunku drzwi z wyraźną niechęcią. – Aż dziw bierze, że z głośników nie poleciało *Gangsta's paradise*...

Popatrzyłam na blondynkę w ciemnych okularach. Miała na sobie czarne leginsy, szarą bluzę i wyglądała zupełnie sympatycznie. Nie kojarzyłam jej.

– Kto to? – zapytałam.

– Bojarska – powiedział Szczepan takim tonem, jakby wypowiadał przekleństwo.

– Mecenas Zofia Bojarska? – Pamiętam ją z kilku procesów, które opisywałam. – Ona nie była brunetką z pasemkami?

– Była. – Artur miał niewzruszoną minę. – Tak jak ty miałaś jeszcze niedawno czerwone włosy.

Po sprawie Kruka nie mogłam patrzeć na swoje kłaki i wróciłam do naturalnego, czarnego koloru. Nie wiem jak inne dziewczyny, ale ja zwykle zaczynałam kombinować z kolorem swoich włosów, kiedy w moim życiu działo się coś mocno rewolucyjnego.

– Czemu Artur jej nie lubi, to wiem. – Pamiętam, że go kiedyś urządziła. Zgrabnie ominęłam jego wpadkę w swoim artykule, ale moi koledzy po fachu nie byli już dla niego tak łaskawi. – A ty, jaki masz z nią problem?

Szczepan nadal patrzył na blondynkę jak na coś, co kot przywlókł ze śmietnika i położył mu na wycieraczce.

– Powiedziała mi kiedyś, że mam się nie napinać swoją prawością – napił się kawy – bo jestem dokładnie taki sam jak jej klienci, tylko blacha* zapewnia mi, że mnie za to nie karzą. Bezczelna pinda.

Popatrzyłam na niego i uniosłam jedną brew.

– Zamilcz. – Wskazał na mnie palcem.

– Okej. – Uniosłam ręce z uśmiechem.

Pisałam dla „Dziennika Śledczego" od wieków i świetnie znałam to całe środowisko. Wiedziałam dobrze, że to najprawdziwsza prawda. Bandziory i cebeesie byli do siebie niezwykle podobni; lustrzane odbicia, tylko jedni na czarnych, a drudzy na białych polach szachownicy.

Kochałam Szczepana, ale to nie znaczy, że byłam ślepa albo naiwna. Dlatego też nie miałam wątpliwości, że potrafił bez mrugnięcia okiem, zamienić się w bezwzględnego skurwysyna. Nie miałam też wątpliwości, że mnie to nie dotyczy. Jeśli Bojarska miała tak samo ze swoimi gangsterami, to ani trochę nie szokowało mnie jej przywiązanie. Rozumiałam to. Nie dziwi zbytnio, kiedy nie robi ci krzywdy ktoś, kto nie potrafi albo nie ma do tego sił i środków. Zupełnie inaczej jest wtedy, gdy umie, ma środki, ale po prostu nie chce, bo cię szanuje.

---

* Odznaka policyjna.

– Idę po jajecznicę. – Artur ruszył w stronę szwedzkiego stołu.

Nie spuszczałam z niego oczu. Widziałam, jak wziął talerz i ruszył prosto... w okolice ekspresu do kawy, przy którym stała Bojarska.

– Szczepan, mam przeczucie, że Artur odjebał gruby numer – powiedziałam z domyślnym uśmiechem starej plotkary.

– Odjebał na pewno, ale nie sądzę, żeby gruby – zaoponował. – Pewnie „coś" zamężnego wyrwał w klubie.

– Kto wczoraj nie zaruchał, niech pierwszy rzuci kamieniem. – Pokazałam w uśmiechu wszystkie zęby.

– Anka! – Popatrzył na mnie ostrzegawczo, ale widziałam, że usta mu drgają.

Po prostu uwielbiałam, kiedy facet umiał grubą krechą oddzielać łóżko od codzienności. Tam, raczej, nie upomniałby mnie za taki tekst. Podobała mi się bardzo taka równowaga. I podobało mi się, że w życiu jest gentlemanem, a tam... no niekoniecznie.

– Wiesz, co myślę? – Strzeliłam oczami w stronę Artura. – Że nawet wiem, „co" wyrwał.

Szczepan podążył wzrokiem za moim spojrzeniem. A potem pokręcił głową z dezaprobatą.

– Jeśli spał z Bojarską, to jest koszmarnym debilem i nie ma dla niego nadziei. I ja z pewnością nie będę ratował mu dupy, jak mu się do niej Ramzes z Ksenonem dobiorą. Myślenie ma przyszłość, powinien zacząć je czasem praktykować. – Szczepan wzruszył ramionami.

Oho! Zawsze trzeźwo praktykujący myślenie komisarz Zalewski! Niepopełniający błędów! Poczułam, jak budzi się we mnie diabeł...

Przekroiłam bułkę, posmarowałam ją masłem, a potem wzięłam do ręki stojący na stoliku słoiczek.

– Szczepan, odkręć to – z promiennym uśmiechem podałam mu dżem malinowy – ja odpadam.

Gdyby spojrzenie mogło zabijać, to właśnie zabierałby mnie stąd Zakład Pogrzebowy A.S. Bytom.

WISŁA-JAWORNIK, 22 LUTEGO 2024 ROKU

SZCZEPAN

– Kiedy widziałem cię ostatni raz, to byłeś jeszcze szczeniaczkiem, a teraz, no proszę... – Tomek uśmiechnął się szeroko na mój widok. – Kawał prawdziwego psa się z ciebie zrobił.

Właśnie sobie uświadomiłem, czemu tak, a nie inaczej traktowałem swojego ostatniego policyjnego partnera – Pawła... Wygląda na to, że nieświadomie kopiowałem metody, które w przeszłości stosował wobec mnie Kocioł. Dotkliwe pojazdy, ale podszyte konkretną dozą życzliwości. Dużo nauki, chwalenie za postępy i zjebki za bycie lamą. Różnica była taka, że Tomek nie dopuścił do tego, żeby zabił mnie seryjny. A ja pozwoliłem Pawłowi zginąć na służbie. Kolejne zdjęcie na tablicy pamięci, kolejny mój wyrzut sumienia.

„Kocioł nie stanął przed takim wyzwaniem. Dopiero gdyby znalazł się w takiej sytuacji, okazałoby się, czy by pozwolił pana zabić, czy nie" – odezwał się w mojej głowie głos Joanny. Prawda to. Terapia, kurwa, najwyraźniej działa. Czego jak czego, ale tego się akurat nie spodziewałem.

Dotarło do mnie, że jeśli Kocioł okaże się Nauczycielem, niemożebnie się wkurwię. Mimo że nie widziałem go od kilkunastu lat, nadal go lubiłem i... szanowałem. Dopiero teraz w pełni zrozumiałem, jak bardzo sytuacja z Markiem Azorem musiała rozdrażnić Artura. Najwyraźniej mamy szczególną słabość do swoich autorytetów. Tych, którzy mieli duży wpływ na nasze ukształtowanie. Naszych NAUCZYCIELI.

– Już wtedy mogłem cię oklepać lewą ręką i do tego z zasłoniętymi oczami. – Uścisnąłem mu dłoń, uśmiechając się krzywo. – Po prostu wychowano mnie w szacunku do starych i niedołężnych.

– Yhym, gdybyś spróbował, to skończyłbyś na OIOM-ie. – Parsknął śmiechem. – Dziś też „wszędy dam Waści pole"[*] – dodał pewnie.

Nie wyglądało, żeby kozaczył. Był w dobrej formie, a ja pewnie dalej musiałbym się z nim namęczyć. Ale wygrałbym. Lata robiły swoje. Teraz ja byłem w swoim „prime time": już bardzo doświadczony, a jeszcze szybki i silny. Jak on, dekadę temu. A za piętnaście lat na moim miejscu będzie ktoś inny. Coś mi

---

[*] Tekst wypowiadany przez Bohuna do Michała Wołodyjowskiego w powieści Henryka Sienkiewicza *Ogniem i mieczem*.

podpowiadało, że pogodzenie się z tym, będzie dla mnie dużym wyzwaniem.

– Bohun – usłyszałem głos Anki. Najwyraźniej rozpoznała cytat.

– Helena? – odpowiedział pytaniem i uśmiechnął się szeroko.

Nie mogłem nawet mieć do niej pretensji, że się zaśmiała. Nadal był dobry w te klocki.

Mam przekonanie, graniczące z pewnością, że odnotował wcześniej obecność i Anki, i siedzącego na fotelu obok niej Artura. Przypomniało mi się jego dawne zrzędzenie. „Ogarniaj wzrokiem całą scenę i wszystkich aktorów. Jak nie wiesz, kto i po co tam jest, to czekaj, aż wypowiedzą swoje kwestie i wtedy się dowiesz. A nie te twoje: »Kim pan jest i co tu robi?«. Tak to może pytać stara baba, której ktoś przez przypadek wszedł do kibla, a nie policjant operacyjny".

– Anna Sawicka. – Podeszła i podała mu rękę. – Jestem koleżanką Szczepana.

No i już wiedziałem, co będę robił dziś wieczorem. Wytłumaczę jej obrazowo i pokażę dobitnie, jak bardzo NIE JEST moją koleżanką. Chyba coś jej w nocy umknęło, a to dziwne, bo wydawało mi się, że kiedy na zmianę gryzła poduszkę i wypowiadała moje imię, to rozumiała subtelną różnicę między „koleżanką" a „kimś więcej".

Tomek popatrzył na mnie i uniósł brew.

– Koleżanką? – Trochę za długo już trzymał jej rękę. – Zawsze był nieco niedorozwinięty. Za to zdolny. Jestem Tomek Kocioł. Bardzo mi miło.

Anka się uśmiechnęła, ale nie miała zamiaru mnie prowokować, bo delikatnie, ale stanowczo zabrała dłoń i wskazała mu wolny fotel. Od razu zrozumiał, że to nie „taki typ", bo spojrzał na nią z aprobatą. A potem na mnie... i z uznaniem kiwnął głową. Najwyraźniej „było widać", co jest między nami. Ciekawe, czy widział to też Artur...

– Artur Cieniowski, rozumiem, że już prokurator z krajówki? – Kocioł błyskawicznie zagadał do zbliżającego się Cienia.

– Regionalna. – Artur podał mu rękę. – Mam zbyt niewyparzoną mordę na krajówkę. I nie umiem w politykę.

– A to całkiem inaczej, niż Marek Azor – zauważył rozsądnie Kocioł. – Słyszałem, że posypały mu się klocki.

Najwyraźniej mimo że żył w Irlandii, był zorientowany, co się działo w kraju. Niedobrze.

WISŁA-JAWORNIK, 22 LUTEGO 2024 ROKU
ARTUR

– I to tak, że już ich nie ułoży – potwierdziłem.

Ze wszystkich podejrzanych, jakich wróżyłem, bo typować nie miałem na podstawie czego, Kocioł najbardziej pasował mi na guru seryjnych zjebów. Jednak jeśli nauczyłem się czegokolwiek podczas moich przygód z Occultą, to tego, że osoba, która pasuje najbardziej, powinna być podejrzana najmniej – ot, taki paradoks. Jeśli dożyję zakończenia tej sprawy, to napiszę o tej jebanej organizacji doktorat. Nic nie przebiegało w przypadku ich zbrodni "normalnie". Wszystkie rady z podręczników, wykładów i szkoleń mogłem olać sikiem prostym. To dobitnie wskazywało na fakt, że metody jej działania opracowywał ktoś, kto zalecenia z podręczników znał i celowo dbał o to, by na nic się śledczym nie przydały. A nawet więcej – zawsze prowadziłyby ich na manowce.

Usiedliśmy wszyscy przy stoliku. Kocioł popatrzył na nas poważnie.

– Dobrze podejrzewam, że spotykamy się w związku z całym tym pierdolnikiem z Sonią, Azorem i resztą? – przeszedł do sedna.

– Resztą? – podchwyciłem od razu.

Uśmiechnął się cynicznie.

– Pojebane czasy, pojebana ekipa.

Szczepan wyglądał na niewzruszonego, ale znałem go dobrze. Zawsze przybierał taką minę, gdy był szczególnie poruszony. Chyba nie uśmiechała mu się opcja, w której Nauczycielem okazałby się jego mentor. Skąd ja to znam?

– Mówiłeś mi przez telefon, że masz kilka ciekawych opowieści o Soni Wiktorowskiej – zaczął Szczepan. – Bo to ona w tej chwili interesuje nas najbardziej.

Kocioł szybkim spojrzeniem obrzucił Ankę.

– Śmiało – zachęciłem. – Raczej jej pan nie zgorszy. Tylko wygląda jak dama. – Nie powstrzymałem się.

Nie chciałem zastanawiać się nad tym, czy i co się zmieniło w zachowaniu Anki i Szczepana. Nie teraz, kiedy miałem do rozwiązania najważniejszą sprawę, nie tylko w mojej karierze, ale po prostu w moim życiu. Jeśli będę się teraz rozpraszał tym, co mogli robić dziś w nocy, to skoncentruję się na swoim wkurwie, a to woda na młyn Nauczyciela.

– Ech, młodzi. – Zaśmiał się. – Nie poznalibyście damy, nawet gdybyście się o nią potknęli na chodniku.

Anka uśmiechnęła się do niego z wdzięcznością połączoną z uznaniem.

– Szkoda strzępić języka, panie Tomku. Dla nich dama, to wypłosz z piszczącym głosikiem, który nie potrafi bez ich wsparcia do trzech policzyć. – Wykrzywiła się do mnie złośliwie.

Chyba wiem, do kogo nawiązywała. Do mojej drugiej żony, która kiedyś była przyczyną naszego epickiego „rozstania". Wiedziałem, że mi tego nie zapomni.

– Kto się z mężczyznami urodzonymi w latach osiemdziesiątych zadawał, ten się w cyrku nie śmieje. Lata siedemdziesiąte to był top – kontynuowała, uśmiechając się do Kotła. – Ale poważnie mówiąc, Sonia chciała mnie zabić i niewiele zabrakło, żeby się jej udało. Może pan mówić, naprawdę się nie zgorszę, cokolwiek to kurwiszcze nawywijało.

Wybuchnął śmiechem.

– Doskonale pani kombinuje – pochwalił ją. – Sonia, to... zła kobieta była. Ale ja też nie byłem święty. Za to byłem idiotą – przyznał z rozbrajającą szczerością. – Miałem wtedy żonę. Ale sypiałem z Sonią i to... nie tylko dla sportu. Podobała mi się. Bardzo. Zastanawiałem się nawet, czy rozwód to nie jest dobry pomysł. Potem jednak się okazało, że to była taka nasza wspólna dziewczyna, ta Sonia... – Rozłożył ręce.

– Czyja wspólna? – zapytałem od razu.

- Jestem pewien, że moja, Azora i tego zjebanego Kowalskiego, ale myślę, że nawet Wrona korzystał, choć tu nie mam dowodów, a jedynie wrażenie.

- Kowalski? - Prawie się oplułem. Nie umiałem sobie tego wyobrazić, a przecież wyobraźnię miałem bujną. - Wrona?

- Kowalskiego jestem pewien - zastrzegł Tomek. - Widziałem kiedyś ich awanturę. Taką, jakiej nie robią sobie osoby, które się ze sobą nie pieprzą. Właśnie po niej zerwałem z Sonią, zresztą potwierdziła mi, że coś ich łączyło. A Wrona... nie wiem, ale czasem patrzył się na nią, jakby był o nią zazdrosny.

- A może ty byłeś i ci się udzielało? - spytał rozsądnie Szczepan.

Pamiętam, że już w dwa tysiące dziesiątym Zalewski ostrzegał mnie przed Kotłem i tym, że bywa zaborczy...

- Może - przyznał Tomek. - Nie zarzekam się, ale jak na mój policyjny nos, to bym się doktorkiem poważnie zainteresował.

- Kooooooooociooooł, gdzieś ty przepadł? - rozległ się ryk z pobliskiego baru.

- Idę - odpowiedział równie głośno Tomek. - A teraz wybaczcie, moi drodzy, ale obowiązki emeryta wzywają. Muszę najebać się z kumplami i powspominać dawne czasy. Gdybyście mieli jakiekolwiek pytania, to służę pomocą. Dzwońcie, kiedy chcecie - wstał. - To prawdziwa przyjemność panią poznać, trzymaj się młody, powodzenia panie prokuratorze. – Każdemu kiwnął głową i poszedł do kolegów.

Szybko nas załatwił i błyskawicznie spławił.

– Czuję się, jakbyśmy grali z nimi w *Mafię**... – powiedziała powoli Anka, kiedy tylko nie mógł nas słyszeć.

– Każdy delikatnie, ale jednoznacznie, kieruje podejrzenia na pozostałych – potwierdziłem. – I coś niby nam mówią, ale w zasadzie oszczędnie. Jakby każdy miał coś do ukrycia...

– Nie zdziwię się, jak Kowalski zasugeruje nam, równie delikatnie, Kotła. – Szczepan najwyraźniej miał dokładnie takie samo wrażenie. – Nie zdziwię się, jeśli się okaże, że ujebani w Occultę byli wszyscy czterej.

To było śmiałe i... kurewsko zdroworozsądkowe założenie. Tłumaczyłoby zachowanie każdego z nich.

– Tylko który jest Nauczycielem? – zapytała Anka.

– Prędzej czy później się dowiemy – skwitowałem krótko. – Pytanie brzmi: czy będziemy mieli okazję potem o tym pogadać?

Bałem się, że niekoniecznie.

---

* Gra towarzyska, w której dwie drużyny: uczciwa (niepoinformowana większość) i mafijna (poinformowana mniejszość) konkurują ze sobą. Gra rozwija umiejętności obserwacji i analizy zachowań, uczy wyciągania wniosków, przekonywania, a także kontroli mowy ciała oraz rozpoznawania sygnałów niewerbalnych.

KATOWICE-WEŁNOWIEC
23 MAJA 2010 ROKU

Nauczyciel wszedł do domu i dezaktywował alarm. A potem podszedł prosto do barku i nalał sobie pokaźną porcję dobrej whisky.

Westchnął głośno, z wyraźną satysfakcją. Tak, to był bardzo ciekawy weekend. Choć nie miał pewności, czy trzeci dołączy. Był trochę spięty, ale w sumie trudno się było dziwić. Troszkę się ze Stróżem popisywali... Aż oblizał usta na to wspomnienie.

Z trudem znów skupił się na interesach, wymazując z głowy obraz wybranej na ten rejs dwudziestolatki. Jeśli trzeci nie dołączy, to znajdą kogoś innego. To nie był wzorowy kandydat, trochę za nisko w hierarchii. Za to łatwo sterowalny. Co było „ujemnym plusem". Uśmiechnął się w duchu na to nielogiczne określenie. Ale pasowało. Plusem, bo Nauczyciel mógł nim sterować, a ujemnym, bo Stróż również. Ale dwa tak silne charaktery nie mogły dłużej rządzić Occultą w parze. Zbyt mocno się ścierali. Potrzebowali odbijacza, pozostając w żeglarskim żargonie... A na trzeciego mieli wiele, bardzo wiele... Nadawał się na odbijacz, a kiedy pęknie, po prostu kupi się nowy.

Zapalił światło i drgnął na widok siedzącej w jego fotelu drobnej postaci.

– Cześć, Aniołku, nie spodziewałem się ciebie dzisiaj. Coś się stało? – zapytał z prawdziwym niepokojem.

Sonia miała dziwne spojrzenie. W jej oczach odbijało się... coś, czego nigdy tam nie widział i nie bardzo potrafił zdefiniować.

– Niespodzianka. – Za to głos Soni brzmiał normalnie. – Stęskniłam się za tobą, Nauczycielu.

Poczuł, jak robi mu się ciepło na sercu. Potrafił być tyle okrutny, co emocjonalny. To był pierwszy raz od dawna, kiedy Anioł przyszedł do jego domu niewzywany. Zaczynał się już z tego powodu niepokoić, ale jak widać niepotrzebnie... Jaka szkoda, że dziś nie będzie w stanie odpowiednio jej za to odpłacić.

– Niestety, jestem po rejsie. – Rozłożył ręce ze smutkiem. – Mogłaś mnie uprzedzić. Dla wieczoru z tobą, zrezygnowałbym z niego.

Sonia doskonale wiedziała, że będzie zmęczony, dlatego też wybrała ten moment. Wiedziała, ile w taki weekend żrą ze Stróżem środków na potencję i ile wciągają koksu. Nauczyciel był groźny w każdej chwili, ale w tej jednak najmniej. Zawsze po tym, jak wyjątkowo się wyszalał, robił się odrobinę bardziej miękki.

– Nie będę dalej kłamać i nie powiem, że miło to słyszeć. – Uśmiechnęła się zimno. – Przyszłam ci powiedzieć, że to koniec.

Widziała na jego twarzy najpierw szok, potem rozpacz, a już chwilkę później zawziętość i furię. Dokładnie to, czego się spodziewała.

– Aniołku... – powiedział bardzo powoli, zaciskając i prostując palce.

Świetnie znała ten ruch. Zwykle powodował u niej obłędny strach. Dziś jednak, nie był w stanie przebić się przez jej wściekłość.

– Waż słowa – kontynuował Nauczyciel. – To, że teraz nie mam siły, nie znaczy, że nie mogę zamknąć cię na tydzień w piwnicy i dopilnować, żebyś odszczekała każde słowo albo zwyczajnie zdechła z wycieńczenia. Occulta to nie jest kółko różańcowe, które sobie opuszczasz, kiedy ci się podoba.

– Ty myślisz, że ja mówię tylko o Occulcie? – Roześmiała się szczerze. – Mówię o wszystkim. Koniec Occulty, koniec naszego Trójkąta, w zasadzie... koniec całego twojego życia w jego obecnej formie.

Tym razem on się roześmiał. Aniołkowi odbiło. Nie pierwszy taki wypadek w jego karierze. Kiedyś inna dziewczyna, w innym trójkącie, też oszalała. Rosły teraz na niej naprawdę piękne drzewka ozdobne...

– Dobrze, kochanie – powiedział spokojnie, sięgając wolnym ruchem do kieszeni.

– Wsadź sobie w dupę tę dmuchawkę i nie próbuj tym we mnie strzelać. – Zauważyła jego ruch i błyskawicznie oraz prawidłowo go odczytała. Rozdrażnienie walczyło w nim z dumą. Świetnie ją wyszkolił. Może nawet za dobrze.

– Od razu ci powiem, dlaczego to takie ważne, zanim zrobisz coś głupiego – powiedziała takim tonem, że poczuł autentyczną ciekawość. – Zanim tu przyszłam, przygotowałam pewną paczuszkę i zadbałam, żeby została wysłana w odpowiednie miejsce, jeśli nie wrócę.

– Uuuuu – powiedział pogardliwym głosem. – Do gazet? Na policję? I myślisz, że tym mnie zaszantażujesz? Że sobie z tym nie poradzę? Że tego nie powstrzymam i nie wyciszę? JA?

Patrzyła na niego z taką pewnością siebie, że poczuł delikatny dreszcz. Boże, nie czuł tego od lat... Strach? Ta mała pizda mu za to zapłaci.

– Cokolwiek na mnie masz, nieważne, czy film, czy fotki, choć nie ma szans, byś je miała, bo przecież zawsze gramy u mnie i według moich zasad... – tłumaczył racjonalnie; i jej i sobie – to ani ja, ani Stróż nigdy nie zdjęliśmy masek. Poza tym, sama masz sporo za uszami, a dokładnie to siedemnaście trupów. – Znów nabierał pewności siebie. – Zatem powtórzę, gówno na mnie masz, a tego zrywu pożałujesz.

– Nauczycielu! – Jej mina była pełna satysfakcji. – A kto mówił o prasie? Kto mówił o policji? Naprawdę nie wiesz, dla kogo jest ta paczka?

O kurwa. Nauczyciel poczuł pot spływający mu po plecach. To niemożliwe. Musiałaby dotrzeć do...

– Tak! – Uśmiechnęła się jeszcze szerzej, widząc jego strach. – Ta paczuszka jest dla mojego ukochanego przyszywanego braciszka. Dla Michała. Myślisz, że mu się spodoba? Ja wątpię – parsknęła.

– Kruk wiedział, co ci robiłem – powiedział, licząc, że nie dotarła do wszystkiego. – Był przy tym.

– Wiem, widziałam z tego filmiki. Jak ten pojeb stoi i się na to patrzy. – Kiwnęła głową. – Pytam, czy wie, co robiłeś jemu? Pięć lat wcześniej.

Kruk go zabije. Jeśli to zobaczy, to go zabije. Pozna go po masce. Jeśli Nauczyciel zaś zabije Kruka wyprzedzająco, to Sonia zabije jego. Razem nie było szans ich dorwać. Byli zbyt dobrze wyszkoleni. Pozostałej dwójce też nie mógł tego zlecić... Pojawiłoby się za wiele pytań.

– A ja się zawsze dziwiłam jak osoba tak wyzwolona i perwersyjna jak Kruk, może mieć aż tak ogromny problem z miłością męsko-męską... – kontynuowała spokojnie. – Pamiętasz, jak zabił faceta tylko za to, że powiedział mu komplement? Po tym jak zobaczyłam, co robiłeś z nim, kiedy był jedenastoletnim chłopcem, to nie dziwi mnie to ani trochę.

– To niemożliwe. – Nauczyciel ledwie poruszał wargami.

– Zapewniam cię, że możliwe. Wyjęłam jedną kartę pamięci z twojego neseserka. I taki piękny strzał. – Wzięła z biurka wydruk i odwróciła w jego stronę. – A Kruk się tak zastanawia, skąd ma tę bliznę... Myśli, że to jakiś rytuał przejścia... Biedny.

Jezu, naprawdę dotarła do „Oblitus". Zachował te papiery, bo wierzył, że kiedyś osiągną taki stopień oświecenia, jak on. Wtedy ukazałby im te elementy ich szkolenia, które były realizowane dużo wcześniej, niż mieli tego świadomość, kiedy używał odpowiednich leków, tak by nie pamiętali. Tylko ich podświadomość miała notować. I najwyraźniej notowała.

– Swoją drogą, świetny pomysł, żeby takie papiery trzymać na łajbie, też bym tego w domu nie zostawiła. – Pokiwała głową. – Zarówno ty, jak i Stróż jesteście narażeni na wjazd policji... Takie czasy. A tak, jeden po drugim posprząta w razie czego. On wie?

– Nie – powiedział krótko Nauczyciel.

– A ty wiesz, co jest w jego teczkach?

– Nie – zaprzeczył ponownie.

To był ich system. System zabezpieczenia. Dokładnie tak, jak powiedziała, idealny na wypadek „wpadek". Nie znali swoich kodów, więc żaden nie mógł podejrzeć, co trzyma drugi, a jednocześnie w momencie zagrożenia musiał to zniszczyć, bo w razie czego byłby ujebany we współudział.

– Wiesz, co jest najzabawniejsze? – Sonia wstała. – Ja też nie pamiętam tego, co robiłeś ze mną, gdy byłam w domu dziecka... Żyłam z przekonaniem, że takich skrzywionych nas znalazłeś i nauczyłeś z tym żyć. ŻE NAM POMOGŁEŚ! Że tego chciałam! A to przez ciebie jesteśmy tacy wybrakowani, ty chuju. Bo wiesz, co mnie najbardziej na tych filmikach zaskoczyło? To, że wtedy jeszcze najwyraźniej umiałam płakać!

Nigdy nie widział jej w takim stanie. Wiedział, że nie żartuje. Już rozpoznał, czym była ta emocja w jej oczach, której nie potrafił wcześniej zinterpretować. To było rozczarowanie. Była nim rozczarowana. Bardzo go to zabolało.

– Wyślij Kruka za granicę, nie chcę tego pojeba w pobliżu mnie, ty chyba też nie, biorąc pod uwagę, co mogę mu powiedzieć. To po pierwsze. – Uniosła w górę palec.

– Dobrze – zgodził się natychmiast.

– Koniec Occulty. To po drugie. – Zauważyła, że się zawahał. – Chcę mieć dowód, a więc usłyszeć to od Stróża – dodała od razu. – I masz nie wspominać o moim udziale. Po prostu mu się przyznaj, co robiłeś. I tak cię nie wyda, bo kto mu uwierzy, że nie wiedział? Zawsze myślałam, że to on z was dwóch jest bardziej popierdolony, ale jednak nie. – Pokręciła głową z niedowierzaniem. – Ma chociaż tę jedną zasadę, że nie pieprzy dzieci. I błędnie wierzy, że ty też nie. Uświadomisz zatem przyjaciela, jak bardzo się co do ciebie myli. Bo inaczej ja to zrobię.

Nauczyciel zacisnął szczęki. Jak do tego doszło? Jakim cudem cały jego świat rozpadł się w pył w ciągu dziesięciu minut? Dlaczego go to spotyka? Nie zasłużył na to!

Widział jej minę i bał się, że to jeszcze nie koniec. Ale co? Co więcej mogła mu zrobić?

– A po trzecie: zadbaj o to, żebym cię więcej nie widziała. Bo jak zobaczę, to mogę stracić nad sobą panowanie i cię zabić.

Jeszcze to mu odbierze.

– Dlaczego tego nie zrobisz? – zapytał słabym głosem. – Dlaczego mnie nie zabijesz?

Kiedy usłyszał swój głos, aż zadrżał. Boże! Czyżby go złamała? Nie, to tylko pęknięcie – uspokoił sam siebie.
– Tylko pęknięcie.

– Żeby cię zabić, musiałabym dogadać się z Krukiem. – Popatrzyła mu w oczy. – Bez niego nie dałabym sobie rady z Zorzą i Morzem. A ja nie chcę z nim przebywać. Nie chcę na nikogo z waszej czwórki patrzeć. Lepiej wytłumacz to pozostałym. To leży w twoim interesie. – Ruszyła w stronę drzwi. – Poza tym, śmierć to dla ciebie za duża łaska.

Nabrał głęboko powietrza.

– Jeśli kiedyś zrozumiesz, będziesz chciała wrócić, daj mi znak. Przemyślę wtedy twój powrót. Jesteśmy rodziną... – powiedział cicho.

Parsknęła śmiechem.

– Ty nie masz rodziny. Masz roboty, które sobie stworzyłeś. I nawet one cię już nienawidzą. – Wskazała na siebie ręką, a potem popatrzyła mu prosto w oczy. – Będziesz zdychał sam. Przeklinam cię na to, czego zawsze się najbardziej bałeś. Obyś zdychał sam, chuju.

Kiedy zamknęły się za nią drzwi, Nauczyciel usiadł w fotelu.

– Ale dlaczego? – zapytał na głos.

A potem się rozpłakał.

***

Zawsze wiedziała, że żyje w niej wiele osobowości. Wykształciła je, już gdy była dzieckiem.

Potrafiła przed laty funkcjonować ze swoimi przybranymi rodzicami, będąc absolutnie wzorową dziewczynką. Nie udawała. Była Sonią Wiktorowską, świetną uczennicą i grzeczną córką.

I była też Aniołem. Aniołem, który kilka razy w tygodniu chodził na zajęcia dodatkowe, by się rozwijać, dążyć do doskonałości. Rodzice nie wiedzieli, że spotkania odbywały się pod okiem ukochanego Nauczyciela, który otwierał jej oczy na świat. Uczył ją i kształtował, na swój obraz i podobieństwo. Choć w nieco inny sposób, niż pewnie wyobrażali sobie jej rodzice.

Z Nauczycielem, ze swoim mentorem... Była najbardziej perwersyjną, najwytrzymalszą dziwką i najlepszym, najdokładniejszym zabójcą. I też nie udawała.

Nie mogła być już Sonią. Zbyt wiele zrobiła i widziała jako Anioł. I za bardzo jej się to podobało. Aniołem też nie mogła być. Nie, jeśli właśnie się okazało, że nie stworzył go autorytet, tylko pieprzony pedofil. Taki, który zasługiwał na śmierć z jej rąk, a nie szacunek, którym go zawsze obdarzała. Teraz musiała zakwestionować wszystko. Nauczyciel okazał się kłamcą. A zatem, czy mogła nadal wierzyć w jego nauki? Ideał sięgnął bruku.

Wcześniej była pewna, że sama wybrała drogę. I że bardzo jej chciała. Że Trójkąt, orgie i zabójstwa to jej wybór. Teraz tę pewność jej odebrano... Już nie wiedziała, czy to była jej wola, czy to ON nagiął ją do swojej, kiedy była jeszcze zbyt mała, by o sobie decydować. I rozumieć skutki podejmowanych wyborów.

Musi stworzyć kolejną postać, zbudować się na nowo. Z tego, co uda jej się pozbierać z dwóch poprzednich postaci i z wielu nowych rzeczy. Przecież miała życie przed Nauczycielem... Miała życie, zanim została Pająkiem karzącym muchy, które na to zasługiwały. Zanim została Aniołem.

Ta pustka i tęsknota kiedyś miną... Muszą minąć.

A walkę rozpocznie od odrzucenia trójkątów, symboliki liczby trzy i wszystkiego, co się z nimi wiąże. Koniec z trójkątami, bo to nie była ani jej droga, ani jej wybór! Skupi się na tym, co zawsze jej wychodziło! Jej wpływ na swoich pomagierów był niekwestionowalny! W swoich układach z pomocnikami radziła sobie świetnie. Może w tym tkwi szkopuł? Może nie troje, a dwoje. Tylko dwie osoby, z których... to ona jest tą najsilniejszą.

Trzech to zbyt wielu, trzeci to już PRZESZKODA.

KATOWICE-ZAŁĘŻE, 22 LUTEGO 2024 ROKU

SZCZEPAN

– Nie uważam, żeby pani Ania miała zdolności wiedźmy. – Joanna popatrzyła na mnie ze słabo maskowanym uśmiechem. – Myślę, że pomogło panu to, że ona rozumie pana stan i akceptuje pana takim, jaki pan jest. Choroba nie ma najwyraźniej wpływu na postrzeganie przez nią pana osoby.

No, to była druga opcja, obok wiedźmy, którą rozważałem. Też fajna, choć nie aż tak jak ta, że Anka magicznie ściągnęła mi z bani cały problem z PTSD. Byłoby po krzyku.

– Zresztą, dlaczego miałoby mieć? Panu czyniłoby to różnicę? – dopytała psycholożka.

– Gdyby Anka była pierdolnięta, a nie ja? – doprecyzowałem.

Minę Joanny można było podsumować tylko śląskim powiedzonkiem: „Nie strzimia"*.

---

* (z jęz. śląskiego) Nie wytrzymam tego.

– Myślę, że nie – stwierdziłem po chwili.

– No i ona najwyraźniej myśli tak samo. – Joanna zajrzała do kajecika. – Proszę opowiedzieć mi o tych wczorajszych atakach.

– Najpierw byłem na poligonie, żeby się wyluzować... Tak jak mi pani kazała. – Spojrzałem na nią, jakby to była jej wina.

– Strzela tam pan? – zapytała, poprawiając okulary i... No oczywiście, notując! Zjem jej kiedyś ten długopis, przysięgam.

– Do dzików. Czasem do rowerzystów, jeśli mają brzydkie getry. – Nie powstrzymałem się. – I do kobiet w okularach z dwoma psami. Ale tylko, jeśli jeden jest dwukolorowy.

Spojrzała na mnie ze swoistym znużeniem. Wiem, potrafiłem być fiutem.

– Nie, nie zajmuję się takimi rzeczami w czasie wolnym. Wystarczy, że się nastrzelam w robocie. – Spoważniałem. – Bawię się w offroad. I właśnie w czasie taplania się w błotku złapało mnie takie dziwne odcięcie, zawiecha. Wydawało mi się, że zamyśliłem się na pięć minut, a po wszystkim zorientowałem się, że siedziałem godzinę, gapiąc się przez szybę. Przez to nie zdążyłem umyć samochodu...

– Rozumiem, że odpowiednikiem w moim przypadku byłoby wyjście z domu bez butów. – Uniosła brwi pytająco.

– Raczej majtek. – Uśmiechnąłem się niewinnie.
– No, a wieczorem, jak już wspominałem, zmiotło mnie z planszy. Przeniosłem się znów do „Uroczyska Tajemnic" i zaliczyłem pełen pakiet atrakcji: flashback, drżenie ciała. Ale trwało to tym razem o wiele krócej, jakby Anka przerwała to w połowie... Nie rozumiem, czemu znów wróciło? Prawie dwa tygodnie spokoju, a potem strzał za strzałem.

– A nie podejrzewa pan, że powodem może być praca? – Wskazała ręką na leżącą na stoliku gazetę, z ogromnym zdjęciem płonącego trójkąta. – I że stres spowodował ponowne nasilenie objawów? Nie mówi mi pan tego, co się aktualnie dzieje u pana w firmie, co szanuję, ale domyślam się, że to coś poważnego. Całe miasto plotkuje, a im bardziej milczycie, tym bardziej fantastyczne legendy krążą. Nie chce pan pójść na L4, które szczerze zalecam?

Oczywiście, że nie chcę. Równie dobrze mógłbym przyjść do roboty w kaftanie, skutek byłby identyczny. Przenieśliby mnie do drogówki, tam wszyscy są pierdolnięci, więc pasowałbym jak ulał...

– Na szczęście mam inklinację do pracoholizmu, więc wykorzystywałem dni z eonów zaległego urlopu. – Uśmiechnąłem się do niej. – Wykonałem pani zalecenie, tylko że połowicznie.

I cyk. Notateczka w kajeciku. Dobrze, że miałem tak doskonały humor, bo inaczej naprawdę przejąłbym się dzisiejszą ilością jej notatek.

– Skąd pani wie, że to się dzieje u mnie w pracy? – dopytałem po chwili.

Poczułem zimno na plecach. Kurwa, a jeśli ona też jest wtyką Nauczyciela? A ja jej opowiadam śmiało o moim stanie, który od wczoraj zaczął się zasadniczo poprawiać, ale umówmy się, że z moją zwykłą formą miał tyle wspólnego, co gra drużyny Widły Bojków z Realem Madryt. Czyli niby jedna dyscyplina sportu, a jednak nikt by na to nie wpadł podczas oglądania.

– Proszę się nie martwić. I nie węszyć spisku. Przecież pana słucham i jestem w stanie domyślić się, że robi pan przy najpoważniejszych tematach. Poza tym – Joanna znów się uśmiechnęła – jestem pewna, że rozpoznałam pana, w jednym z bohaterów reportaży P.S. Nietrudno jest dodać dwa do dwóch.

– Taaa. – Wyluzowałem się nieco. Nawet gdyby przekazywała informacje, to co powie Nauczycielowi? Że jestem czubem? Byłem prawie pewien, że zorientował się sam, najwyraźniej sporo o nas wiedział – I po czym mnie pani niby poznała?

– A ile zna pan osób, które używają wyrażenia: „Prawda to", a do tego mają tak niecodzienne i wysublimowane poczucie humoru jak pan?

No fakt. Sprawdziliśmy z Arturem teksty. Pod kątem zdarzeń, tajemnicy śledztwa i wszystkich innych ważnych rzeczy, które mogłyby nas ujawnić zawodowo. Ale nie ingerowaliśmy ani trochę w historię, ani nasze charakterystyczne odzywki. Wnioski Joanny brzmiały sensownie, ale nie miałem zamiaru jej niczego potwierdzać.

– Niech się pani nie krępuje i powie od razu: „I tak wkurwiających" jak ja. – Pokazałem jej w uśmiechu wszystkie zęby.

Nawet przez grzeczność nie zaprzeczyła. No cóż, należało mi się.

– To jednak nie jest przedmiotem naszej rozmowy. – Joanna szybko wróciła do meritum. – Chcę pana uspokoić, że te stany, które pana wczoraj dopadły, są naturalne w sytuacji silnego stresu i bardzo dobrze sobie pan z tym radzi. Dużo lepiej niż można by się spodziewać, po tak krótkim leczeniu. To, że atak był krótszy, też wróży jak najlepiej. Myślę, że za miesiąc, góra dwa, nie będzie pan już potrzebował mojej pomocy. Jeśli będzie pan stosował techniki relaksacji.

No. I to były zasadniczo dobre wieści. Zwłaszcza że wczoraj w nocy odkryłem już, kto relaksuje mnie najbardziej, i zamierzałem przez najbliższy miesiąc robić jej to bardzo często... A jeszcze parę „technik" mi do zgłębienia pozostało, choć, Bóg mi świadkiem, że starałem się przerobić wszystkie. Uśmiechnąłem się pod nosem.

– Jeśli to się potwierdzi i poważnie mnie pani wyleczy – rzuciłem, wstając – to załatwię pani kolację z tą pani ulubioną dziennikarką, słowo harcerza.

– Mąż i tak odpowie za tę jutrzejszą, która mi przepadła – powiedziała pod nosem, ale i tak usłyszałem.

Aaa, dobrze wiedzieć, że to już jutro, przez ten pierdolnik zapomniałem o tym.

Po wyjściu z gabinetu, chwyciłem za telefon i zobaczyłem trzy nieodebrane połączenia od Artura. To tyle dobrych wieści. Pewnie znów coś się odjebało. Nabrałem powietrza w płuca i oddzwoniłem.

– Jesteś w domu? – zapytał zamiast przywitania.

– Zaraz będę.

– Wieczorem widzimy się u Anki, bądź na dwudziestą, to naprawdę ważne.

KATOWICE-KOSZUTKA, 22 LUTEGO 2024 ROKU

ANKA

Odwiozłam Szczepana do Joanny, po czym pojechałam do domu. Nie wiem, jak to możliwe, ale ani trochę nie chciało mi się spać. Tak jakby chmurka z postorgazmicznych endorfin trzymała mnie dziesięć centymetrów nad podłożem, nie pozwalając mi nawet myśleć o czymś tak prozaicznym jak sen, jedzenie czy praca.

Włączyłam głośno radosną muzyczkę i rycząc wraz z 4 Non Blondes: „Hey, yeah yeah-eh-eh, hey yeah yeah"*, usiadłam do zaległych maili. Pierwszy, jaki na mnie czekał, to była wiadomość od moich hakerów. Faktura, która ucieszyła mnie mniej i pełny raport, który ucieszył mnie o wiele bardziej.

Otworzyłam plik i raz jeszcze przejrzałam wszelkie zgromadzone dane. Powiązania Soni i Kruka

---

* *What's up?*

z fundacją. Wszystko wskazuje na to, że wspierali jej działalność ogromnymi kwotami. Nie wiedziałam jednak, na jakiej zasadzie to działało. Czy tylko wpłacali, czy też korzystali z tych środków? To prawdopodobnie okaże się dopiero wtedy, gdy Artur przeryje się przez komplet dokumentów finansowych tego interesującego podmiotu. Wszyscy mieliśmy podejrzenia, że znaleźliśmy ważny trop. Jeśli czegoś nauczyła mnie długoletnia praca w zawodzie, to tego, że warto chodzić śladem mamony i seksu. Wtedy właśnie można trafić na największe afery.

Potem przebiegłam oczami po opisie drugiego wspólnego punktu. Wiedzieliśmy o tym już od dawna, bo informacja znajdowała się w oficjalnych papierach. Jakiś czas temu zlikwidowany, niecieszący się najlepszą reputacją dom dziecka w Sosnowcu. Wiem, że Artur i Szczepan sprawdzali ten trop, ale i tak wczytałam się uważniej... Nawet, jeśli nie pomogę, to z pewnością nie zaszkodzę. Mówili, że nic pewnego nie udało im się tam ustalić... Przebiegłam wzrokiem po czasookresie: początek lat dziewięćdziesiątych. Parszywe czasy. Pamiętałam je jak przez mgłę, ale miałam wrażenie totalnego rozpierdolu, bezprawia i bandytyzmu. Raczkujący kapitalizm wyciągnął z ludzi najgorsze instynkty... Moje wrażenie mogło po części wynikać z tego, że zamiast bawić się lalkami, jak rówieśniczki, a potem iść spać, niemal codziennie podglądałam przez szparę w drzwiach do salonu, jak rodzice oglądają program *997*[*]. Trudno było się dziwić, że potem nie spałam, bo myślałam o zbrodniach. I trudno było się dziwić, że taki, a nie inny zawód sobie wybrałam, kiedy dorosłam.

W tym momencie zobaczyłam w raporcie tabelkę z kadrą placówki. Znajdowali się w niej nie tylko nauczyciele, ale też pracownicy administracyjni. Przeleciałam wzrokiem po nazwiskach...

– Ożeż, kurwa!

Jeszcze raz spojrzałam z niedowierzaniem na listę, żeby wykluczyć, że mam zwidy, a już pięć minut później pukałam w drzwi pani Zdzisi, sąsiadki spod trójki.

– Dzień dobry, dziecko – powiedziała jak zawsze z uśmiechem. – Wchodź, zapraszam. Herbaty?

– Nie, dziękuję. Ja tylko na chwilę. – Usiadłam w wygodnym fotelu. Uwielbiałam to wnętrze. Czułam się, jakbym znów siedziała u mojej dawno nieżyjącej babci. Miały identyczny gust do poduszek, serwetek i byfyjów[**].

– A jak powiem, że herbatki z rumem bym się napiła? – zapytała, puszczając mi oko.

Zerknęłam na zegarek: kwadrans po dwunastej. Niesamowita kobieta! Miała zdrowie jak koń i fantazję jak siedemnastolatka z teledysków Aerosmith. Za nic bym jej nie zepsuła teraz zabawy.

---

[*] *Magazyn Kryminalny 997* – kultowy program TVP emitowany w latach 1985–2017.
[**] (w jęz. śląskim) Kredens.

- To nie odmówię - uśmiechnęłam się do niej szeroko.

Po chwili postawiła przede mną parujący napój. Kolory wskazywały, że proporcje dobrała sprawiedliwie: pół na pół. Miałam przeczucie graniczące z pewnością, że jeśli dożyję osiemdziesięciu lat, to będę dokładnie taka sama.

- Opowiadaj, dziecko. Bo widzę po minie, że się nie możesz doczekać. - Usiadła na przykrytym zielonym kocem tapczanie.

- Na potrzeby artykułu sprawdzam taki dom dziecka w Sosnowcu, działał na początku lat dziewięćdziesiątych i widziałam tam pani imię i nazwisko.

- No, to dobrze widziałaś, dziecko. - Uśmiechnęła się Zdzisia. - Byłam tam księgową. Ponad trzydzieści lat temu!

- Cudownie, może pani mi pomoże... Bo potrzebuję informacji... - Zastanowiłam się, o co mogę ją zapytać. - Pamięta pani takie dzieci jak Sonia Aniołowicz albo Michał Krukowski?

Zamyśliła się.

- Wiesz, nie miałam za wiele styczności z dziećmi, byłam zatrudniona w biurze. Tej dziewczynki nie kojarzę, ale był jeden Michaś. Strasznie się nad nim znęcali rówieśnicy, wołali go „Micha-aś" albo „Jąkała"...

JA PIERDOLĘ!

- To może pasować. – Czułam, jak tętno mi przyśpiesza. – Pamięta pani coś więcej?

- Tak. – Zdzisia się wzdrygnęła. – Straszna historia. Jego matka była dziwką, przyjechała gdzieś ze wschodniej Polski, za fagasem, co na kopalni robotę znalazł. Ona też tu szybko znalazła pracę w zawodzie. Stała na Bankowej i dawała dupy. Zostawiła tego chłopca, chyba pięcioletniego, u nas i powiedziała, że za tydzień wróci. Nikt jej więcej nie widział. A ten chłopczyk, to takie chuchro było, że od razu sobie z niego ofiarę zrobili. To były inne czasy, nikt tego nie pilnował. Raz jednemu czy drugiemu dałam w łeb, jak go bili, ale co się działo, jak o piętnastej wracałam do domu, to się mogę tylko domyślać.

Smutna historia, ale o wiele za mało smutna, bym zaczęła odczuwać współczucie dla takiego chuja jak Kruk. Nie było szans. Do Soni też bym pewnie nie odczuwała, gdybym nie znała jej tyle lat i nie widziała w zupełnie normalnym wydaniu.

- Zmienił się dopiero, kiedy zaczął wyjeżdżać na te sponsorowane charytatywnie wyjazdy – kontynuowała Zdzisia – ale tylko na gorsze...

- Na jakie wyjazdy? – dopytałam natychmiast.

- Takie trochę obozowe, trochę mające poprawić naukę. Kilkoro dzieci w różnych latach z tego korzystało. Księgowałam te faktury. – Zdzisia przejechała ręką po czole. – Jak ten ośrodek się nazywał? „Urocza tajemnica" chyba...

- „Uroczysko Tajemnic" – pobladłam.

Jezu, mam to.

- Możliwe. – Zdzisia wzruszyła ramionami. – Nie wiem, co tam w nim chcieli poprawić, ale na pewno im nie wyszło. Zaczął się zmieniać. Kiedy zamykali dom dziecka, miał już prawie siedemnaście lat i był po prostu zły. Miał takie zimne oczy i robił innym dzieciom taką samą krzywdę, jaką kiedyś robili jemu. Głównie dziewczynkom. – Wzdrygnęła się. – Ciekawe, co się z nim dalej stało... Nie zdziwiłabym się, gdyby wyrósł na mordercę czy innego psychopatę.

- Na to właśnie wyrósł – powiedziałam jej. – Obiecuję, że przyniosę pani wszystkie moje artykuły o nim, a trochę tego napisałam. Przerażający typ.

- Dziękuję dziecko. – Zdzisia pokiwała głową. – Chętnie poczytam, wiesz, że lubię kryminalne tematy. Niebywała historia!

Prawda to.

- A pamięta pani, kto wysyłał ich na te obozy? Ten tajemniczy sponsor? – Nie miałam wątpliwości, że to był Nauczyciel.

- Nie pamiętam szczegółów, jakaś organizacja za to płaciła. – Zamyśliła się Zdzisia. – Nie przypomnę sobie nazwy. To było ponad trzydzieści lat temu, więc nikt nawet nie musi trzymać papierów. Kojarzę jedną osobę z tej organizacji. Taki przystojny mężczyzna, który dobierał dzieci na te wyjazdy. Sprawdzał naj-

pierw, które są odpowiednie: zdolne, ale bardzo zamknięte w sobie. Wpadał czasem na kawkę do biura... Elegancki, szarmancki. Ale nie przypomnę sobie.
– Upiła łyk herbaty.

– Bardzo mi zależy. – Patrzyłam na nią błagalnie.

– Wiesz, co zrobimy, kochanie? – Uśmiechnęła się do mnie i znów skojarzyła mi się z moją babcią. – Jak aż tak ci zależy, to ja sobie tu podzwonię po starych koleżankach z pracy i spróbuję to dla ciebie ustalić, ale te rozmowy potrwają, bo wiesz, jak to wygląda po tylu latach.

Domyślałam, że będą plotkować jak najęte.

– Dziękuję. – Wypiłam na hejnał herbatę, która była mocniejsza nawet od drinków robionych przez Cienia i pocałowałam ją w policzek. – Zadzwoni pani do mnie, jakby się udało?

– Oczywiście. – Włożyła na nos okulary i wyjęła notesik z telefonami. – Leć, jak coś ustalę, to dam znać.

Kiedy tylko weszłam na swoje piętro, zadzwonił mój telefon. Artur.

– W czym mogę pomóc, panie prokuratorze? – zapytałam, wchodząc do mieszkania.

– Jesteś w domu? – zapytał bez ceregieli.

– Tak, słuchaj mam...

– Ani słowa – przerwał mi. – Nie przez telefon – dodał znacząco.

Aha.

– Bądź w domu o dwudziestej. Spotykamy się wszyscy u ciebie. Powtórz.

– Normalny jesteś? – Nie mogłam się powstrzymać.

Milczał, więc uznałam, że sprawa rzeczywiście jest ważna i warto go posłuchać.

– Będę w domu o dwudziestej, wpadniecie do mnie. Dobrze zrozumiałam?

– Tak. Do zobaczenia, Mała.

KATOWICE-KOSZUTKA, 22 LUTEGO 2024 ROKU

ARTUR

Showtime – pomyślałem, wchodząc po schodach do mieszkania Anki.

Dowiedziałem się dziś rzeczy, które byłem pewien, okażą się przełomowe. Teraz trzeba tylko albo aż, doprowadzić to wszystko do szczęśliwego końca. A niewątpliwie czeka nas jeszcze kilka mniejszych lub większych trudności. Jeśli wszystko pójdzie dobrze, niebawem będę miał Nauczyciela w swoich łapach. A wtedy zabawię się z nim tak, jak on nauczył swoje dzieci – czyli będę powolutku wyrywał mu po kolei nóżki i skrzydełka. Nie byłem nawet do końca przekonany, że to wyłącznie metafora. Cóż za złamany chuj. Nacisnąłem klamkę drzwi do mieszkania Anki i odnotowałem, że są zamknięte. Popatrzyłem na zegarek: dziewiętnasta trzydzieści. Automatycznie sięgnąłem do kieszeni, wyjąłem z niej klucze i otworzyłem zamek.

Światło było zgaszone, paliła się tylko mała lampka do czytania w salonie. Usłyszałem zduszony głos Anki i przez sekundę autentycznie się przestraszyłem. Ale potem dotarło do mnie, że to nie był jęk bólu. Kurwa, nie chcę tego zobaczyć. Nie chcę! Jeśli to raz zobaczę, to ciężko będzie mi to odzobaczyć! I nigdy tego nie zapomnę.

Myślałem rozsądnie, ale co z tego, skoro nogi, pchane poczuciem obowiązku, same poniosły mnie do salonu.

Dokładnie tak jak się spodziewałem... Na MOJEJ kanapie, na której zwykłem spać, kiedy u niej nocowałem, leżała Anka w samej bieliźnie. Pięknym, czarnym koronkowym komplecie, w którym wyglądała tak, że umarlak stanąłby na baczność. I wcale nie miałem na myśli wstawania z trumny. Widziałem ją kiedyś nago i myślałem, że wtedy oszalałem, ale teraz była jeszcze atrakcyjniejsza. Była taka smukła, opalona na brąz i... nie mogłem nie użyć tego słowa: po prostu nagrzana. Wyginała się w taki sposób, że nie było wątpliwości, że już jest jej bardzo dobrze, albo za chwilę będzie. Długie czarne włosy miała w kompletnym nieładzie, tak jakby ktoś przed chwilą trzymał w nich rękę i porządnie nimi szarpał. Nie bez przyczyny byłem prokuratorem, łatwo łapałem związek między przyczyną a skutkiem. I wiedziałem, kiedy i po co najczęściej wplata się dziewczynie rękę we włosy i się nimi szarpie.

Kiedyś już wszedłem do tego mieszkania, wiedząc, że zastanę tu taki obrazek. Rozpracowywaliśmy Kruka. Wtedy się pomyliłem. Nie ruchali się. Na tej kanapie siedział Szczepan i był sam. Wtedy pomyślałem, że może trochę szkoda, zobaczyłbym to i miał z głowy ten cholerny „trójkąt". Teraz wiedziałem, jak bardzo się pomyliłem... Tego się po prostu nie dało znieść.

W końcu mój wzrok spoczął na Szczepanie. Bo oczywiście też tam był, choć mój mózg dotąd litościwie odcinał jego obraz. Ale przecież widziałem, musiałem przestać się oszukiwać. Klęczał między jej rozłożonymi nogami, jeszcze w bokserkach, z pierdoloną zadowoloną z siebie miną. Pochylał się nad nią i jedną ręką bawił się jej biustem, a drugą trzymał ją za brodę, tak by patrzyła mu w oczy.

Widać było, że i jedno i drugie robi mocno, czyli dokładnie tak jak – z tego, co słyszałem – Anka lubi. No to chciała i ma. Doskonale było widać, że to nie jest ich pierwszy raz. Było to totalnie pozbawione jakiejkolwiek nieśmiałości, było po prostu jasne, że nie mogą się doczekać, żeby pójść dalej. I z pewnością nie udawali tego, że nie umieją się od siebie oderwać. Szczepan pochylił się nad nią bardziej, podparł się obiema rękami obok jej głowy i ciałem wgniatając ją w kanapę – pocałował. Tak mocno, że aż brutalnie. A Aneczce oczywiście się to spodobało. Było widać.

Czułem, jak jeden po drugim wystrzeliwują mi korki. Pyk, pyk, pyk. Jeszcze gorzej niż zwykle, bo nie wybuchem, tylko z cichym, perfidnym swądem przepalenia. Zapierdolę go, zajebię, żywy stąd nie wyjdzie.

– Ekhm, ekhm – powiedziałem głośno.

Szczepan uniósł łeb i błyskawicznie ogarnął sytuację. Lewą ręką sięgnął po leżącą na oparciu MOJEJ kanapy koszulkę i podniósł się jednym ruchem, jednocześnie zasłaniając Ankę T-shirtem. Kurwa, on zakrywa ją przede mną. Ja chyba śnię.

– Się puka – powiedział, prostując się i stając naprzeciwko mnie.

Wytatuowany z lewej strony jego klaty napis: „Why so serious?" wydał mi się nagle szyderstwem. Oczywiście ze mnie.

– No właśnie widzę – cedziłem przez zęby. – Nie mogliście sobie darować, chociaż wiedzieliście, że przyjdę, co? Powiedzieć mi też nie łaska?

– A od kiedy mam ci się spowiadać? Poza tym, chyba już czas oddać te klucze, nie sądzisz? – Szczepan chyba nie ogarnął, że wcale nie trzeba mnie dalej prowokować. I jeszcze ta jego mina. Ona doprowadzała mnie do największej kurwicy. Bo mimo że gadał cwaniacko, w jego oczach dostrzegłem współczucie. Najwyraźniej było mu mnie żal, a to podziałało na mnie jeszcze gorzej. Kurwa, litościwy skurwiel.

– Artur... – zaczęła Anka, narzucając na siebie JEGO T-shirt.

– Zamknij się – warknąłem.

Teraz po Szczepanie było już widać wkurw. Popatrzył na mnie całkiem inaczej.

– Powiedz tak do niej jeszcze raz – rzucił z uśmiechem. To nie był miły uśmiech. Takim obdarowywał kogoś sekundę przed przenicowaniem mu twarzy na lewą stronę. A był w tym dobry. Nawet lepszy niż ja, bo dłużej szkolony. W tym momencie jednak, miałem na to dokumentnie wyjebane.

– To co? – Też się uśmiechnąłem. – Jeszcze, kurwa, na MOJEJ kanapie. – Popatrzyłem na Ankę i pokręciłem głową z zażenowaniem.

– A tak uściślając, to bardziej chodzi ci o kanapę czy o nią? – Szczepan uśmiechnął się perfidnie. – Bo od dwudziestu lat się, kurwa, zbierałeś, od trzech lat robiłeś mi pod górkę, a decyzji żadnej podjąć nie mogłeś. Więc teraz nie wiem, o co się pienisz? O to, że nie potrzebuję dwóch dekad, żeby zająć się taką laską?

Każde z tych zdań było prawdziwe i każde trafiało we mnie centralnie. Kurwica znów zabuzowała. Anka chyba to wyczuła, bo stanęła dokładnie między nami. Uniosła w górę ręce, jak zawsze, kiedy chciała mnie rozbroić. Zwykle działało, ale tym razem odniosło wręcz przeciwny skutek. Zobaczyłem ogromnego, fioletowego siniaka na jej nadgarstku. Było dokładnie widać, że powstał od wielkiej, męskiej łapy. I musiało niesamowicie boleć.

– Co ty masz na ręce? – powiedziałem powoli.

Czułem, że ze złości zdrętwiały mi wargi. Spojrzałem na Szczepana, szukając jakiegoś wytłumaczenia i znalazłem w jego oczach... poczucie winy. Kurwa, on naprawdę jej to zrobił. Błyskawicznie ruszyłem w jego stronę i uderzyłem. Uchylił się, więc ledwo go drasnąłem. Ale coś tam musiał poczuć. Ledwo odnotowałem, że kiedy się uchylał, to wyjebał szklany stolik, który rozpieprzył się z trzaskiem.

– Spierdalaj stąd, bo za chwilę ci oddam. – Patrzył na mnie poważnie i wiedziałem, że nie żartuje.

Co z tego, skoro miałem ochotę zrobić to jeszcze raz.

Anka znów wcisnęła się między nas.

– Artur... – Znów zaczęła.

– Co, Artur? – Nie powstrzymałem się. – Dajesz się lać panu komisarzowi? Co jest, kurwa, z tobą nie tak? Lubisz to? To było się skumać z innymi tego typu laskami i bawić się w Occulcie. A może to robiłaś...

Nie zdążyłem dokończyć, bo Szczepan ruszył. I byłem pewny, że teraz z zamiarem wyrządzenia mi konkretnej krzywdy. Zatrzymała go Anka. Uwiesiła się na nim tak, że musiałby jej zrobić coś złego, gdyby chciał mnie zaatakować. A dziś najwyraźniej nie miał ochoty.

- Artur, co ty robisz? – powiedziała Anka przez łzy. – Przecież o to chodzi Nauczycielowi. On chce nas skłócić.

- To się ucieszy, bo mu się udało. – Uśmiechnąłem się. – Nie chce mi się z wami gadać. – Wyszedłem, trzaskając drzwiami tak, że zdziwiłem się, że nie wypadły z zawiasów. Miała rację, Occulcie wreszcie udało się nas skłócić. Mam nadzieję, że ten chuj Nauczyciel jest zadowolony.

KATOWICE-KOSZUTKA, 23 LUTEGO 2024 ROKU

ANKA

Od wczorajszej awantury nie minęło nawet dwadzieścia cztery godziny, a ja nadal nie umiałam sobie znaleźć miejsca. Nie widziałam się ani z jednym, ani z drugim. Żaden z nich też nie zaproponował, że do mnie wpadnie. Nie wiedziałam, czy uznać to za zły znak, czy wręcz przeciwnie.

Padło wczoraj wiele takich słów, które naprawdę trudno mi będzie zapomnieć. Mimo wszystkich okoliczności, których przecież byłam świadoma i które doskonale rozumiałam. Ale słowa mają niestety tę magiczną moc, że raz wypowiedziane, zostają już w atmosferze. Nabierają ciała i nie można już udawać, że nie padły i ich nie ma. Bałam się, czy to przetrwamy. Bałam się Nauczyciela, ale bardziej bałam się, czy ja, Szczepan i Artur będziemy po tym normalnie funkcjonować. I czy będziemy chcieli...

Z zamyślenia wyrwał mnie dźwięk dzwonka do drzwi. Może to Nauczyciel, zabije mnie i będę miała wszystkie problemy naraz z głowy – pomyślałam adekwatnie do swojego wisielczego humoru.

Otworzyłam drzwi. To nie był Nauczyciel.

– Artur zniknął. – Szczepan popatrzył na mnie bardzo poważnie.

CHORZÓW-BATORY 23 LUTEGO 2024 ROKU

Nauczyciel obserwował z naukową ciekawością, jak Cieniowski się budzi. Spojrzał na zegarek – dokładnie w tym momencie, w którym powinno to nastąpić.

Zgarnięcie go nie okazało się trudne. Prokuratorzy zwykle czują się zbyt pewnie...

Nauczyciel wysłał do tego zadania najlepszych najemników. Lubił wysługiwać się innymi, był zbyt ważny, by samemu ryzykować cokolwiek. Tylko on mógł zapewnić przetrwanie pewnych idei. Należało więc chronić GO ze wszystkich sił. Od wielu lat konsekwentnie realizował politykę bycia szarą eminencją. Dlatego miał wielu pomocników, choć jedni zwykle nie wiedzieli nic o drugich. Wyjątkiem były jego „Trójkąty", ale to nie najemnicy – to rodzina. Najsilniejsza, bo zawiązana nie krwią, tylko nierozerwalnym węzłem Occulty...

Wynajęci sprawdzeni zleceniobiorcy z Czeczenii po prostu wciągnęli Cieniowskiego do busa na ulicy przed jego blokiem i zanim zaczął się rzucać, zrobili mu odpowiedni zastrzyk. Już nie było ich w kraju – wrócili do ojczyzny, więc nie ma opcji, żeby ktoś ich złapał, a co dopiero przesłuchał. A nawet gdyby... Nie wiedzieli, kogo porywają, ani tym bardziej po co. Nie mieli też styczności z Nauczycielem, tylko z kolejnym pomagierem. Dobrze, że zgromadził tylu wiernych ludzi... Damian, który dla sprawy, bez cienia wątpliwości oddał życie. Teraz Wojtek, który realizował ostatni akt tego przedstawienia bez mrugnięcia okiem.

Nauczyciel uwielbiał leki... Potrafiły wszystkich nagiąć do jego woli, kształtować ich działania lub... ich uległość. Uwielbiał, kiedy inne istoty zachowywały się tak, jak życzył sobie tego on – istota najdoskonalsza. Ale Cieniowski nie dostał żadnych ogłupiaczy, oprócz tych, które pozwoliły go tu bezpiecznie przywieźć, a które już przestały wpływać na jego zachowanie. Nauczyciel potrzebował, by procesy myślowe Artura nie były zaburzone. Musiał świadomie podjąć decyzję i rozumieć jej skutki. Nauczyciel był tym, który decydował o przebiegu lekcji – mogli się tylko dostosować albo... przyjąć karę. Dał mu chwilę, by ogarnął sytuację, a w zasadzie ogrom jej beznadziei.

Patrzył z chorobliwą ciekawością, jak Artur podnosi dotąd zwieszoną nieprzytomnie głowę i mruga niepewnie. A potem jak orientuje się, że jego ręce przytwierdzone są do wystającego z sufitu haka. Cieniowski zaklął i zaczął się bezsilnie miotać. Piękny widok.

– Powinieneś oszczędzać siły – rzucił, nadal pozostając w półmroku.

Nie zwrócił na niego specjalnej uwagi. Był zajęty obserwowaniem scenografii. Nauczyciel uśmiechnął się z satysfakcją. Była świetna, nie miał co do tego wątpliwości. Aż mlasnął, wyrażając uznanie dla pracy swych pomocników. Widział, jak wzrok Artura ślizga się po podłodze. Cieniowski stał na jednym z wierzchołków ogromnego, umieszczonego na podłodze trójkąta. Trójkąt był wyryty w betonie, dopiero później pomalowany na biało. To pozwalało na nalanie do niego benzyny i w odpowiednim momencie jej podpalenia tworząc fascynujące widowisko... Dwa pozostałe wierzchołki również były zaznaczone, a z sufitu, na odpowiedniej wysokości, wisiały haki. Po jego wściekłym wzroku Nauczyciel poznał od razu, że nie miał cienia wątpliwości, dla kogo były przygotowane... Wystarczyła benzyna i zapalniczka, żeby ten trójkąt zapłonął. I powolutku uwędził wszystkich na jego drodze.

– Poznajesz miejsce? – zapytał.

Chciał odwrócić jego uwagę. Skupić ją na sobie. Teraz mu się objawi. To dobry moment.

Artur rozejrzał się po ścianach.

– Prosektorium starego szpitala. – Trafił bez pudła.

– Tu się poznaliśmy – oznajmił Nauczyciel, wychodząc z półmroku.

– Wrona, ty stary, popierdolony chuju... – Artur pokręcił głową z niedowierzaniem. – Tobie się już przecież trumną beka. Nie wierzę, że ci się chce.

Rozumiał fascynację Soni tym chłopakiem. Ale w pełni pojął ją dopiero, kiedy zaczął przygotowania do zemsty.

Kiedy ich obserwował i poznawał. Dlatego nie obraził się za wyzwiska. Doktor Wrona doskonale wiedział, że chłopak najpierw musi zrozumieć. Dopiero potem będzie mógł docenić.

— Słuchaj mnie uważnie, bo mam dla ciebie interesującą opowieść. — Podszedł nieco bliżej. — A potem, kto wie? Może wybór?

Cieniowski chyba zdawał sobie sprawę z tego, w jak żałosnym jest położeniu, bo chwilowo przestał pyskować. Wpatrywał się nienawistnym wzrokiem w twarz Nauczyciela, a potem powoli skinął głową.

Nareszcie! Nadszedł jego czas na wygłoszenie wykładu. Takiego, który może zmienić wszystko... Otworzyć oczy, rozszerzyć horyzonty.

— Trójkąt. — Wskazał ręką na podłogę. — Ta figura od wieków fascynowała ludzi. Mnie również. Zbierałem z każdej epoki te znaczenia, które mi odpowiadały. W starożytności był na przykład symbolem doskonałości i światła! To światło i doskonałość pokazał ci Damian, ponosząc ofiarę w twoim gabinecie.

— Jesteś prawdziwą królową dramy. — Cieniowski patrzył na niego z obrzydzeniem. — Nie wywietrzę tego gabinetu przez pięć lat!

Najwyższy czas na pierwsze upomnienie. Nauczyciel wyjął z kieszeni indiańską broń. Następnie dmuchnął w rurkę i patrzył z rozbawieniem, jak strzałka trafia w klatkę piersiową Artura. Trudno było błędnie zinterpretować przerażenie w jego oczach. Najwyraźniej pamiętał, jakie skutki wywoływała ta zabawka w rękach Kruka. Pozwolił mu się chwilę pomęczyć tą myślą.

– Pierwsza strzałka była bez kurary, co do następnej nie mogę tego obiecać. – Uśmiechnął się do Artura. – Rozumiesz?

Mimo iż z wściekłości miał zaciśnięte szczęki, chyba zrozumiał swoje położenie, bo powoli pokiwał głową.

– Świetnie – ucieszył się Nauczyciel. – Na czym to ja skończyłem? Ach, tak. Znaczenia. W chrześcijaństwie trójkąt oznacza świętą Trójcę, w judaizmie doskonałość, masoni uważali, że każdy bok to odpowiednio: światło, czas i ciemność. Triangulum to moja ulubiona figura. Jakieś trzydzieści lat temu, gdy byłem w twoim wieku, poznałem innego fascynata liczb, figur i orgii. Domyślasz się kogo?

– Marka Azora, „Stróża". – Znów celny strzał.

– Dokładnie. – Nauczyciel uśmiechnął się z aprobatą. – Wydawał mi się wtedy przyjacielem, ostatecznie okazał się uwstecznionym debilem z wąskimi perspektywami, ale do tego dojdziemy. – Nauczyciel machnął ręką. – Razem obmyśliliśmy idealny system będący wprowadzeniem do późniejszych orgii. Nazwaliśmy go właśnie „Triangulum". Tworzyły go trzy bezgranicznie oddane sobie osoby. Wiesz, w jakiej konfiguracji?

– Jedna kobieta, dwóch mężczyzn – powiedział bez wahania.

Nauczyciel poczuł coś na kształt dumy.

– Dokładnie tak. – Zamyślił się.

Boże, ile on by dał za to, by wrócić do dawnych lat! Ten przeklęty dwa tysiące dziesiąty rok zmienił wszystko! To wtedy rozpadło się jego stadko. A w konsekwencji tego rozłamu umarło również większość Trójkątów oraz stowarzyszenie Occulta, które założył ze Stróżem. Stracił wszystko w jednym momencie, niczym biblijny Hiob. Ale, w przeciwieństwie do Hioba, to nie była wina Nauczyciela. Nie czuł się winny. Nie był do tego zdolny. To świat nie rozumiał jego. Świat był za głupi na tak wybitną jednostkę.

– Wszystko funkcjonowało bardzo dobrze. – Wrócił do snucia opowieści. – Miałem swoje trójkąty, Stróż miał swoje. Potem, aby zapewnić sobie nieco rozrywki, stworzyliśmy Occultę, do której zapraszaliśmy też osoby spoza naszego grona, ale ja zawsze wiedziałem, że to nie dość... Że to jeszcze nie jest doskonałość. – Nauczyciel popatrzył na Cieniowskiego, licząc, że na jego twarzy znajdzie zrozumienie.

Zrozumienie pogna za doskonałością. Pomylił się jednak, nie znalazł niczego za wyjątkiem obrzydzenia. To mu się nie spodobało. Podszedł do stolika na narzędzia sekcyjne, wziął z niego kanister z benzyną, podszedł do Cieniowskiego i powoli zaczął wlewać ciecz do rynienki trójkąta...

– Proszę, żebyś kontynuował – powiedział spokojnie Artur.

No! Chyba nareszcie zrozumiał, na jakich zasadach będą rozmawiać. Nauczyciel odłożył kanister.

– W wyniku tych rozmyślań wpadłem na pomysł. Oblitus trianguli. Wiesz, co to znaczy?

– Zapomniany trójkąt – powiedział cicho Cieniowski.

– Dokładnie! Idealny trójkąt, bo stworzony nie z osób równych tobie wiekiem i umiejętnościami, tylko z adeptami tak młodymi, których jeszcze dowolnie możesz ukształtować. Nie tylko w łóżku. – Nauczyciel machnął obojętnie ręką. – Tu wszystkich możesz przy pomocy odpowiednich środków i technik wyszkolić tak, by byli bezwzględnie posłuszni. Ja chciałem więcej. Chciałem, by żyli moimi zasadami, żeby byli użyteczni, bym mógł korzystać nie tylko z ich ciał, ale również z ich bezwzględnej lojalności i posłuszeństwa w interesach, polityce, zemście.

– Idealna i doskonale poddana maszynka do ruchania i zabijania – skwitował Artur.

– Dokładnie tak. – Ucieszył się Nauczyciel. – Gdybyś zobaczył mój młody trójkąt. Moje oblitus...

– Jak młody? – zapytał Cieniowski.

– Kiedy zacząłem szkolenie, mieli po dwanaście lat... – Nauczyciel znów pogrążył się we wspomnieniach. – Byli cudowni.

Zemsta, to najlepszy motywator. Powtarzał swoim uczniom, gdy szkolił ich na najlepszych seryjnych morderców w tym cholernym kraju. Miał ku temu jak najlepsze kompetencje: wiedzę, narzędzia, ogrom chęci i... najlepszego przyjaciela, będącego prokuratorem. Stróż nawet nie zdawał sobie sprawy, jak wiele interesujących trików i historii prokuratorskich zdradził Nauczycielowi w czasie ich pijackich spotkań. Cudownie nieświadomy, boleśnie naiwny... A Nauczyciel zapamiętywał wszystko. I przekazywał wiedzę dalej. Także swoją – jednego z najlepszych koronerów w tym kraju. Uczył dzieciaki jak zabić, jak ukryć ciało, jak mylić tropy i tworzyć fałszywe dowody... I kogo wybrać na ofiarę, żeby satysfakcja była najpełniejsza. By zemsta smakowała. A młodzi zdecydowanie mieli się za co mścić...

– Rozumiem, że twój Trójkąt był ci wierny i oddany. – Artur mówił już całkiem innym tonem, Nauczyciel był pewien, że pełnym nabożnej czci. – Ale jak, na Boga, wpływaliście na innych? Na Grzywińskiego, żeby odsiedział za Sonię dożywocie i nawet nie pisnął? Na Damiana, żeby się podpalił w moim gabinecie?

– Cieszę się, że pytasz. – Nauczyciel rozpromienił się w uśmiechu. – To jedna z najważniejszych umiejętności. Podporządkowanie. Pranie mózgu. Stosujesz kilka metod równocześnie, przez dłuższy czas. Mieszanka dobrze dobranych narkotyków i długiego szkolenia. Bicie, tortury, wykorzystywanie seksualne i upodlenie, znęcanie psychiczne. Potem tego się już nie da naprawić.

– Jak laski po długoletnim pobycie przymusowym w wyspecjalizowanych burdelach – powiedział Cieniowski. – Nigdy już nie da się im pomóc. Zniszczona psycha.

Nauczyciel ochoczo pokiwał głową.

– Jeśli się zdecydujesz, to cię tego nauczę. Nie ma siły. Kiedy już są złamani, to zrobią, co każesz.

– Ale czy naprawdę twoje „zapomniane trójkąty" okazały się przydatne? – dopytał z wahaniem Artur.

Nauczyciel uśmiechnął się z wyższością.

– Anioł i Kruk, moje pierwsze dzieło. Pierwsze triangulum, które miało być oblitus.

Artur pokiwał głową na znak, że się domyślił.

– Czy przydatni? – *Nauczyciel się rozpromienił.* – Oprócz osób, które sami zabijali, zabili dla mnie jakieś piętnaście osób!

Widział, jak Arturowi zabłysły oczy. Ooo. Docenił. Nareszcie!

– Nie wierzę, kogo na przykład? – zapytał z powątpiewaniem.

To już jego ostatnie wątpliwości! Ma go! Nauczyciel był tego pewien.

– Na przykład ostatnią ofiarę Anioła Śmierci z dwa tysiące dziesiątego roku. To był facet, od którego kupiłem dom i nie uregulowałem kwoty. Wiedziałem, że Sonia wystawi Grzywińskiego i że nie będziecie dalej szukać. A przynajmniej twój patron nie będzie... Poza tym, w dwa tysiące siedemnastym Kruk wykończył moją żonę, kiedy zaczęła coś podejrzewać. Wyjechała do USA na operację i tam zaginęła. Do dziś leży w ogródku domu, który wynajmował.

Wymienił pierwszych, którzy przyszli mu do głowy. Ale mógłby tak długo...

– Jestem pod wrażeniem – stwierdził krótko Cieniowski.

Nauczyciel uśmiechnął się szeroko.

– Wiedziałem, że będziesz.

– Nie rozumiem jednak, dlaczego tak doskonały układ przestał działać? – zapytał Artur.

O tym nie chciał myśleć. Wymazał to z pamięci, wygumkował. Na szczęście Sonia wróciła. Nie rozmawiał z nią, ale przecież skoro znów zaczęła zabijać, to musiała zrozumieć swój błąd! Dlatego wysłał za nią Kruka! Dlatego teraz, po tylu latach, wrócił do swojej misji. Kiedy Sonia znów zaczęła zabijać, wiedział, że dała mu znak: „Wracam, Nauczycielu!".

— Sonia wtedy sporo namieszała... Najzdolniejsza, najbardziej przystosowana społecznie, najniebezpieczniejszy drapieżnik z mojej trzódki. — Nauczyciel pokiwał ze smutkiem głową. — Niepotrzebnie szukała zbyt głęboko... Wtedy kiedy nie była gotowa na poznanie prawdy! Gdyby była, to... zrozumiałaby mnie! Tak jak Ty!

I pewnie, gdyby nie to, to kilkanaście lat później nie zwariowałaby. Uważał, że jej szaleństwo to następstwo odkrycia kart zbyt wcześnie. Tych, które jeszcze nie były przeznaczone dla jej oczu! Nauczyciel kochał ją, chyba najbardziej ze wszystkich, ale to ona zaczęła dzieło zniszczenia w dwa tysiące dziesiątym roku. Kto wie? Może po to, by teraz zyskać doskonalszy trójkąt.

— Czego ode mnie oczekujesz? — Artur spojrzał na niego z uwagą. Tak, jakby czytał mu w myślach.

— Macie potencjał. Cała trójka. Ty, Zalewski i Sawicka. Macie dodatkowy element Trójkąta, którego nie wyuczyłem swoich dzieci, emocje. To tylko dzięki emocjom z nimi wygraliście. — Nauczyciel uznał swój błąd. — Chcę się na was zemścić i was zabić. Ale jeszcze bardziej chcę przekazać wam dzieło. A przekazać mogę je tylko tobie, musisz być

pierwszym wierzchołkiem tego trójkąta. Musisz namówić ich, a kiedyś, kiedy nabierzesz już doświadczenia w triangulum, musisz stworzyć swój oblitus. Jeszcze doskonalszy niż mój, bo wypełniony też emocjami. Macie wszelkie narzędzia, tego talentu nie można zmarnować! Albo cię wykończę, albo przekażę dzieło! Jaka jest twoja odpowiedź?
– zapytał Nauczyciel tylko dla formalności.

Był pewien, że go ma. Absolutnie pewien!

– Pierdol się, ty zwyrodniały, chory pojebie. – Artur uśmiechnął się szeroko.

Nauczyciel czuł, jak zalewa go fala rozczarowania. A jednak nie. Przecenił tego idiotę. Czuł, jak robi się czerwony, a serce rozpoczyna szybszy bieg. Skoro nie przekaże dzieła, to rozpocznie inny proces. Bolesnej i okrutnej zemsty. Podzielonej na długie etapy i starannie zaplanowanej. Płonący trójkąt to będzie jej ostatni akord.

– Tak? Dobrze zatem. – Nauczyciel uśmiechnął się zimno. – No to słuchaj. Dziś wieczorem będziesz miał towarzystwo. Idę na charytatywną kolację z Anną Sawicką. Wiem, jak ją stamtąd zawinę, wiem też, w jaki sposób dołączy Szczepan. Mam to doskonale opracowane. A tak przy okazji, już wiesz, że ze sobą sypiają, prawda? Trzeba było od razu dołączyć, zamiast robić awanturę! Ale wybrałeś inaczej... Duży błąd. Ja wprawdzie już wiem, i to od kilkunastu lat, że nie lubię dorosłych kobiet, nie dotknę jej nawet palcem... ale skoro jesteś taki zazdrosny, to...

– Nie bój się przyznać, że ci już nie staje. – Uśmiechnął się Artur złośliwie. – Zdarza się.

Nauczyciel nie dał się wyprowadzić z równowagi.

– ...To załatwię kilku najemników, żeby ją troszkę pomęczyli na waszych oczach. Za mojego Kruka. Ależ ja się będę dobrze bawił!

– Dobra, dość mam tego twojego pierdolenia. Wiesz, co jest straszne? Skończyłeś się. Nie wiedziałeś, kiedy ze sceny zejść niepokonanym. Twoje dzieci cię przerastały o głowę, a ty jesteś dla mnie rozczarowaniem. Spodziewałem się po tobie o wiele, wiele więcej. A tu? Smutny dziadek, bez polotu, którego rozpykaliśmy w TRZY dni. Symbolicznie. I to dzięki Soni. Zajebista niespodzianka – stwierdził spokojnie Artur.

– Zwariowałeś jak Sonia? – zapytał z ciekawością Nauczyciel. – Zapomniałeś, gdzie jesteś? I co tu robisz? – Wskazał na jego ręce przyczepione do haka.

– Co ja tu robię? – Cieniowski uniósł wysoko brwi. – Ja tu tylko zbieram dowody i właśnie uznałem, że już mi ich wystarczy. Panowie „Czarni" słyszeli?

Nauczyciel znieruchomiał. O czym on, do kurwy nędzy, mówi?

Właśnie w tym momencie zobaczył czerwony blask laserowych celowników długiej broni... Skierowany w niego... Z kilku miejsc, przez wysoko położone, umiejscowione pod sufitem okna.

– Tylko się rusz, a cię zajebią. Słyszą nas. – Artur nadal mówił stonowanym głosem. – Osobiście na to liczę. Myślę jednak, że jesteś zbyt wielkim tchórzem. Małym, wrednym, starym skurwysynem, który dalej, chuj wie, po co, ale chce żyć.

W tym momencie do pomieszczenia weszła druga grupa antyterrorystów, a wśród nich, po cywilu, za to w kamizelce kuloodpornej z napisem CBŚP – komisarz Szczepan Zalewski.

– Nauczycielu, chyba czas na emeryturę. Tracisz się – oznajmił Wronie ze złośliwym uśmieszkiem. – Zabójstwo się nie przedawnia, dzięki, że się przyznałeś, bo jeszcze wczoraj chuja na ciebie mieliśmy.

Nauczyciel ruszał ustami jak ryba wyjęta z wody, przenosząc wzrok między jednym a drugim. W końcu, z wyrazem rozczarowania na twarzy, zerknął w oczy Cieniowskiego.

Artur uśmiechnął się diabolicznie.

– „Sam żeś to zaczął, ale nie wiem, po co, bo twoja śmieszna poprzeczka jest pod moją nogą"*.

---

* *Kiedy powiem na osiedlu...*, Płomień 81.

KATOWICE-ŚRÓDMIEŚCIE, 22 LUTEGO 2024 ROKU

ARTUR

Dzień wcześniej

– Najlepsze kasztany są na placu Pigalle – rzucił Szczepan, wsiadając do mojego auta. – Możesz mi wytłumaczyć, co to za konspiracja, drogi Klossie? Nie, żebym się nie jarał, nigdy nie zrobię się za stary na takie zabawy. Po prostu ciekawość mnie żera. Co innego gadasz przez telefon, co innego piszesz. Przez chwilę myślałem, że ci odwaliło. – Zrobił ręką charakterystyczny ruch obok głowy, sugerujący, że mam w niej wszystko poukładane nie tak jak należy.

Oczywiście, że mam nie po kolei w głowie. Pewnie dlatego wszyscy nadal żyjemy.

– Uważa, że nie możemy bezpiecznie rozmawiać w domu... i chyba ma trochę racji – odezwała się siedząca na tylnym siedzeniu Anka.

– A w aucie możemy? – Najwyraźniej zrozumiał, że nie robiłbym dramy bez powodu i sprawdzał, czy wszechstronnie zadbałem o bezpieczeństwo.

– Tak. – Kiwnąłem głową. – Byłem u tego fachury od samochodów, który pomagał nam ostatnio w sprawie. Mercedes nie ma ani GPS-u, ani „ucha". Wasze auta sprawdzimy po wszystkim…

– Jakim cudem ktoś miałby zamontować coś u mnie w domu? – zainteresował się od razu Szczepan. – Nie wpuszczam tam nikogo, oprócz was.

Popatrzyłem na niego z powątpiewaniem.

– No i koleżanek… – Nie powstrzymałem się.

– To już dawno nieaktualne, od wczoraj – rzucił swoim starym hasełkiem.

Mam nadzieję, że to tylko moja zjebana wyobraźnia podpowiada mi, że tym razem miało to o wiele bardziej dosłowne znaczenie, niż zwykle. Zerknąłem w lusterko i popatrzyłem na rozanieloną twarz Anki. Najwyraźniej się nie myliłem. NIE TERAZ. Teraz nie będę o tym myślał.

Podałem Szczepanowi wydruki z konta bankowego Damiana. Na nich, żółtym zakreślaczem, były oznaczone interesujące mnie transakcje.

– Przelewy od naszej cudownej fundacji, całkiem konkretne. – Powoli przerzucał strony. – Transakcja zakupu projektora. I nowoczesne, ultraczułe podsłuchy…

– Trzy sztuki – podkreśliła Anka. – Przypadek? Nie sądzę.

– Ja też nie. – Pokiwał głową. – Ale czemu akurat w domu?

– Bo z domu rozmawiałam z Martą z fundacji. A Nauczyciel znał nie tylko treść tej rozmowy, ale też jej czas – uzupełniła Anka. – Poza tym takie czasy, że łatwiej komuś coś wrzucić na chatę, niż na telefon, którego nikt z oka nie spuszcza.

– Nie wiem, czy ci, którzy zawarli bliską znajomość z Pegasusem, zgodziliby się z tobą. – Nie darowałem sobie. – Ale fakt faktem, że Damian, gdy pracował jako mój asystent, woził papiery i do ciebie. – Wskazałem ręką na Ankę. – I do ciebie. – Kiwnąłem Szczepanowi. – Nie jestem pewien, czy mam rację. Strzelam. Ale to jedyne, co przychodzi mi do głowy.

– Sprawdzimy zatem te teczki, przekonamy się i szybko zlikwidujemy. – Szczepan najwidoczniej zgodził się z moimi przypuszczeniami.

– Rozumiem, że PALISZ się do roboty. – Uśmiechnąłem się szeroko. – Z pewnością sprawdzimy, z pewnością się przekonamy, ale wcale nie zlikwidujemy.

Zobaczyłem błysk w jego oku.

– Chcesz go podpuścić? – zapytał.

– Oczywiście, że tak. Gówno na niego mam. Trzeba rozegrać go punkt po punkcie. Tym podsłuchem sam mi podpowiedział jak. – Rozłożyłem ręce.

Szczepan zastanowił się na chwilę. Wiedziałem, że ta akcja była kozacka, ale nie miałem pomysłu na żadną inną. Nie miałem czego zarzucić Nauczycielowi. Po prostu.

– Poza tym – kontynuowałem temat – kłócimy się zwykle w czyimś domu. A on jest na to wyjątkowo wyczulony. Wtedy atakuje. Czegoś się nauczył na przykładzie Kruka i Anioła... Wie, że jedyny sposób, by nas podejść, to rozwalić nam sztamę.

Ta teoria wyjątkowo do mnie przemawiała. Sonia i Kruk popełnili ten błąd. Wydawało im się, że potrafią nas skłócić, fabrykując przeciwko nam dowody. Nigdy im się nie udało, możliwe, że Nauczyciel to zauważył i postanowił po prostu poczekać, aż sami wykonamy tę robotę. Nie musiał czekać długo.

– A skąd wyciągnąłeś tak daleko idące wnioski? – Szczepan brzmiał sceptycznie.

– To nie on, to ja – wtrąciła się Anka. – Ja tu jestem specjalistką od emocji, bo wy to wiadomo. Zimne skur... dranie znaczy się. – Uśmiechnęła się szeroko. – Od początku tej sprawy nie dawało mi spokoju, dlaczego zaczął działać zaraz po moim powrocie... Jeśli miałam podsłuch w domu...

– A miałaś. – Pokazałem Szczepanowi palcem datę transakcji zakupu. Październik. Kilka dni po śmierci Kruka.

– To nabiera to sensu. Wiedział, że jesteśmy skłóceni. Wszyscy. – Nie powiedziała nic więcej. Nie musiała, zdawałem sobie sprawę od samego początku, że nie wyjechała nagle do Meksyku tylko po to, żeby się najebać tequilą na słoneczku.

– Tu mi jeszcze parę rzeczy musicie wyjaśnić – stwierdziłem spokojnie. – Ale istnieje ewentualność granicząca z pewnością, że się wkurwię, dlatego zostawmy to sobie na potem.

Ich miny wskazywały, że nie bardzo się rwą do tej rozmowy.

– Szczepan, my chyba wiemy, kto to jest. – Anka szybko zmieniła temat.

– Aaa i dopiero teraz mi o tym mówisz? – Szczepan błyskawicznie odwrócił się w jej stronę.

No cóż, było się szybciej zebrać. Anka zjawiła się w moim aucie o czasie, czyli pół godziny przed nim. Dlatego zdążyliśmy już wszystko obgadać.

– Nic nie wiemy, nic nie mamy – uspokoiłem go. – To tylko jej PRZECZUCIE.

– Kto? – Zaczynał zgrzytać zębami.

– Wrona – rzuciła Anka. – Rozmawiałam z Bożenką. Facet, który wykupił kolację charytatywną z P.S., ma na imię Grzegorz.

Szczepan uniósł wysoko brwi.

– Kotku... – Chyba chciał być delikatny. – Takie imię nosi ze czterysta tysięcy facetów w tym kraju.

– Słuchaj dalej. Sąsiadka dzwoniła mi przed chwilą, że facet, który wybierał dzieciaki do „Uroczyska Tajemnic", też miał tak na imię. To ile tych Grzegorzów?

– A ile Anek w twoim roczniku? – zauważyłem przytomnie. – Poza tym, Wrona jest w sanatorium. – Też byłem, delikatnie mówiąc, nieprzekonany. – Natomiast interesujące jest to. – Pokazałem mu przelew na wydruku. Był na rzecz allegro i opiewał na sześć tysięcy osiemset złotych.

– To kwota, za którą zeszła kolacja ze mną, aukcja była na allegro. – Anka była wyraźnie podniecona. – Mówię wam, że to on. I będzie miał alibi, skoro niby jest w sanatorium. A taka kolacja to wymarzona okazja, żeby dokonać porwania. Zakaz telefonów komórkowych. Poszanowanie prywatności.

– No faktycznie. Żal nie wziąć – wyzłośliwiłem się. – Ale dziś wyjątkowo zgadzam się z twoim ojcem, który kiedyś mi powiedział, że nigdy się nie martwił, że ktoś cię porwie. Bo z twoją niewyparzoną buzią, porywacz najpóźniej za tydzień by cię oddał i jeszcze dorzucił flaszkę, żeby tylko przyjąć cię z powrotem. A on by to przemyślał i głęboko się zastanowił, czy warto.

Szczepan się zaśmiał. Anka też uśmiechnęła się szeroko.

– Tata tak samo jak i wy, bardzo mnie kocha. Tylko TEŻ ma ten malutki problem z wyrażaniem uczuć. Gdyby NAPRAWDĘ ktoś mnie porwał, to prędzej by świat podpalił, niż odpuścił. – Nie pojawił się w jej głosie cień wątpliwości. – Ja to wiem, ty to wiesz, on to wie... Ale lubię w to z wami grać i nie komentować tych waszych rozmów, gdyż mam świadomość, że pomagają wam sobie radzić z moim legendarnym niewyparzonym pyszczkiem.

Puściłem do niej oko. Trudno było dyskutować z oczywistymi prawdami.

Zaraz, zaraz. Co ona powiedziała? „Tak samo jak i WY, bardzo mnie kocha"? „Wy", czyli kto? Ja i Szczepan? Wdech. Wydech.

Spojrzałem na Zalewskiego. Miał nieprzeniknioną twarz.

– Skąd niby Wrona wie, że ty to ty? – zapytał.

Pytanie, które większości osób na świecie, a więc tym, którzy nie przebywali na co dzień z wariatką piszącą pod pseudonimem, wydawało się nielogiczne. Nam ani trochę.

– Bo ma podsłuch u mnie w domu? – Anka przemówiła, jakby rozmawiała z półgłówkiem.

Nadal nie wyglądał na przekonanego.

– Pójdę na tę kolację, a wy mnie zabezpieczycie i po prostu go zwiniecie, kiedy będzie chciał mnie porwać – przedstawiła z entuzjazmem swój plan.

Spojrzeliśmy na siebie ze Szczepanem, a potem synchronicznie ryknęliśmy śmiechem.

– Pewnie, kotku! – wydukał Szczepan, nadal się śmiejąc. – A musimy cię zabezpieczać? Może w ogóle cię wystawimy, a ty sama załatwisz Nauczyciela, a potem nam po prostu opowiesz, jak było? My sobie pójdziemy na siłownię w tym czasie. Łapy się same nie zrobią. A potem na browarka.

– O to, to! – Spojrzałem w lusterko. Widziałem jej niewesołą minę. Najwyraźniej zrozumiała, że pierdolnęła bzdurę. – Właśnie dlatego chcę go podpuścić, żeby tym razem mieć to pod kontrolą. – Spoważniałem. – Dwa razy nam się udało, ale trzeciej próby nie przewiduję. Przyrzekam ci, że tym razem nie znajdziesz się nawet w pobliżu akcji. Będę ja, Szczepan i trzy oddziały AT, czyli tak jak zawsze powinno to wyglądać.

– Amen – przyznał mi rację Szczepan.

Anka patrzyła na nas buntowniczo, ale chyba zrozumiała, że kwestia jest niedyskutowalna.

– W każdym razie... – przeszedłem do konkretów – teoria, że to Wrona jest Nauczycielem, sprzyja temu, co zamierzam właśnie zrobić. Wiem, gdzie jest Darek Kowalski, jedźmy z nim pogadać.

– Jak go namierzyłeś? – Szczepan popatrzył na mnie uważnie.

– Jego żona mi powiedziała. – Wyszczerzyłem zęby w uśmiechu. – Potwierdziła mi też, że lata temu podejrzewała go o romans z Sonią. Kocioł najwyraźniej nie kłamał.

Szczepan wybuchnął śmiechem.

– Czyli to była jednak prawda... – Pokręcił z niedowierzaniem głową. – To, co opowiadali o tobie i o Kowalskiej czternaście lat temu.

– Genu kurwiarza nie wydłubiesz – usłyszałem z tylnego siedzenia.

Najwyraźniej Anka słusznie odgadła, co opowiadali.

RYBNIK-STODOŁY, 22 LUTEGO 2024 ROKU

SZCZEPAN

– Biorą? – zapytałem z ciekawością, kiedy stanęliśmy za siedzącym na składanym krzesełku Kowalskim. Gapił się na widoczne na tafli wody spławiki, tak jak ja patrzyłem się na kobiecy biust. To musiała być pasja.

Wędkował dokładnie w tym miejscu, które wskazała jego małżonka. Jednak czterdzieści lat razem piechotą nie chodzi.

– Bierze to mnie cholera – odpowiedział, nie odwracając się nawet.

Anka miała rację, rzeczywiście był przyjemniaczkiem. Ciekawe, czy coś miało na to wpływ, czy po prostu zrobił się zgryźliwy na starość?

– Dopiero pana weźmie – obiecał mu Artur. – Za chwilkę.

Kowalski odwrócił się i popatrzył na Artura ze zdziwieniem.

– Co ty tu robisz?

– Nie oddzwonił pan. Martwiłem się. – Artur nadal przemawiał z pełnym szacunkiem.

Byłem ciekaw, ile wytrzyma w tym szlachetnym postanowieniu. Wiedziałem, że kiedy Kowalski przegnie, to Artur szybko przejdzie z nim „na ty". A konkretnie na „ty chuju".

– Dajcie mi spokój. – Dariusz chyba nawet nie zamierzał udawać, że ta wizyta jest kurtuazyjna.

To akurat dobrze, bo podjęliśmy z Arturem decyzję, że należy zagrać z nim w otwarte karty. Z pozostałymi mizialiśmy się łagodnie i gówno osiągnęliśmy. Ale też pozostali byli twardzielami i kiedyś znali się na swojej pracy. O Dariuszu zaś można było powiedzieć wszystko, oprócz dwóch wyżej wymienionych rzeczy. Był najsłabszym ogniwem tego łańcuszka i musieliśmy to wykorzystać.

– Damy. Proszę mi wierzyć, mamy co robić – zapewniłem go spokojnie. – Tylko nam pan opowie o swoim romansie z Sonią Wiktorowską i już nas nie ma.

– Nie wiem, o czym mówicie – stwierdził tonem, który wskazywał, że doskonale wie, o czym. Było odbierać telefon i się z nami bawić jak pozostali, a nie podkładać się od razu, to może byśmy uwierzyli. Chociaż szczerze wątpię.

– Naprawdę nie mamy czasu... – odezwał się Cień. – Mamy na głowie wiele spraw. A najważniejszą z nich jest Nauczyciel. Pewnie słyszał pan już tę ksywkę?

Zauważyłem, że Kowalski drgnął. Wymieniliśmy z Arturem spojrzenia.

– Krótka piłka – docisnąłem go lekko. – W co się pan wpakował? I kto za tym stał? Marek Azor nie żyje, z jego strony nic panu nie grozi.

– Chyba jednak poczekam, aż ten drugi też kopnie w kalendarz – powiedział Kowalski ironicznie, ale nie miałem wątpliwości, że śmiertelnie bał się obu.

Widziałem, że drżą mu ręce, a na czoło wystąpiły kropelki potu.

– To może potrwać, nie wiadomo, co i komu pisane – wtrącił Artur. – A ja mogę przyśpieszyć jego eliminację. Nie chce pan zaryzykować i nareszcie mieć to z głowy? Nie wygląda pan, jakby służyło panu to czekanie.

– Myślisz, że mnie obrazisz sugestią, że wyglądam staro? – Kowalski roześmiał się niewesoło. – Nie wiesz, o czym mówisz. Od czternastu lat nie przespałem spokojnie ani jednej nocy. Skąd wiecie o mnie i Soni? Widzieliście to? – dopytał z rezygnacją.

Nie wiedziałem, czym jest „to", ale domyślałem się, że musiało być grube.

– Nie widzieliśmy „tego" – uspokoił go Artur. – Kocioł nam powiedział o panu i Soni. Był świadkiem jakiejś waszej awantury.

– Też go widziałem, wtedy na parkingu. Kiedy już odjeżdżałem... – Kowalski mówił bardziej do siebie niż do nas. – Natomiast nie wiem, czy wam wspomniał, że też był blisko z Sonią. Ruchała się ze wszystkimi, przebrzydła kurwa.

– Coś o tym wspominał. Znali się z Occulty? – zaryzykowałem pytanie.

Nadal się bałem, że Tomek to najlepszy kandydat na Nauczyciela. Jak patrzyłem na tego durnia tutaj, to byłem pewien, że raczej jest ofiarą tego systemu, niż kimś, kto nim zarządzał.

– Kocioł nie był w Occulcie – zaprzeczył Kowalski.

Uff, dopiero teraz dotarło do mnie, jak bardzo tego nie chciałem. Nie lubię się mylić co do ludzi.

– Ale pan był, prawda? – Artur nadal zachowywał się jak oaza spokoju.

Kowalski westchnął głośno, a potem skulił się bardziej. Wyglądał jeszcze starzej i jeszcze żałośniej. Co oni mu, kurwa, zrobili?

– Niczego w moim życiu tak nie żałowałem, jak Occulty – był śmiertelnie poważny – i romansu z tą kurwą. Wiedziałem, że zabranie tej walizki będzie początkiem mojego końca...

Złamał się. Mamy go.

– Niech nam pan opowie – zachęciłem go łagodnie. – Nie na papier, nie będziemy pana przesłuchiwać, to nie wyjdzie w śledztwie.

Zaledwie dwadzieścia minut później wróciliśmy do auta, w którym czekała na nas Anka. Powiedzieć, że niecierpliwie, byłoby sporym eufemizmem.

– Mam rację, prawda? – dopytała od razu. – Artur nie musi biegać nago po Wariackiej, bo moja intuicja się nie myli i to ten pierdolony doktorek.

– Wszystko na to wskazuje... – potwierdziłem. – Ale musimy się upewnić. Możliwe, że Dareczek robi z nas wała.

Artur usiadł za kierownicą i wklepał w nawigację Szpital Psychiatryczny w Toszku.

– Wiem, gdzie to potwierdzić – wymamrotał.

– Można spróbować – zgodziłem się. – Myślisz, że „na tyle otarliśmy się o doskonałość", żeby Anioł chciał z nami gadać?

– Zacznie gadać, jak przemówię tym tonem, którego użyłam w jej piwnicy – wyzłośliwiła się Anka. – Jedźmy, po drodze mi opowiecie.

TOSZEK SZPITAL PSYCHIATRYCZNY, 22 LUTEGO 2024 ROKU

ANKA

Pokój widzeń był jasno oświetloną i niemal pustą salą. Domyślałam się, że po to, by pensjonariusze nie wykorzystali ewentualnego wyposażenia, żeby zrobić komuś krzywdę. Sonia siedziała na krześle przy stole, a przed nią leżały kartki. W dłoni ściskała długopis i uśmiechała się delikatnie. Tak musiała wyglądać w swoim gabinecie, kiedy jeszcze pracowała. No może z wyjątkiem kilku drobnych różnic. Po pierwsze, nie była tak elegancko ubrana, jak zapamiętałam – miała na sobie piżamę w kratkę. Po drugie, dziś wyglądała na swoje czterdzieści pięć lat. Przymusowe wczasy w tym miejscu pozbawiły ją najwyraźniej wspomagaczy urody. Nigdy z tym nie przesadzała, jednak różnica była kolosalna. Na jej twarzy odbijało się wszystko to, co spotkało ją w życiu. A im więcej tego odkrywaliśmy, tym bardziej było mi jej żal... Kto miał do cholery zwariować, jeśli nie ona?

– Dzień dobry – zaczął Artur, zgodnie z ustalonym przez nas scenariuszem.

Ja miałam wejść do gry dopiero, gdyby zaczęło się robić słabo. Wcześniej nie było sensu jej prowokować.

– Witajcie. – Uśmiechnęła się, jakby całego zeszłego roku nie było, a ona witała nas na imprezie w knajpie Do Trójmiasta. – Pamiętam waszą wizytę sprzed tygodnia. – Wskazała ręką na Szczepana i Artura. – Dowiedzieliście się już czegoś więcej? Czy przyprowadziliście Anię, żeby to ze mnie wyciągnęła?

Ups. Najwyraźniej dobrze zapamiętała nasze ostatnie spotkanie.

– Cześć, Sonia. – Pomachałam do niej.

Odmachnęła... Bardzo powoli, nie spuszczając ze mnie zimnego wzroku.

Creepy. Powstrzymałam się nadludzką siłą woli, żeby nie schować się za stojącym obok mnie Szczepanem.

– Wybrałaś... – Nie odrywała ode mnie intensywnego spojrzenia. – Nareszcie wybrałaś. Choć, źle wybrałaś, zobaczysz... Ale wszystko lepsze niż trójkąt. Zapamiętaj! Wszystko!

Jeśli myślałam, że wcześniej była przerażająca, to teraz musiałam to zweryfikować. Jezu, naprawdę się jej bałam, choć byłam pewna, że tego po mnie nie widać.

Zauważyłam zaskoczone spojrzenie Artura. Trudno było błędnie zinterpretować jej słowa. Szczepan, jak zawsze, wyglądał na niewzruszonego. Nie dziwiłam się, w końcu umiał oszukać nawet wykrywacz kłamstw.

– Wiemy, że twój Nauczyciel to doktor Wrona – powiedział Artur, ignorując jej słowa. – Wiemy też o Occulcie, Kotle, Kowalskim, Marku Azorze... Byłaś bardzo zajęta w tamtych czasach, nie dziwię się, że nie znalazłaś czasu na romans ze mną.

Uśmiechnęła się nieśmiało. Przez moment znów była piękną kobietą.

– Ty byłeś inny – oświadczyła krótko. – Młody, świeży. Oni zasłużyli. Nigdy nie wyrządziłam krzywdy komuś, kto by na to nie zasłużył. NIGDY! – powtórzyła z mocą.

Na korzyść Artura zadziałało najwyraźniej, że Sonia po prostu nie podejrzewała, jakie już wtedy było z niego ziółko.

Dostrzegłam, że Szczepan zacisnął szczęki. Domyśliłam się dlaczego. Zabiła Pawła. Wtedy do reszty zwariowała. Najwyraźniej to była ostatnia nić łącząca ją z rzeczywistością. Myśl, że jest sprawiedliwa. Kiedy przestała, w swoim mniemaniu taką być, to kontakt z rzeczywistością też się urwał.

– Oczywiście – zapewnił Szczepan. Najwyraźniej doszedł do wniosku, że wymiana argumentów z wariatką jest poniżej jego godności. – Powiedz nam, co się stało w dwa tysiące dziesiątym roku.

– Wielkanocny kurczaczek. – Zachichotała jak mała dziewczynka i złapała się za głowę. – Jak on wyglądał w tym stroju, to sobie nie wyobrażacie...

Aha. Nie wiem, czego się spodziewaliśmy po tej wizycie, ale chyba poniosło nas w szale, jeśli liczyliśmy, że coś sensownego uzyskamy w szpitalu psychiatrycznym.

– Kurczaczek załatwił walizeczkę – wydukała ze śmiechem. – I okazało się, że Nauczyciel kłamał. Okłamał mnie. Okłamał Kruka. Głupio okłamywać Kruka, bo oko wykole. – Spoważniała. – Nauczyciel wiedział to, dlatego mnie posłuchał.

– Cień, kurwa... – wyszeptał Szczepan.

– To rzeczywiście nie ma sensu. – Artur odwrócił się w stronę drzwi.

– Prokuratorze – rzuciła Sonia. Pochyliła się nad kartką i zaczęła malować coś zapamiętale. – Widział pan gdzieś mój dyktafon? Nie mogę znaleźć dyktafonu.

Szczepan i Artur zamarli. Pamiętałam, że po sprawie Soni znaleźli jej zabaweczkę, ale nie było na nim ani jednego pliku. Niezwykle skrupulatnie szukali do niego kart pamięci, ale nigdzie ich nie było, ani w jej rzeczach służbowych, ani w prywatnym mieszkaniu.

– Mam go. Przywiozę, jeśli chcesz – powiedział Artur bardzo spokojnie. – Tylko nie mogę znaleźć kart pamięci.

– Mój drogi. – Uśmiechnęła się do niego szczerze. – Nie mówiłam ci, bo to prywatne rzeczy. Trzymam je w prosektorium.

– Szukałem tam. – Szczepan pokręcił głową.

– Ty nie znajdziesz, bo jesteś przeszkodą. – Sonia najwyraźniej nadal nie była jego fanką. – Pomyśl, prokuratorze. Potrzebujesz ich...

– Czego chce ode mnie Nauczyciel? – Artur najwyraźniej wyczuł, że Sonia na swój wariacki sposób próbuje mu pomóc. Przynajmniej ja odniosłam takie wrażenie. – Pokazał mi płonący trójkąt.

Podniosła na niego zaskoczone spojrzenie.

– Chce, byś został nim – wymamrotała pobladłymi ustami, a potem popatrzyła na nas. – Chce cię NAUCZYĆ. Kiedy to było?

– Dwa dni temu – powiedział powoli Artur.

– Jutro ci pokaże. „Trzy dni". Jutro cię oświeci. Jak feniks z popiołów, „Trójkąt" narodzi się na nowo... Jutro się strzeż, Artur! – obwieściła poważnie.

Pierwszy raz nazwała go dziś po imieniu. To chore zaufać wariatce, ale... Na Boga, to było przekonujące.

Artur popatrzył na nią z namysłem i uśmiechnął się ciepło.

– Dziękuję ci, Soniu. – W głosie Artura słychać było smutek.

– Nie namówi – mamrotała sama do siebie. – Nie namówi. Nie namówi – powtarzała, coraz bardziej się nakręcając.

Artur kiwnął nam głową i jak na komendę ruszyliśmy w stronę drzwi.

Jeszcze jedna rzecz nie dawała mi spokoju, a do stracenia nie mieliśmy już nic.

– Mam jeszcze jedno pytanie... – Odwróciłam się do gryzmolącej z zapałem Soni. – Był jeszcze jeden trójkąt, prawda?

Przestała i uniosła na mnie pełen satysfakcji wzrok.

– Zorza i Morze – rzuciła bez sensu i uśmiechnęła się z prawdziwą satysfakcją. – Powodzenia, powodzenia i do miłego zobaczenia, *sanus trianguli*. – Zaśmiała się obłąkańczo. – PA, PA!

Wyszliśmy z sali.

– Jak ona nas nazwała? – zapytał Szczepan, kiedy tylko zamknęły się za nami drzwi.

– Zdrowym trójkątem. – Z namysłem odpowiedział Artur. – No nic. Mamy tyle, ile mamy. Włączę nam obserwację, wszyscy dostaniemy GPS-y, załatwię, by oddziały AT były w pogotowiu. Może ona ma rację i faktycznie odezwie się do mnie jutro, ale, na wszelki wypadek, mam plan, by go sprowokować.

– Jaki konkretnie? – Szczepan wszedł w tryb zadaniowy.

– Spotkamy się u Anki w domu, późnym wieczorem, tak jak powiedziałem wam przez telefon – wyjaśnił Artur. – I odjebiemy jakąś karczemną awanturę. Tak, by był przekonany, w oparciu o swoje podsłuchy, że jesteśmy śmiertelnie skłóceni. Wtedy powinien zacząć działać. Tylko czy jesteśmy w stanie być w tym wiarygodni?

Szczepan popatrzył na niego poważnie.

– Jakiś wewnętrzny głos mi podpowiada, że będziesz wiarygodny. – Uśmiechnął się krzywo. – Musimy ci o czymś powiedzieć.

KATOWICE-ŚRÓDMIEŚCIE, 2 MARCA 2024 ROKU

ARTUR

– Siema. Dobrze, że jesteś przed Anką. Myślę, że trzeba będzie, dla świętego spokoju, mojego i twojego, zmienić knajpę... – uprzedziłem spokojnie.

– Cześć. – Szczepan podał mi rękę, usiadł naprzeciwko mnie i postawił browara na stoliku. – Dlaczego?

Rozejrzał się czujnie, ale nie załapał.

– Jest tu były Anki z dziewczyną. – Uznałem, że uczciwie będzie go ostrzec. – A jak Mała go zobaczy, to będzie miesiąc chodziła cała osowiała. – Sparodiowałem jej minę załamanej kapibary, którą pamiętałem z tego czasu, którego nienawidziłem i nazywałem w myślach „okresem postpsychopatycznym". Anka ani trochę nie była wtedy zabawna. Chyba pierwszy raz w życiu. W konsekwencji, ja też chodziłem wkurwiony, a co najgorsze... za cholerę nie umiałem jej pomóc. Na pomysł, że go odstrzelę ze snajperki, nie wyraziła zgody.

Nie to, żebym nagle przygotowywał się do kanonizacji, miał zamiar zostać świętym i dlatego specjalnie chciałem ułatwić Szczepanowi życie. Wręcz przeciwnie. Ale zdawałem sobie sprawę, że ostatnio przegiąłem...

Nasza awantura w domu Anki była wyreżyserowana i obmyślona wcześniej. Nawet ustaliliśmy ze Szczepanem haselka, jakich użyjemy, żeby wyszło wiarygodnie i żeby Nauczyciel to łyknął.

No i tyle w teorii. W praktyce natomiast zniosłem ich widok razem o wiele gorzej, niż się spodziewałem... A już totalnie wszystko zmieniło się w momencie, w którym zobaczyłem siniak na ręce Anki. Wtedy literalnie wyjebało mi kory, no i poszło na serio i na grubo. Wszyscy troje zdawaliśmy sobie z tego sprawę... Dlatego, zaraz po zatrzymaniu Nauczyciela, odbyliśmy ze Szczepanem długą rozmowę. Trudno było nazwać ją spokojną... No, ale co nieco mi w głowie rozjaśnił, a ja postanowiłem się nie wpierdalać. Oczywiście, póki wszyscy będą szczęśliwi i zadowoleni. W przeciwnym wypadku – snajperka.

– Nie będzie osowiała. – Szczepan wyłożył się w klubowym fotelu.

Najwyraźniej nie miał zamiaru się stąd ruszać. Arogancki fiut.

– Znasz tę historię? – zapytałem z powątpiewaniem.

– Nie. Ale nie muszę znać. – Uśmiechnął się pewnie. – Będzie miała na to wyjebane, zobaczysz. Powiedz mi lepiej – szybko zmienił temat – skąd wiedziałeś, że podpuścisz Nauczyciela?

– Zajebiście znam się na czubkach – pochwaliłem się. – Byłem absolutnie pewien, że nie odpuści sobie popisówki. A dobrze wiesz, że bez tego...

– Gówno mieliśmy – dokończył za mnie Szczepan. – A teraz masz dla niego zarzut zlecenia piętnastu zabójstw, czyli pewna dożywotka. I trzydziestu świadków jego przyznania się do winy, na dodatek funkcjonariuszy Policji. – Pokiwał z uznaniem głową.

– Nooo. – Uśmiechnąłem się szeroko. – Zgrilluję tego gnoja jak karczek. Czyny pedofilskie są wprawdzie przedawnione, ale „nie zauważyłem tego" – zrobiłem niewinną minkę. – Więc i tak postawiłem Nauczycielowi ten zarzut. Jakoś zniosę, że w sądzie to spadnie.

– Naprawdę powinieneś mieć na nazwisko „Chuj". – Szczepan roześmiał się głośno.

Dobrze wiedział, czemu to zrobiłem, mimo iż za ten czyn Wrona nie mógł już, przez upływ czasu, ponieść kary... Jeśli postawiłem zarzut, to miał go wpisany „na białku". Czyli wejdzie do więzienia ze słuszną łatką „majciarza", a przyjemny pobyt zapewnią mu już inni osadzeni.

– Obraża to twoje poczucie praworządności? – zapytałem, choć znałem odpowiedź.

– Ni chuja. – Wyszczerzył zęby w szerokim uśmiechu. – Niech cierpi, osobiście żałuję, że nie mogę tam wpadać i, dla sportu, wyrywać mu paznokci.

Zauważyłem już dawno, że Szczepan ma osobiste podejście do Nauczyciela i całej Occulty. Kiedy zwijaliśmy grupy przestępcze, zachowywał się wobec podejrzanych bardzo poprawnie. Ale w tej sprawie leciał po bandzie... Tak samo jak i ja.

Zresztą, każdej normalnej osobie na widok takiego materiału dowodowego puściłyby nerwy, nawet gdyby, w przeciwieństwie do nas, nie była bezpośrednio narażona na śmierć siebie i bliskich.

– Wiesz, co mnie najbardziej rozjebało? – Szczepan znów załyczył browara. – Wrona był taki pewien, że na to pójdziesz! Na te jego trójkąty. I że nas na to namówisz. Nie byliśmy w stanie z chłopakami z AT w to uwierzyć.

– Bo racjonalizujecie czubów, ten sam błąd, który nieustannie popełnia Anka – wyjaśniłem cierpliwie. – Wronie się naprawdę wydaje, że jest fantastyczny, a nie zjebany. Dla niego jest więc oczywiste, że chciałbym być taki jak on. To wszystko jest bardzo logiczne, jeśli nie przykładasz do tego sposobu myślenia normalnych ludzi.

Pokiwał głową.

Chwilę siedzieliśmy w milczeniu. Szczepan dyskretnie rozejrzał się po knajpie.

– Który to, ten jej były? – Nie wytrzymał w końcu.

No i całe szczęście, bo już myślałem, że coś z nim nie tak. Pewność siebie, pewnością siebie, ale pewne rzeczy po prostu wiedzieć należy.

– Zgadnij. – Zaśmiałem się.

Anka, jeśli chodzi o wierność swemu gustowi, była damskim odpowiednikiem Hugh Hefnera. A tu był tylko jeden facet podobny do nas, czyli nieunikający siłowni brunet z zakazaną mordą.

– Stolik po lewej, koło wieszaka? – strzelił idealnie.

– Po czym poznałeś? – zapytałem z teatralnym zdziwieniem.

– Bo z miejsca nie polubiłem. – Uśmiechnął się krzywo. – Za to laska niezła.

– Jak niezła, to sobie zamień – rzuciłem złośliwie.

Prawie parsknął piwem.

– Nie kiedy pije! – poprosił, kiedy nareszcie się ogarnął.

Też bym na taki deal nie poszedł. Ale przegadać tego mojej najlepszej przyjaciółce nie potrafiłem.

– Zobaczysz, że pumie będzie przykro. I jak co, to będzie twoja wina. – Wzruszyłem ramionami.

– Założysz się o pięć dych? – Szczepan wyciągnął do mnie rękę.

– Stoi. – Przybiłem błyskawicznie. – Trochę czuję się, jakbym oszukiwał, nie widziałeś wtedy Anki, ale sam się prosisz.

– Za to widzę ją teraz. – Uśmiechnął się, wskazując na drzwi.

Odwróciłem się w tamtą stronę. O wilku mowa! Rozejrzała się po sali, zauważyła nas i z szerokim uśmiechem ruszyła raźno w stronę stolika.

Miała wysokie szpilki, czerwoną sukienkę z odważnym dekoltem, w dłoni trzymała browara. Nie było na tej sali faceta, który by się za nią nie obejrzał.

– Faktycznie, wygląda na osowiałą. – Szczepan pokiwał głową, jakby przyznawał mi rację. – Pocieszałbym.

– Musiała go nie zauważyć. – Byłem tego absolutnie pewien. Ile ja się starałem wybić go jej z głowy, to wiem tylko ja.

– Cześć. – Cmoknęła mnie w policzek.

Potem podeszła do Szczepana, przytuliła się i pocałowała go w usta. Będę musiał przywyknąć. I może, za jakieś piętnaście lat, nawet mi się uda. Anka usiadła na fotelu między nami.

– Co wy knujecie? – Od razu wyczuła atmosferę.

– Nic – powiedział Szczepan.

Wcielona niewinność.

– Dobra, nie chcecie, to nie mówcie. – Uśmiechnęła się i załyczyła browara. – Ej, Artur! Ty widziałeś,

kto tam siedzi!? – Miała taką minę, jakby mówiła mi, że siedzi tam pani Borek, czyli nasza nauczycielka chemii z ogólniaka. Takie „pa na to". Z uśmieszkiem.
– Psychopata z ukochaną.

KATOWICE-ŚRÓDMIEŚCIE, 2 MARCA 2024 ROKU

SZCZEPAN

Stary, wiszę ci flaszkę – od razu pomyślałem cieplej o siedzącym niedaleko typie. W sumie bardzo wiele mu zawdzięczałem. Cokolwiek odjebał, miałem ochotę wręczyć mu za to medal. Proszę państwa. Na tej sali jest geniusz.

– Chcesz stąd iść? – Cień popatrzył na Ankę z troską.

– Ochujałeś? – Spojrzała na niego, jakby jej zaproponował, żeby wygrzebała pająka zza stojącego obok naszego stolika rododendrona, zamoczyła go w sosie do nachos i zjadła.

Poczułem delikatną nutkę satysfakcji, ale zachowałem kamienną twarz, kiedy wyciągałem rękę w stronę Artura. Miał absolutnie zaszokowaną minę. Najwyraźniej był pewny, że wygra ten zakład. Cóż, ja też byłem pewny, że wygram. Tego zachwyconego wzroku, jakim czasem na mnie zerkała, kobieta nie potrafi udawać. No chyba że faktycznie nażre się MDMA.

Cień wyjął z portfela pięćdziesiąt złotych i położył mi na dłoni, kiwnąwszy głową na znak, że przyznaje mi rację.

– Zakłady z tobą to czysta przyjemność. – Rzuciłem hajs na stół.

Anka patrzyła raz na mnie, raz na niego.

– Ej, zaczynacie mnie intrygować. – Pochyliła się.

– Założyłem się, że będziesz miała w dupie, że jest tu twój były – zrelacjonowałem – Cień twierdził, że zemdlejesz.

Popatrzyła na niego i popukała się w czoło. Cóż, nie miałem wątpliwości, że jeśli Artur był tak pewien swego, to kiedyś coś musiało być na rzeczy. KIEDYŚ to słowo klucz.

– Chyba będę musiał iść do ciebie na korki. – Cień brzmiał, jakbym mu zaimponował.

Roześmiałem się w duchu.

– To nic nie da. – Pokręciłem głową, a potem przyjrzałem się swoim dłoniom z uwagą. – To mój dar. Szczepan Zalewski wita w programie: *Ręce, które leczą*.

Anka wzniosła oczy ku niebu.

– Znalazłabym bardziej zasłużoną, w tym względzie, część twojego ciała niż ręce. – Popatrzyła na mnie bezczelnie.

– Anka! – oburzyliśmy się z Cieniem synchronicznie.

– No co? – Zaśmiała się i rozłożyła ramiona w geście: „Co zrobisz, jak nic nie zrobisz". – Powiedzcie mi lepiej, co to jest za cudo, ten mini GPS, który cię lokalizuje, nagrywa i jeszcze można na niego dzwonić i podsłuchiwać na żywo.

Najwyraźniej spodobała jej się maleńka zabawka, którą przed prowokacją Nauczyciela Artur wręczył każdemu z nas.

– Sto pięćdziesiąt ziko na allegro. – Cień uśmiechnął się szeroko. – Uwielbiam to. Wsadzasz pod język buta i zapominasz o temacie, póki cię nie porwą. Mam dla was jeszcze kolejne dobre wieści. Znalazłem karty pamięci do dyktafonu Soni.

Spojrzałem na niego ze zdumieniem.

– To niemożliwe, przetrzepałem prosektorium tak, że zajrzałem nawet trupom do uszu – zrelacjonowałem spokojnie.

– Nie martw się, twoja doskonałość nie będzie kwestionowana – wyzłośliwił się Cień. – Po prostu szukałeś w złym prosektorium. Karty były w tym starym, tam gdzie mnie znaleźliście. A konkretnie w miejscu, gdzie pierwszy raz rozmawiałem z Sonią.

– Jakie to romantyczne. – Anka zatrzepotała rzęsami. – Czy leżały w perfumowanej kopercie z odciśniętymi ustami twojej morderczej ukochanej?

– Szczepan, a tobie to nie przeszkadza, że ona dalej jest o mnie zazdrosna? – Cień popatrzył na mnie z udawaną ciekawością.

– Któż by nie był, obiekcie westchnień Anioła? – Uśmiechnąłem się słodko.

Cień pokazał mi fucka.

– Nie, nie były w kopercie – wyjaśnił Ance. – Były przyklejone pod parapetem, za zabudową. Kiedy pierwszy raz byłem na sekcji, prawie się porzygałem. Podszedłem do okna, a Sonia przybyła na ratunek. Dokładnie w tym miejscu je znalazłem.

Zamyślił się. Wiedziałem, że jest mu jej trochę żal. Mnie nie było. Nieważne, co przeszła i co ją spotkało. Paweł powinien żyć.

– Słuchałeś tego? – zapytałem.

– Zostawiam sobie na uroczy wieczorek z wami – stwierdził kwaśno. – Nie chcę sam podróżować po meandrach jej umysłu.

Też miałem wrażenie, że nie będzie to wesoły audiobook.

– Może się dowiemy, czemu postanowiła, po trzynastu latach spokoju, wrócić do zabijania... – Anka poruszyła kwestię, która nam wszystkim nie dawała spokoju.

– Może lepiej nie. – Coś mi podpowiadało, że to niekoniecznie dobry pomysł. – Wolałbym jakieś konkrety o „Morzu" i „Zorzy".

– Przecież ona w szpitalu bełkotała. – Artur uniósł brwi. – Pamiętacie te fragmenty o stroju wielkanocnego kurczaczka? Chyba nie bierzecie tego na poważnie?

Omówiliśmy ten temat z Anką i mieliśmy odmienną opinię.

- M i Z to literki z drugiego trójkąta Nauczyciela – wytłumaczyła mu Anka. – Morze i Zorza.

Widziałem, że pobladł. Czyli zachował się dokładnie tak, jak ja, kiedy zwróciła mi na to uwagę. Otóż to.

- Poza tym, Artur, ona chciała ci pomóc. – Anka popatrzyła na niego poważnie. – Nie zdziwię się nawet, jak się ten strój kurczaczka wyjaśni.

- W tej sprawie nic mnie już nie zaskoczy – stwierdził Artur.

- Nie kuś losu – rzuciłem krótko.

KATOWICE-ŚRÓDMIEŚCIE, 2 MARCA 2024 ROKU

ANKA

– W temacie zaskoczeń, to Szczepan pokazał mi wczoraj zdjęcie Wrony. – Napiłam się piwa. – Ja go znam.

– Skąd niby? – Artur popatrzył na mnie ze zdziwieniem.

– Kiedy Szczepan leżał w izolatce, to witałeś się z nim w szpitalu, pamiętasz? – przypomniałam mu.

– Nie. – Artur wzruszył ramionami. – Ale nawet gdybym pamiętał, to i tak niewiele byśmy mogli założyć na tej podstawie. Teraz wydaje się to oczywiste, ale zobacz, ilu ludzi przypadkiem spotykamy. Dzień po moim powrocie ze Stanów byliśmy w biedrze.

– Tak – potwierdziłam. – To było, jeszcze zanim zaczęła się na ostro naparzać z Lidlem.

– O to, to. – Roześmiał się Artur. – A kojarzysz kolesia, z którym się wtedy witałem przy kasie?

– No tak – przypomniałam sobie zgarbionego starszego typa.

– To był Kowalski. Katowice to nie jest duże miasto – stwierdził rozsądnie.

Miałam do tego identyczne podejście. Nie zastanawiasz się nad takimi rzeczami, dopóki nie zostaną ci wyłożone, jak krowie na rowie. Ciekawiło mnie tylko, czy Nauczyciel przypadkiem był w szpitalu, w którym leżał Szczepan, czy już wtedy knuł swój ohydny plan. Bałam się, że to drugie.

– W temacie szpitala mam ciekawostkę. – Szczepan uśmiechnął się szeroko. – Przedarłem się wczoraj przez większość zabezpieczonych w mieszkaniu Nauczyciela papierów. Wrona nie miał żadnych zawałów, sfingował je, żeby w dwa tysiące dziesiątym roku trafić na rentę.

– Ten rok to raczej nie przypadek – założyłam.

– Raczej nie. Pewnie ma to coś wspólnego z Sonią, może dowiemy się z nagrań – zauważył celnie Artur – bo renty raczej wyłudzić nie chciał. Miał z czego żyć. Papiery finansowe fundacji to złoto. Myślę, że damy radę ustalić większość członków „Occulty" po wpłatach.

– Co może sprowadzić nam na łeb kłopoty – zaznaczył Szczepan z uśmiechem wskazującym, że nie może się już ich doczekać.

– Czy kiedykolwiek was to powstrzymywało? – Wykrzywiłam się ironicznie.

Kochałam ich obu, pewnie dlatego tak bardzo mnie martwiło ich niestrudzone dążenie do kłopotów. Tak, wiem, że taki mieli zawód, ale to nie było dla mnie specjalną pociechą.

– Nigdy. – Artur uśmiechnął się szeroko. – Mam zgodę Bartka na zbadanie całego tego wątku.

– Wyjaśniłeś mu przy okazji nasze związki z Nauczycielem i udział w tym całym cyrku? – zapytał Szczepan.

– Tak. – Artur machnął ręką. – Załatwione. Zrozumiał, ale nie darował sobie pytania: „Czemu, gdy coś się dzieje, to zawsze musi być wasza trójka?".

– Też się czasem nad tym zastanawiam. – Szczepan się zaśmiał. – Co mu odpowiedziałeś?

– Stój! – wykrzyknęłam. – Zakład, że zgadnę?

Byłam pewna, że wiem, a miałam ochotę trochę utrzeć im nosa za ich poprzedni zakładzik. Zniesmaczonym wzrokiem obrzuciłam swojego byłego mizdrzącego się do ukochanej. Blee.

– Chcesz powiedzieć, że wiesz dokładnie, co Artur powiedział szefowi? – Szczepan wytrzeszczył na mnie oczy. – Nie wierzę, że twoje czytanie w myślach idzie tak daleko. O pięć dych? – Wskazał leżący na stole banknot.

– Stoi – przyjęłam zakład.

Artur wziął do ręki telefon, napisał swoją odpowiedź i wysłał ją do Szczepana.

– Masz? – zapytał.

– Mam. – Szczepan popatrzył na mnie wyzywająco. – Dajesz, kotek!

Odrzuciłam do tyłu włosy, pochyliłam się nad stołem i powiedziałam bez cienia wątpliwości w głosie.

– Powiedziałeś mu, że „historii tego swetra i tak byś nie zrozumiał"*. – Ukłoniłam się, nie czekając nawet na potwierdzenie. Znałam jego głupie odzywki na pamięć.

Artur pokiwał z uznaniem głową.

– Ja pierdolę, niesamowite. – Szczepan podał mi banknot.

Zwinęłam go i włożyłam sobie w dekolt.

– Uczcie się chłopcy, nie będę żyć wiecznie! – Podsumowałam złośliwie.

Artur popukał się w czoło z szerokim uśmiechem.

– Najważniejsze, że mamy nareszcie coś, co umożliwi udowodnienie zlecenia zabójstwa. – Cień wyłożył się na krześle like a boss. – Dziś dzwonili do mnie jankesi, znaleźli trupa w ogródku domu, który w dwa tysiące siedemnastym roku wynajmował Kruk. Sprawdziłem też ostatnią ofiarę Soni z dwa tysiące dziesiątego. Rzeczywiście Wrona kupił od niego dom. Wszystko pasuje.

– Zawsze mówiłam, że próba nadmiernego imponowania swoimi osiągnięciami prowadzi do zguby. – Uśmiechnęłam się szeroko. – A ten dziad ewidentnie chciał, żebyś go podziwiał...

---

* Tekst z filmu *Chłopaki nie płaczą*.

- No i podziwiam. – Artur uniósł brwi. – Nie widziałem takiego samozaorania, odkąd koleś, którego poszukiwałem listem gończym, zadzwonił na policję, by zgłosić, że u jego sąsiadów jest głośna impreza.

Szczepan wybuchnął śmiechem.

- Pamiętam to, jechałem go zawijać. – Pokiwał głową. – Natomiast trzeba uczciwie przyznać, że Nauczyciel nie miał prawa się spodziewać, jak dobrze go wcześniej rozpracowaliśmy. W życiu byśmy cię nie znaleźli, gdyby to nie była prowokacja. Zresztą po takiej avanti, pewnie zbyt szybko nie zaczęlibyśmy szukać...

Miał rację, a mina Artura wskazywała, że doskonale o tym wie. Nie mogę powiedzieć, żebym nie wkurzyła się na niego za to, co powiedział wtedy w moim domu. Ale też go rozumiałam. Wiedzieć o czymś to jedno. Widzieć to na własne oczy, to coś zupełnie innego... Ale nie mogliśmy udawać, że tematu nie było. Mogliśmy za to, spróbować poradzić sobie z nim w unikalny i niepowtarzalny sposób, charakterystyczny wyłącznie dla naszego trójkąta. Ciekawe tylko, czy to nadal działa i czy na to pójdą...

- No, było grubo. Dramadetektor mi wyjebało. – Zrobiłam przerażoną minę.

- U mnie skala na mierniku imby osiągnęła wyżyny, gdzieś między tym jak dostałem po mordzie, a tym, jak wisiałaś na mnie jak małpa na gałęzi, powstrzymując mnie, żebym twojego kochanego Arturka

nie rozwalił. – Szczepan uśmiechnął się złośliwie.
– Mimo że zasługiwał jak nigdy.

– Co wy wiecie? Nic nie wiecie, jak Jon Snow.
– Cień uśmiechnął się pod nosem. – Sensor przypału wyjebało mi szybciej niż kory, zaraz po tym jak zobaczyłem was na MOJEJ kanapie. To jest obszar eksterytorialny i macie to rozumieć i szanować.

Zaczęłam się śmiać jak wariatka. Wiedziałam. Wiedziałam, że sobie z tym poradzimy. Po swojemu, w sposób, który nie przyszedłby normalnym ludziom do głowy. No i trudno. Historii tego swetra, wcale nie musieli rozumieć.

– Zdrówko – wzniosłam w ich stronę kufel, a oni, synchronicznie, stuknęli w niego swoim szkłem.

Naprawdę nie wiem, czym ja sobie na nich zasłużyłam, ale dobrze było ich mieć.

Podziękowania

Cześć, Koteczki :*

Przyznam się Wam, że szczególnie polubiłam bohaterów tej serii, pewnie dlatego, pierwszy raz w historii, mieliście okazję nie tylko być z nimi aż przez trzy tomy, ale też poznawać perspektywę każdego z nich ;)

Nie kłamałam, kiedy pisałam Wam w *Incognito*, że sama jeszcze nie wiem, kogo Anka wybierze, i że dowiemy się wszyscy w kwietniu tego roku (strona 312, wersy: 19–20 :D). Tak też się stało ;)

Oczywiście, zdaję sobie sprawę, że niektórzy z Was woleliby, żeby wybrała inaczej. Nic nie mogę zrobić, moje bohaterki wybierają zwykle tak, jak na ich miejscu wybrałabym ja ;)

Natomiast myślę, że dopiero czas pokaże, jak ułożą się dalsze losy wszystkich wierzchołków tego „trójkąta" :>

Jak słusznie się domyślacie, jest tu jeszcze o czym pisać, więc jeśli macie ochotę, to z pewnością w przyszłości przemyślę temat ;)

Ta seria w założeniu miała zawierać o wiele mniej scen seksu... Ale znacie mnie dobrze... Staram się grać fair play ;) A byłoby totalnie nieuczciwe, gdybym podpuszczała Was przez dwa tomy, a potem „pozwoliła kamerze odjechać w okno" i nie przedstawiła Wam wnikliwie, jak „TO" wyglądało :>

W książce macie wersję skróconą, która z pewnością zaspokoi ciekawość części z Was ;) Ale gdyby ktoś jednak po przeczytaniu „scen" głośno zakrzyknął „WINCYJ", to mam niespodziankę w postaci kodu QR, pod którym znajdziecie szczegółowy zapis wydarzeń :D Sczytajcie sobie, jeśli macie ochotę ;) Nie ma za co, zbereźnicy ;)

Szczerze liczę, że dobrze się bawiliście, i serdecznie Wam dziękuję za całe wsparcie, jakie od Was dostaję :) To jest, k*rwa MOC! :*

Poza tym chciałam serdecznie podziękować:

– JOANNIE NOWACZYK, czyli wspaniałej kobiecie, która za bardzo dużo pieniążków przeznaczonych na najwspanialszy cel na świecie, czyli WOŚP, wylicytowała sobie swoją postać w tej książce ;) Mam nadzieję, Joanno, że Cię nie zawiodłam i ta bohaterka trafiła w Twój gust ;) Aaa i przeproś męża za to, że przeze mnie nie wylicytował Żuka :D

– RUDEJ GRAŻYNIE, czyli kolejnej wspaniałej kobiecie, która zniosła tym razem jeszcze więcej niż zwykle ;) Na przykład to, jak tydzień przed terminem stwierdziłam, że „to nie jest to" i bezlitośnie usunęłam jedną trzecią tekstu za pomocą przycisku „Delete" :D Wiem, że byłaś wtedy bliska zawału, ale przecież obiecałam, że zdążę :*

– MOJEJ MAMIE, równie wspaniałej kobiecie, która poradziła mi, żebym nie panikowała, tylko pisała „to, na co mam ochotę, czekając, aż przyjdzie natchnienie na te sceny, które nie wiem, jak ugryźć", co okazało się radą o tyle prostą, co genialną. Dzięki, Mami :* PS Powiedz ojcu, że zacytowałam jego historyjkę o tym, że gdyby ktoś mnie porwał, to za tydzień wróciłby z flaszką :D

– Dziękuję za natchnienie wszystkim istotnym dla fabuły mężczyznom: zarówno tym, których miałam szczęście, jak i tym, których miałam pecha spotkać na wyboistej drodze życia ;) Ogromne całusy i wyrazy dozgonnego uwielbienia dla pierwowzorów postaci Szczepana, Cienia i Ksenona/Ramzesa ;) To przez Was wiecznie mi zarzucają, że główni bohaterowie w moich książkach są podobni :P Może któryś przemyśli temat i zostanie cklimym i rozważnym romantykiem, któremu nie „wywalają kory":D? To wtedy i bohaterowie się zmienią. NIE? Skąd ja to wiedziałam ;)

Cieszę się, że Was mam, dokładnie takich, jakich mam <3

Książkę wydrukowano na papierze
Creamy HiBulk 2.3 53 g/m²
dostarczonym przez ZiNG S.A.

www.zing.com.pl

Wydawnictwo Akurat
imprint MUZA SA
ul. Sienna 73, 00-833 Warszawa
tel. +4822 6211775
e-mail: info@muza.com.pl

Księgarnia internetowa: www.muza.com.pl

Skład i łamanie: Magraf sp.j., Bydgoszcz
Druk i oprawa: Abedik SA, Poznań